Pippi & der König

Das Buch

Eines Abends stößt Joakim Langer beim Lesen eines Buches über schwedische Geschichte auf einen herausgerissenen Zeitungsausschnitt von 1935, in dem über den geplanten Verkauf eines Insel-Königreiches im Bismarck-Archipel berichtet wird. Doch warum liegt dieser Ausschnitt im Buch? Und wer ist der darin erwähnte König mit dem merkwürdig klingenden Namen Carl Pettersson? Joakim Langers Neugier ist geweckt, und er beginnt zu recherchieren …

Kurze Zeit darauf befindet er sich zusammen mit Hélena Regius auf einer abenteuerlichen Reise nach Taka-Tuka-Land, zu der Insel Tubar, auf der das Vorbild für Pippi Langstrumpfs Vater einst lebte – und den Astrid Lindgren als wahrhaftige Vorlage für ihre Kinderbuchfigur verwendete. Dort sprachen die beiden Autoren mit Peterssons Enkeln und Urenkeln – viele von ihnen schwarz mit roten Haaren –, erkundeten die Insel, blätterten in alten Photoalben. Und eines kann man mit Sicherheit sagen: Die Geschichte des Carl Pettersson ist fast so unglaublich wie die Geschichte der Pippilotta Viktualia Rollgardina Langstrumpf!

Die Autoren

Joakim Langer, Sohn eines schwedischen Autorenpaares, las als Jugendlicher gern berühmte Seefahrer-Abenteuer – und Pippi Langstrumpf. Nach vielen Jahren als DJ, Stand-up-Comedian und Entertainer arbeitet er seit 1992 in einem Jugendzentrum.

Hélena Regius ist Sozialanthropologin und promovierte in Cambridge. Ihr Spezialgebiet ist Papua-Neuguinea, wo sie mehrere Jahre lebte. Seit 1992 arbeitet sie für das Ethnographische Museum und das Weltkulturmuseum in Stockholm.

Joakim Langer · Hélena Regius

Pippi & der König

Auf den Spuren von Efraim Langstrumpf

Aus dem Schwedischen
von Nike Karen Müller

List Taschenbuch

Die Originalausgabe erschien 2002 unter dem Titel
Kung Kalle av Kurrekurreduttön bei Bokförlaget Forum, Stockholm.

Besuchen Sie uns im Internet:
www.list-taschenbuch.de

Umwelthinweis:
Dieses Buch wurde auf chlor- und säurefreiem Papier gedruckt.

Erweiterte Ausgabe im List Taschenbuch
List ist ein Verlag der Ullstein Buchverlage GmbH, Berlin
1. Auflage September 2005

Umschlaggestaltung: Hauptmann und Kompanie Werbeagentur,
München – Zürich
Titelabbildung: © gettyimages/Steve Casimiro (Insel); gettyimages /P.J.
Wagner/Photo Access (Meer)
Satz: Franzis print & media GmbH, München
Druck und Bindearbeiten: Clausen & Bosse, Leck
Printed in Germany
ISBN-13: 978-3-548-60563-0
ISBN-10: 3-548-60563-X

Inhalt

Lieber Leser!

Herzlich Willkommen! Dieses Buch berichtet vom abenteuerlichen Leben des Schweden Carl Emil Pettersson. Alles, was wir Ihnen erzählen, ist also tatsächlich passiert. Die Geschichte hat viele Jahre im Verborgenen geruht – und nun holen wir sie ans Tageslicht.

Im diesem Buch werden Sie häufig auf Pippi Langstrumpf und vor allem auf ihren Vater Efraim stoßen, und deshalb ist es uns wichtig, gleich am Anfang zu betonen, dass sich Astrid Lindgren bei ihrem Buch *Pippi in Taka-Tuka-Land* unserer Meinung nach von Carl Petterssons Leben hat inspirieren lassen.

Das Buch besteht aus vier Teilen. In der Einleitung wird geschildert, wie wir auf diese Geschichte aufmerksam geworden sind, denn wir beide haben Carl Pettersson auf unterschiedliche Art und Weise kennen gelernt. Anschließend setzen wir uns auf die Fährte von Carl Pettersson, der 1875 in Sollentuna auf die Welt kam und 1937 in Sydney starb. Dazwischen liegen nicht nur die Meere der Welt, sondern Schiffbrüche, eine große Liebe und ein eigenes Königreich. Am Schluss werfen wir einen Blick auf die Ereignisse, die Carl Petterssons Tod folgten. Wir berichten vom Schicksal seiner Kinder und Kindeskinder und den Abenteuern einiger seiner schwedischen Landsmänner im Bismarck-Archipel und begleiten ihren Weg durch den Zweiten Weltkrieg und das ausgehende zwanzigste Jahrhundert bis hinein in unsere Tage. Das Buch handelt also von einem Kapitel Geschichte, das Schweden, Deutschland und Papua-Neuguinea gemeinsam haben.

Das Abenteuer kann beginnen!

Einleitung

Joakims Geschichte

BEREITS ALS ICH KLEIN WAR, träumte ich davon, zu weit entfernten und ungewöhnlichen Orten zu reisen. Ich brachte mir selbst das Lesen bei und versenkte mich regelmäßig in Bücher über andere Länder und Kulturen. Mit einer Lupe bewaffnet jagte ich in Atlanten nach entlegenen Plätzen, verschlang Bücher wie etwa Thor Heyerdals »Expedition Kon-Tiki« und las alles über die Entdeckungsreisen Vasco da Gamas, Magellans und Kolumbus'. Meine große Passion wurden Inseln.

Im Sommer 1999 fuhr ich zum ersten Mal in meinem Leben zusammen mit meiner Familie und zwei Patenkindern nach Gotland. Eine Woche lang radelten wir über die Insel, Zelt, Spirituskocher und Schlafsack im Gepäck. Am zweiten Tag kamen wir zur Lummelunda-Grotte. Ich hatte vorher nie von diesem Ort gehört. Die Geschichte von den drei Jungen, die 1950 während ihrer Sommerferien durch Zufall einen Erdspalt entdeckten, der in eine Grotte führte, faszinierte mich. Mich packte der Neid. Das Ganze hörte sich an wie ein Abenteuer aus Wahlströms Jugendbüchern.[1] Damals wusste ich noch nicht, dass gut anderthalb

Jahre später, genauer gesagt am 6. Dezember 2000, auch für mich ein Abenteuer beginnen sollte.

Die meisten Dinge auf dieser Welt kann man kaufen. Das gilt mittlerweile auch für Erlebnisse. Gerade Leute, denen finanziell keine Grenzen gesetzt sind, machen sich immer häufiger auf die Jagd nach Endorphin-Schüben, wie sie Naturwunder oder extreme körperliche Herausforderungen auslösen. Und es gibt Reisebüros, die sich darauf spezialisiert haben, ihnen maßgeschneiderte Abenteuertrips anzubieten. Doch das Erlebnis, von dem ich jetzt berichten will, ist mit keinem Geld der Welt zu bezahlen.

Alles begann, wie gesagt, in der Nacht vom 5. auf den 6. Dezember 2000. Wie so oft konnte ich nicht einschlafen. Normalerweise greife ich mir dann ein Buch und lese darin, bis es mir aus der Hand sinkt. Wenn die Geschichte spannend ist, kann das eine ganze Weile dauern. Meine Frau allerdings macht es schier wahnsinnig, wenn im Schlafzimmer Licht brennt. Um unsere Ehe zu retten verwende ich mittlerweile eine Birne, die auch in unserem Backofen brennen könnte – so schwach ist sie.

In jener besagten Nacht war Einzuschlafen ein Ding der Unmöglichkeit. Also stieg ich gegen halb vier in den Keller hinab, um ein möglichst langweiliges Buch herauszuwühlen. Dort unten türmen sich noch immer unzählige Kartons mit dem Nachlass meines Vaters. Mein Vater, Pekka Langer, war Radioredakteur, Journalist und Autor – vor allem jedoch ein unverbesserlicher Sammler. Er hob alles auf, was ihm auf den ersten Blick für künftige Sendungen oder Bücher zu taugen schien.

---

[1] Wahlströms, 1911 gegründet, ist ein schwedischer Verlag, der seit 1914 mit großem Erfolg Jugendbücher publiziert.

Ich wühle also in den Ordnern und Büchern und entdecke hier und da ein paar Eselsohren. In einem der Kartons stoße ich auf eine dicke Schwarte mit dem Titel »Neue schwedische Geschichte. Gustav V. und seine Zeit 1928 – 1938«, eine Sammlung von Zeitungsartikeln. Garantiert die Schlaftablette, die ich jetzt brauche. Ich schleppe sie hoch ins Bett.

Als ich die erste Seite aufschlage, fällt mein Blick auf einen Stempel: »EIGENTUM DER AFTONTIDNING. Rückgabe bis zum 14. Oktober.«

Viele Bücher in den Kisten unten stammen aus Bibliotheken oder vom ehemaligen Arbeitgeber meines Vaters, der Abendzeitung *AT*. Blinzelnd blättere ich weiter. Als mir gerade die Augen zufallen wollen, bleibt mein Blick an einem Artikel aus dem Jahr 1935 hängen, den mein Vater mit einem Eselsohr gekennzeichnet hat:

»KÖNIG KARL PETTERSSON VERKAUFT SEIN KÖNIGREICH«

»König Karl Pettersson I. von Tabar beabsichtigt, sein Reich in der Südsee zu verkaufen und sich in Europa niederzulassen. Das gab seine Frau Jessie Pettersson bekannt, die am 18. März in Göteborg eingetroffen ist und sich in Kürze wegen ihrer Malariaerkrankung in Stockholm in ärztliche Behandlung begeben wird. Ihr nunmehr über sechzigjähriger Ehegatte leide an einer tropischen Krankheit und wolle deshalb in eine Gegend mit milderem Klima übersiedeln.

Wer ist König Pettersson?

Der schwedische Seemann Karl Pettersson fuhr bereits mit Siebzehn zum ersten Mal zur See und hat zahlreiche Schiffbrüche überlebt. Im Alter von einunddreißig Jahren

> strandete er auf der kleinen Insel Tabar im Bismarck-Archipel. Er arrangierte sich mit den Kannibalen, von denen sie besiedelt wird, und heiratete Singdo-Misses, die Tochter des Häuptlings. Sie starb vor fünfzehn Jahren – nachdem sie ihm acht Kinder geschenkt hatte. Nach ihrem Tod heiratete König Pettersson ein zweites Mal. Nun gedenkt er sein Reich zu verkaufen, was kein Problem darstellen dürfte: Pettersson hat auf der Insel Gold entdeckt, das er bis auf weiteres also noch selbst schürft.«

Warum hatte mein Vater diese Seite markiert? War ihm die Geschichte für eine Radiosendung oder eine Kolumne tauglich erschienen? Ich grüble vor mich hin und lese den Artikel erneut. Und da kommt mir ein Gedanke. Sollte es tatsächlich möglich sein, dass …

Ich lese den kurzen Text wieder und wieder und bin mir schließlich meiner Sache sicher: Karl Pettersson muss das Vorbild für Pippi Langstrumpfs Vater Efraim gewesen sein! Schiffbruch in der Südsee, »Negerkönig«, Goldfund – alles passt zusammen! Karl Pettersson war seinerzeit im ganzen Land bekannt und die Presse berichtete sehr häufig über ihn – das konnte Astrid Lindgren und ihrer ersten Illustratorin Ingrid Vang Nyman unmöglich verborgen geblieben sein. Meines Erachtens hatten sie jedoch nicht nur von ihm gehört, sondern sich von seiner Geschichte auch inspirieren lassen.

Ich bin von meiner Entdeckung begeistert! Euphorisch versuche ich, meine Frau wach zu rütteln – auch wenn ich dabei mit dem Tod spiele.

»Liebling, wach auf! Ho, ho! LIEBLING! Ich habe Pippi Langstrumpfs Vater gefunden!«

Meine Frau schielt blinzelnd zu mir herüber. Sie reckt

ihre Nase empor und schnüffelt, ob ich vielleicht getrunken habe.

»Es stimmt!«, wispere ich aufgeregt. »Hör zu!«

Enthusiastisch lese ich ihr den Artikel vor.

»Das ist doch toll, oder?«

Ich schaue sie an.

Ihren Gesichtsausdruck werde ich nie vergessen. Für ein paar Sekunden treffen sich unsere Blicke.

»Wir reden morgen darüber«, entgegnet sie knapp. Sie dreht mir den Rücken zu und ist sofort wieder eingeschlafen.

Ich dagegen bin davon überzeugt, den Coup des Jahrhunderts gelandet zu haben. Wie soll man in so einem Moment schlafen? Erneut haste ich in den Keller hinunter. Unsere Kinder sind mittlerweile Teenager, aber irgendwo müssen noch ihre alten Kinderbücher sein. Nach längerem Stöbern aber wird mir klar, dass wir *Pippi Langstrumpf in Taka-Tuka-Land* wohl nie besessen haben. Verrückt wie wir als moderne Eltern der Achtziger waren, haben wir unseren Kindern lieber Märchenkassetten geschenkt.

Jetzt heißt es warten, bis die Bibliothek aufmacht.

Wie ein Alkoholiker Montagmorgen vor dem Spirituosenladen stehe ich schwankend und zitternd vor Ungeduld vor dem Eingang der Bibliothek. Sobald sie öffnet, haste ich in die Kinderbuchabteilung und lasse mich mit einem Stapel Pippi-Bücher im Arm auf dem Märchensofa nieder. Das Personal mustert mich verstohlen mit misstrauischen Blicken.

Das erste Pippi-Buch erschien 1945. Ein Jahr später kam *Pippi geht an Bord* heraus, in dem sie allerdings, dem Titel zum Trotz, noch immer die Villa Kunterbunt bewohnt. 1948 dann wurde Buch Nummer drei publiziert, *Pippi Langstrumpf in Taka-Tuka-Land*, und dieses Mal verschlägt es Pippi zusammen mit Tommy und Annika ins Taka-Tuka-Land, wo sie ihren geliebten Papa Efraim wiederfindet, der hier ab und an als König aushilft.

Als ich alle Pippi-Bücher durchhabe, bin ich mir absolut sicher: Karl Pettersson war das Vorbild für Efraim Langstrumpf. Nun muss ich nur noch den Rest der Welt davon überzeugen.

Noch nie in meinem Leben haben Freunde und Kollegen derart viel Verständnis für mich gezeigt.

»Was du nicht sagst, Pippis Vater, hm ... Klingt interessant. Wie gehts dir sonst so?«

Niemand nimmt mich ernst. Ich beschließe, Efraim über Weihnachten und Neujahr erst einmal ruhen zu lassen.

Doch sobald ich wohlbehalten an meinem Arbeitsplatz, dem Jugendcenter »Fryshuset« – zu deutsch »Kühlhaus« – zurück bin, mache ich mich auf die Suche nach den Spuren von Kapitän Karl Pettersson, dessen Vorname sich, wie sich später herausstellt, mit C schreibt. Meine ersten Recherchen gelten der Insel Tabar. Sie ist im Atlas verzeichnet und auch im Internet finden sich Informationen über sie, allerdings bieten sie nur wenig, was von Interesse ist. Ich erfahre, dass Tabar eigentlich aus drei kleinen Inseln besteht, auf einer von ihnen gibt es Goldvorkommen. Die Inseln gehören zu Papua-Neuguinea und liegen unmittelbar am Äquator, zehn Seemeilen von der Nordostküste New Irelands entfernt.

Ich rufe die Schriftstellerin Margareta Strömstedt an, die eng mit Astrid Lindgren befreundet ist, und bitte sie, sich zu erkundigen, ob »König Kalle« Astrid vielleicht ein Begriff ist. Aber Astrid geht es zu diesem Zeitpunkt so schlecht, dass sie solche Details nicht rekapitulieren kann. Ihre Schwester Stina Hergin allerdings meint sich zu erinnern, etwas über einen Pettersson, der in der Südsee König war, gelesen zu haben.

Mein nächster Schritt besteht darin, Mitstreiter zu finden. Mir ist klar, dass ich diese Sache allein nicht bewältigen kann. Mein erstes Opfer ist Ingemar Lundh, der Computerexperte vom Fryshuset. Ingemar und ich haben über Jahre gemeinsam Projekte für die Arbeit mit Jugendlichen ausgetüftelt und umgesetzt. Er ist an meine verrückten Ideen gewöhnt.

Mit einem vorsichtigen: »Hast du mal fünf Minuten Zeit?« klopfe ich an seine Tür.

»Okay«, murmelt Ingemar, wohl wissend, dass es auch dieses Mal nicht bei fünf Minuten bleiben wird.

Ich fasse mich so kurz wie möglich und erzähle ihm die Geschichte. Dann hocken wir uns an den Computer. Eine Stunde später verlasse ich Ingemars Büro mit rund hundert Seiten Informationen über Melanesien unter dem Arm. Ob er mitkommt in die Südsee?

Für mich steht mittlerweile fest, dass ich dort hinfahren werde – geschehe, was da wolle. In Gedanken plane ich bereits die Reise. Der Nächste, den ich in die Expeditionsgruppe bitte, ist Ivar Forstadius, seit nunmehr fünf Jahren einer meiner besten Mitarbeiter im Fryshuset. Ivar soll so etwas wie unser »Mädchen für alles« werden, außerdem muss jemand rund um die Uhr darauf achten, dass ich nicht Pass, Portemonnaie, Reisetasche oder Telefon verlege.

Ivar, oder besser gesagt einer seiner Freunde (Danke, Jonny!) ist es dann auch, der den ersten Kontakt in unser Zielgebiet knüpft. Es gelingt ihm, über das Internet eine Schwedin – Eva Lindström – ausfindig zu machen, die in

Melbourne wohnt. Sie bestätigt, dass in der Region ein Schwede gelebt hat, der Masta Sale genannt wurde (die Übersetzung von Mister oder Master Charley beziehungsweise Carl).

Masta Sale hat tatsächlich eine Frau von den Tabar-Inseln geheiratet und mit ihr zusammen eine Familie gegründet. Es ist ein unglaubliches Gefühl, eine erste Bestätigung für meine Hypothesen zu erhalten! Eva, die Ende der neunziger Jahre für ein Jahr auf New Ireland gelebt hat, wird zu unserem »down under«-Kontakt und versorgt uns mit unzähligen interessanten Informationen. Von ihr erfahren wir zum Beispiel, dass 1989 eine entfernte Verwandte von Carl Pettersson »unten« gewesen ist.

Wie sich herausstellt, heißt die Verwandte Bibi Fundell und wohnt quasi um die Ecke: in Sollentuna. Carl Pettersson war der Cousin ihrer Großmutter väterlicherseits. Bibis Mann Bo erzählt mir am Telefon von einigen alten Zeitungsausschnitten und fragt, ob ich sie mir ansehen möchte. Er verspricht, sie zu faxen. Die nächsten zehn Minuten sitze ich im Flur des Fryshusets und bewache das Faxgerät. Und endlich kommen sie: zwei Zeitungsartikel aus der *Dagens Nyheter* von 1922, mit den wunderbaren Überschriften:

VOM MATROSEN ZUM NEGERPRINZEN UND PLANTAGENKÖNIG

und

PRINZ PETTERSSON AUF FISHER ISLAND
Die Hochzeit des jungen schwedischen Seemanns mit der schönen Tochter des Kannibalenhäuptlings Lamys

Einen Großteil des Textes kann ich entziffern. Im ersten Artikel wird unter anderem auch über Carls Schiffbruch berichtet. Carl Petterssons Fahrzeug lief an einem stürmischen Weihnachtsmorgen des Jahres 1904 auf Grund. Bei dem Fahrzeug, Eigentum der deutschen »Neuguinea-Kompagnie«, handelte es sich um einen mit Dampf betriebenen Schoner namens »Herzog Johan Albrecht«.

Ich stürme zu Ingemar und bitte ihn zu überprüfen, ob es in den alten deutschen Fahrzeugregistern irgendwelche Angaben über das Schiff gibt. Nach einigen Tagen erhalten wir Antwort. Offensichtlich existierten zwei Fahrzeuge mit dem Namen »Herzog Johan Albrecht«. Das eine war ein Dampfer, der Ende des neunzehnten Jahrhunderts den Geist aufgab, das andere ein 110 Fuß langer Schoner von 189 Bruttoregistertonnen, der umgebaut und mit Dampfkesseln versehen wurde und 1905 aus dem Lloyds-Register verschwand. Das klingt nach unserem Boot.

Bibi und Bo Fundell erzählen, dass auch die Fotografin und Autorin Marianne Greenwood einmal auf Jagd nach Informationen über »König Kalle« gewesen ist. Mir gelingt es, ihren Sohn Christer Hederström ausfindig zu machen, der mir den Kontakt zu Marianne vermittelt. Sie lebt mittlerweile in Antibes an der französischen Riviera.

Marianne ist überglücklich, dass sich jemand auf Kalles Fährte gesetzt hat. Sie selbst hatte in den Achtzigern in Sydney zum ersten Mal von Carl Pettersson gehört und sich damals sofort für die Geschichte begeistert. Irgendwo in der Wohnung ihres Bruders in Gamla Stan[2], sagt sie, muss noch der Karton mit den Unterlagen stehen, die sie damals gesammelt hat.

---

[2] Bezeichnet die Altstadt von Stockholm.

Zwei Tage später stehe ich am Slottsbacken und warte auf Christer Hederström. Er wird mich zur Wohnung von Mariannes Bruder führen und mir bei der Suche nach dem Karton helfen.

Ich habe unruhig geschlafen – wie ein Kind, das voller Vorfreude darauf wartet, dass die Mama mit dem Weihnachtsstrumpf[3] auftaucht. In der Wohnung eingetroffen, wühlen wir in Mariannes fantastischen Sammlungen und stoßen nach einer Weile auf einen Karton mit der Aufschrift »König Kalle Pettersson«. Christer hat sich von meinem Enthusiasmus anstecken lassen und wir durchstöbern gemeinsam fieberhaft die Unterlagen.

Mariannes Karton ist eine echte Fundgrube. Er enthält unter anderem einen Artikel aus dem Jahr 1935, der einer australischen Zeitschrift namens *Pacific Islands Monthly* entstammt und in dem geschildert wird, wie Kalle die Goldvorkommen von Tabar ausfindig machte. In einem Artikel aus der Zeitschrift *Allsvensk Samling* von 1924 berichtet der Autor und Entdeckungsreisende Birger Mörner davon, dass Carl Pettersson eine unglaubliche Körperkraft besaß:

»THE STRONG CHARLEY«

»Das erste Mal hörte ich von meinem Freund Carl Pettersson von Tabar auf Neuguinea – an einem Ort also, der sich in einiger Entfernung von der vor Neu Irlands (Neu Mecklenburgs) nördlicher Spitze gelegenen Tabar-Inseln befindet. Lustige, verblüffende Geschichten waren es, die man mir damals zutrug, und in ihrem Mittelpunkt stand stets ein Mann, der ›the strong Charley‹ genannt wurde.

[3] In Schweden werden die Weihnachtsgeschenke wie bei uns zu Nikolaus in einen Strumpf gefüllt und ins Zimmer, etwa ans Bett, gehängt.

Damals wusste ich noch nicht, dass dieser Mann Schwede war.

An eine dieser Geschichten kann ich mich besonders gut erinnern. ›Der starke Kalle‹ hatte eine kleine schwarze Ehefrau. Eines Tages ging in seinem Hafen ein englisches Schiff vor Anker. Er lud sämtliche Offiziere zum Dinner ein und tischte ein Festmahl auf. Nach dem Essen saß ›the strong Charley‹ mit dem Kapitän zusammen und sie plauderten, als er plötzlich bemerkte, dass einer der jüngeren Offiziere der kleinen schwarzen Frau etwas zu viel Aufmerksamkeit schenkte. Mit einem an den Kapitän gewandten ›I beg your pardon‹ erhob er sich und ging langsam und gemächlich zu den beiden hinüber. Er packte den Engländer fest an den Armen, hob ihn hoch, hielt ihn über das Verandageländer und ließ ihn in die blühenden Hibiskusbüsche fallen. Dann kehrte er zum Kapitän zurück, als sei nichts geschehen, und nahm die Konversation dort wieder auf, wo er sie unterbrochen hatte – auch wenn diese nicht mehr lange andauern sollte: Nach kurzer Zeit brachen die Gäste in gedämpfter Stimmung auf.

Am folgenden Morgen saß Charley auf der Veranda und frühstückte, als ein kleines Ruderboot auf das Ufer zuhielt. Achtern saß einer der englischen Offiziere. Er war in einen weißen Mantel gehüllt und trug einen Tropenhelm.

Charley ließ sich nicht aus der Ruhe bringen.

›What can I do for you?‹ (›Womit kann ich Ihnen dienen?‹), fragte er, als der Ankömmling vor ihm stand.

In diesem Moment erkannte er ihn: Es war der Mann aus den Hibiskusbüschen.

›Ich habe mich gestern dumm benommen, und ich bin gekommen, um Sie um Verzeihung zu bitten‹, sagte der Offizier.

Der starke Kalle sprang auf:

›Ach, so ist das. Boys, Champagner! Bewegt euch! Champagner!‹«

Diese wunderbare kleine Geschichte untermauert die Efraim-Langstrumpf-Theorie, denn ausschließlich Pippi, Efraim – und König Kalle heben Menschen und Pferde am ausgestreckten Arm empor und platzieren sie an den ungewöhnlichsten Orten.

Seit ich auf jenen ersten Artikel in Vaters Karton gestoßen bin, sind mittlerweile sieben Wochen verstrichen und meine Überzeugung, dass Astrid Lindgren sich von dem starken »Negerkönig« aus der Südsee hat inspirieren lassen, ist Tag für Tag gewachsen. Selbst für die ungewöhnliche Körperkraft von Carl Pettersson und für die Existenz von Goldvorkommen in seinem Reich habe ich mittlerweile schon Beweise gefunden! Wenn ich zusammenfasse, was mir bislang an Informationen zur Verfügung steht, ergeben sich acht Punkte, die meine Theorie untermauern:

1. Carl Pettersson strandet nach seinem Schiffbruch auf einer Insel in der Südsee. – Auch Efraim Langstrumpf erleidet Schiffbruch und kann sich auf eine Südseeinsel retten.

2. Carl Pettersson wird von der Bevölkerung auf den Tabar-Inseln aufgenommen und ist bald überaus beliebt. Er heiratet Singdo, die Tochter des Häuptlings Lamy, und in den Zwanzigern und Dreißigern berichten mehrere schwedische Zeitungen von ihm als dem »Negerprinzen« und »Plantagenkönig«. – Astrid Lindgren macht ihren Efraim

Langstrumpf zum »Negerkönig« im Taka-Tuka-Land, und auch er wird von seinen Untertanen über alle Maßen geschätzt.

3. Pippis farbige Freunde haben Namen wie »Momo« und »Moana«. – »Moana« ist ein Mädchenname, der im Bismarck-Archipel, zu dem die Tabar-Inseln gehören, sehr gebräuchlich ist. Mit »Momo« hingegen wird eine Art Erdofen bezeichnet, wie man ihn in dieser Region täglich zur Essenszubereitung benutzt. In *Pippi Langstrumpf in Taka-Tuka-Land* beschreibt Astrid Lindgren darüber hinaus ein Fest im Taka-Tuka-Land, bei dem das Essen in einem »Momo« zubereitet wird – nach allen den Regeln der einheimischen Kochkunst.

4. In einem *Vecko-Journalen* aus dem Jahr 1929 findet sich ein Bericht darüber, dass König Kalle seine Essensvorräte bei einer Post- und Handelsstation auf einer Nachbarinsel kauft, die acht Bootsstunden von Tabar entfernt liegt. – In *Pippi Langstrumpf in Taka-Tuka-Land* besucht König Efraim regelmäßig eine Handelsstation, um sich Kautabak und andere Dinge zu besorgen. Die Station befindet sich eine Tagesreise vom Taka-Tuka-Land entfernt – auf einer benachbarten Insel.

5. Eine im Nordwesten von Papua-Neuguinea gelegene Insel heißt Kurudu. »Kurrekurreduttön«, die schwedische Bezeichnung für Taka-Tuka-Land, klingt sehr ähnlich.

6. Sowohl Pippi und als auch Efraim besitzen ungewöhnliche Körperkraft. – Das Gleiche gilt für Carl Pettersson: In dem oben zitierten Artikel aus der *Allsvensk Samling*

wird beschrieben, wie »strong Charley« einen erwachsenen Mann quasi am ausgestreckten Arm vor sich her trägt. In den schwedischen Wochenzeitungen aus jener Zeit finden sich weitere Artikel, die solche und ähnliche Begebenheiten schildern.

7. Außerdem wird in dem Artikel aus der *Allsvensk Samling* erzählt, wie der übermäßig an Carl Peterssons Frau interessierte englische Offizier in einem Hibiskusbusch landet. – Als Pippi gemeinsam mit Tommy und Annika im Taka-Tuka-Land ankommt, nimmt Efraim mit Hibiskusblüten geschmückt auf seinem Thron Platz. Der Hibiskus wird in *Pippi Langstrumpf in Taka-Tuka-Land* mehrfach erwähnt – und auch in Ingrid Vang Nymans Illustrationen taucht er auf.

8. Carl Pettersson entdeckt eine Goldmine und kommt zu ungeheurem Reichtum, erweist sich aber auch als sehr großzügig. – Efraim Langstrumpf verfügt über einen unbegrenzten Vorrat an Goldmünzen. Er stopft einen Rucksack damit voll und überreicht ihn Pippi.

Einige Personen aus meinem Umfeld beginnen zu glauben, dass an meiner Theorie tatsächlich etwas dran ist, doch die meisten schütteln über mich den Kopf. Pippis Vater beansprucht mich immer mehr, und ich arbeite nur noch halbtags, um mich intensiver meinen Recherchen widmen zu können. Eine Kollegin behauptet halb im Ernst, halb im Scherz, dass ich wohl nicht mehr ganz »Pippi« sei. Auf gut Schwedisch: Ich hätte nicht mehr alle Tassen im Schrank. Ich kann sie verstehen.

Meine Familie hält zu mir, findet es aber anstrengend,

dass ich pausenlos von Carl Pettersson rede. Inzwischen träume ich zudem immer öfter von ihm.

Doch es ist nicht nur seine Verbindung zu Pippi, die mich so neugierig macht. Auch von Carl Pettersson selbst geht eine ungeheure Faszination aus. Wer war dieser Schwede, der 1907 eine Farbige zur Frau nahm? Diese Heirat hat es ihm sicher nicht gerade leichter gemacht, von den Kolonisten und Plantagenbesitzern im Herrenclub von Rabaul akzeptiert zu werden. Und sind vielleicht Kinder und Enkel von ihm noch am Leben? Ich muss einfach nach Tabar!

Ich wende mich an die Zeitung *Dagens Nyheter* und an Schwedens *Radio P1*, präsentiere ihnen mein Material und bitte für meine Reise um finanzielle Unterstützung – quasi als Gegenleistung für die Exklusivrechte an der Story. Ich bin nervös, erzähle voller Überschwang und breite gleichzeitig die Fotografien und Zeitungsausschnitte aus. Beide Redaktionen bitten mich, am nächsten Tag wiederzukommen. Wie in der letzten Zeit so oft verbringe ich eine miserable Nacht – dann sagen beide Ja. *Dagens Nyheter* entsendet auf meinen Wunsch außerdem den Journalisten Rolf Broberg, der zum vierten Teilnehmer der Expeditionsgruppe wird. Rolf und ich haben schon früher zusammengearbeitet; 1998 sind wir vom Fryshuset aus mit Jugendlichen nach Auschwitz gefahren.

Beflügelt von meinem Erfolg schreibe ich auf gut Glück einen Brief an Colin Nutley.[4] Ich berichte ihm von meiner Entdeckung und frage an, ob er die Lebensgeschichte von Carl Pettersson verfilmen möchte.

---

[4] Der gebürtige Brite Colin Nutley zählt seit rund zwanzig Jahren zu den bekanntesten Filmemachern Schwedens, er verfilmte u. a. Liza Marklunds Kriminalroman »Olympisches Feuer«.

Am folgenden Tag klingelt das Telefon: »Hi, it's Colin Nutley«.

Er ist von der Story begeistert und eine Viertelstunde später sind wir uns einig. Noch in der selben Woche setzen wir den Vertrag auf.

Von Eva Lindström kommt eine neue E-Mail: Sie teilt mir mit, dass einer ihrer Verwandten in Sala, Olle Nässle, eventuell weitere Informationen für mich hat. Olle Nässle erzählt mir, dass vor vielen Jahren ein Buch von Graf Birger Mörner[5] in seinen Besitz geraten ist. Es heißt *Aráfis tropiska år* (Aráfis tropische Jahre) und stammt aus dem Jahr 1914. In einem Kapitel berichtet Mörner von einem Besuch auf Carls Plantage, der irgendwann zwischen 1910 und 1914 stattgefunden haben muss. Olle faxt mir eine Kopie des Kapitels und ich lese es am Abend feierlich meiner Familie vor. Mörner beschreibt Tabar als das Paradies auf Erden und gibt ein Interview wieder, das er mit Carls junger Frau Singdo geführt hat. Singdo bejaht nicht nur die Frage, ob sie gesehen habe, wie Menschen gekocht wurden, sondern erklärt auch detailliert, auf welche Weise man einen Menschen am besten schlachtet und zubereitet.

»Und da willst du hinfahren, Papa? Klingt ja gemütlich.«

Mein Sohn entdeckt zum ersten Mal Zweifel im Blick seines sonst so begeisterungsfähigen Vaters. Ich sehe mich schon in einem eisernen Kessel hocken, den Tropenhelm noch auf dem Kopf, und um mich herum tanzen die Kannibalen. Mit diesem Bild vor Augen schlafe ich später ein.

---

[5] Graf Birger Mörner (1867-1930) war Diplomat und Autor. Er schrieb Bücher über seine Expeditions-Reisen, die ihn hauptsächlich in tropische Regionen führten, und Romane, in denen er Ereignisse aus der schwedischen Geschichte aufgriff.

Wie Olle Nässle berichtet, besitzt das Stockholmer Museum für Ethnographie eine große Sammlung von Malangan-Objekten (eine Art Statuen, die aus Baumstämmen herausgehauen werden), die Birger Mörner von Carl Pettersson geschenkt bekommen und noch vor dem Ersten Weltkrieg heim nach Schweden transportiert hat. Olle nennt mir den Namen eines Freundes, der in dem Museum arbeitet und ich rufe ihn an. Kristian Lagercrantz findet mein Interesse an Carl Pettersson sympathisch, scheint mir aber meine »Pippi-Theorie« nicht abzukaufen. Dennoch lädt er mich zu einer Führung durch die »Petterssonsche Malangan-Sammlung« ein. Zusammen mit Ivar mache ich mich am nächsten Tag ins Museum auf. Nach dem Rundgang folgen wir Kristian in sein Büro, wo wir zufällig auf seine Kollegin Anne Murray stoßen. Kristian macht uns miteinander bekannt und erklärt, weshalb wir hier sind. Als Anne von unserer Story hört, ruft sie:

»Ja, du lieber Himmel! Bei mir steht seit acht Jahren eine Kiste im Büro, die, soviel ich weiß, Sachen von Petterssons Plantage enthält.«

Ich meine mich verhört zu haben. Das geht mir jetzt alles ein wenig schnell. Es ist nicht einmal zwei Monate her, dass ich in einem Buch, das Vater von seiner alten Arbeitsstelle hatte mitgehen lassen, auf den ersten Artikel zu dieser Geschichte gestoßen bin. Dann ist einen Monat lang überhaupt nichts passiert. Seit ein paar Wochen aber fliegen mir die Informationen plötzlich haufenweise zu, ich habe Sponsoren für die Reise aufgetrieben und mit Colin Nutley einen Vertrag abgeschlossen. Und jetzt steht eine Frau vor mir, die behauptet, dass sie in ihrem Büro seit acht Jahren eine Schachtel aufbewahrt, in der sich Sachen von Petterssons altem Grundbesitz befinden.

Zwei Minuten später heble ich den Deckel der mysteriösen Kiste ab. Darin liegt neben ein paar rostigen Scharnieren und anderem Gerümpel auch eine Flasche Schnaps.

Wer in drei Teufels Namen transportiert zehn Kilo Schrott von der Südsee bis nach Stockholm? Vor allem aber: Wer hat sich erdreistet, ohne mich ins Taka-Tuka-Land zu fahren?

Sie heißt Hélena Regius und wird die fünfte Teilnehmerin der Expeditionsgruppe.

Hélenas Geschichte

AM DIENSTAG, DEN 27. FEBRUAR 2001, klingelt um 23.10 Uhr das Telefon. Wer zum Teufel ruft so spät noch an!, denke ich. Vielleicht ein Bekannter von der Südhalbkugel, der sich mit der Zeitverschiebung vertan hat, was in unserem schwedisch-australischen Haushalt nichts Ungewöhnliches ist.

Ein Mann ist am Apparat. Er erkundigt sich, ob ich Hélena Regius sei und erklärt dann zehn Minuten lang gestresst und ziemlich unzusammenhängend, dass er Pippi Langstrumpfs Vater gefunden habe und in drei Wochen mit einem Team zu den Tabar-Inseln reisen werde, um nach Informationen über Carl Pettersson zu suchen, dass eine Radiosendung geplant sei und dass ihm mein Kollege Kristian Lagercrantz im Museum für Ethnographie meine »Schrott-Sammlung« von Petterssons Plantage gezeigt habe. Schließlich bittet mich der Mann, der sich erst jetzt als Joakim Langer vorstellt, am nächsten Tag an einem Treffen im Fryshuset teilzunehmen.

Als Erstes schießt mir durch den Kopf, dass es sich um einen der vielen »Glücksritter« handelt, die das Museum an mich verweist – mal einen Künstler aus Skåne, der bei der Kontaktsuche auf Papua-Neuguinea um Unterstützung bittet, mal ein Paar, das dort einen Film drehen will. Joakim Langer, den ich später nur noch Jocke nennen sollte, spürt meine Irritation und versucht mich zu überreden: Er bietet mir an, das Team als Dolmetscherin zu begleiten. Habe ich richtig gehört?

Am folgenden Tag rufe ich Kristian an, um über diesen Langer vom Fryshuset Erkundigungen einzuholen. Ist der Mann seriös? Und was hat das Ganze mit dem Museum zu tun? Aus Joakim Langers verworrener Schilderung hatte ich lediglich herausfiltern können, dass er an Carl Pettersson interessiert ist, der dem Museum Holzfiguren und Masken geschenkt hat, die so genannten Petterssonschen Malangan-Statuen. Sie werden in den unergründlichen Depots des Museums verwahrt. 1993 war ich selbst auf Kosten des Museums zu den Tabar-Inseln gereist, um über diese faszinierenden Kunstwerke Informationen einzuholen. Aber zu ihnen später.

Und tatsächlich. Das Museum ist an einer Zusammenarbeit mit dem Fryshuset interessiert, vor allem, was gemeinsame Projekte für Jugendliche betrifft. Natürlich fehlt es an Geld, doch es gibt keinen Zweifel, dass ich in Anbetracht meiner bisherigen Forschungen zu Carl Pettersson gebraucht werde. Aber Pippi Langstrumpf in einem Museum für Ethnografie? So abwegig allerdings erscheint mir der Gedanke dann auch wieder nicht. Seit meiner Kindheit ist Pippi für mich eine Heldin. Sie lehnt sich gegen Dinge auf, die auch ich als unerträglich empfinde: Intoleranz gegenüber allen, die anders sind oder einem fremd erscheinen beispielsweise oder eine Gesellschaft, die zu Uniformität zwingen will. Ohne dieses selbstbewusste weibliche Vorbild wäre ich als das schüchtern, zwanzigjährige Mädchen aus der Mittelschicht, das ich damals war, sicher nie allein nach Papua-Neuguinea gereist, um Kunst zu studieren. Meinen Kontakt zur Südsee verdanke ich Pippi Langstrumpf.

Doch zurück zu Carl Pettersson. Vor meiner Abreise nach Papua-Neuguinea im Jahr 1986 trieb mein Vater alle Reiseberichte auf, die es auf Schwedisch über Papua-Neuguinea gab. Seit ihre einzige Tochter ihnen mitgeteilt hatte, dass sie auf die andere Hälfte des Erdballs zu reisen beabsichtigte, befanden sich meine Eltern in einem Schockzustand. Meine Mutter hatte einen Blick auf die Weltkarte geworfen: Unvorstellbar weit weg war es, dieses Papua-Neuguinea! Um sie zu beruhigen, las ihr mein Vater aus Büchern von Sten Bergman,[6] Finn Rideland[7] und anderen Autoren vor, die anschaulich von der »Kopfjagd«, von »Kannibalen« und von den exotischen Bräuchen dieser Breiten erzählen. Ob das meine Mutter aufheiterte, lässt sich nur schwer beurteilen. Zu den Büchern, die mein Vater besorgt hatte, gehörte auch Birger Mörners *Aráfis tropiska år* aus dem Jahr 1914, in dem Mörner von einem Besuch bei Carl Pettersson auf den Tabar-Inseln berichtet. In dem Buch gab es ein Foto von Pettersson und seiner dunkelhäutigen Ehefrau Singdo (in anderen Quellen oft auch Sindo, Sindu oder Singdo-Misses genannt), auf dem beide eine schwedische Volkstracht tragen. Dieses denkwürdige Foto hatte sich mir unauslöschlich eingeprägt.

---

[6] Sten Bergman (1895-1975) war Zoologe und Forschungsreisender. Seine Expeditionen führten ihn unter anderem dreimal nach Papua-Neuguinea. Er verfasste fünfzehn Bücher und hielt 6.000 Vorträge. 1952 wurde er mit der Nils-Holgersson-Plakette ausgezeichnet.

[7] Finn Rideland ist Forschungsreisender und Autor. 1973 erschien *Brecht mit der Steinzeit! Entwicklungen auf Neu-Guinea.*

Mit 40 Punkten in Sozialanthropologie[8] und dem Wissen aus einigen Seminaren Kunstgeschichte im Gepäck fuhr ich allein nach Papua-Neuguinea, um mich an der staatlichen Kunsthochschule des Landes einzuschreiben. Als ich die Tabar-Inseln das erste Mal besuchte, hatte das nichts mit Carl Pettersson zu tun. Ich fuhr zu den Inseln, um anhand der so genannten Malanganer die Kunst des Holzschnitzens zu studieren.

1987 kehrte ich nach Schweden zurück, wo sich der pensionierte Direktor des Stockholmer Museums für Ethnografie, Karl Erik Larsson, der viele Jahre über die Südsee geforscht hatte, mit mir in Verbindung setzte. Er lud mich zu einem Museumsbesuch ein. Auf der Suche nach Gegenständen aus Papua-Neuguinea durchstreiften wir zusammen die Magazine. Wie ein Prüfer in einem mündlichen Examen verhörte er mich über die einzelnen Objekte und ihren Ursprung. Ich vermute, dass ich eine »Eins plus« bekam – besonders bei den Schränken mit den »Petterssonschen Malangan-Objekten«. Ich hatte einiges über diese Holzskulpturen und ihre religiöse Bedeutung gelernt. Erst jetzt stellte ich eine Verbindung zwischen dem Foto von Pettersson und den Tabar-Inseln her, die ich im Vorjahr besucht hatte. Karl Erik, der sich über viele Jahre hinweg mit Birger Mörner und dessen Reise in das damalige Deutsch-Neuguinea 1912-1913 befasst hatte, wusste unendlich viele Geschichten vom Leben dort unten zu erzählen. Mein Interesse für die Schweden, die sich in Papua-Neuguinea und dessen Umfeld angesiedelt hatten, war geweckt.

Auch in anderer Hinsicht war das Zusammentreffen mit

---

[8] 40 Punkte des an den schwedischen Universitäten üblichen Creditsystems entsprechen einem deutschen Grundstudium (4 Semester).

Karl Erik für mich richtungsweisend: Ich bekam einen Mentor, einen älteren Kollegen, der mit allen ihm zur Verfügung stehenden Mitteln seine fünfundvierzig Jahre jüngere Kollegin unterstützte. Ich weiß nicht, wie viele Stunden wir zusammen in der Wiener Konditorei in der Bibliotheksgatan verbrachten, vertieft in intensive Diskussionen über die »ethnohistorische Untersuchung von Gegenständen« und die jüngste Südseeforschung. Karl Erik hatte sich in den Kopf gesetzt, dass aus seinem dreiundzwanzigjährigen Schützling eine »Ozeanien-Anthropologin« werden sollte – und damit basta! Es ist kein Zufall, dass er für mich zu etwas wurde, was man in anthropologischer Sicht metaphorisch als »Bruder meiner Mutter« bezeichnet. In der Gesellschaft von Papua-Neuguinea ist es der Onkel, der dafür Sorge trägt, dass der kleine Junge alle Riten durchläuft und zu einem vollwertigen Mitglied der Gemeinschaft heranwächst – und ich wurde jetzt also in die Gemeinde der Südseeforscher aufgenommen. Klar, dass ich wieder zurück nach Papua-Neuguinea musste!

1992 arbeitete ich im Museum für Ethnographie (dem damaligen *Folkens Museum*). Ich hatte ein weiteres Jahr in Papua-Neuguinea Kunst studieren und einige Foto- und Kunstausstellungen zu meinen Reisen auf die Beine stellen können. Außerdem hatte ich die Kunsthochschule in Stockholm besucht und einen so genannten Master in Anthropologie in England abgelegt. Im Museum dokumentierte ich die vorhandenen Objekte und recherchierte in Büchern und Archiven die Sammlungen über die Südsee. Das war richtige Detektivarbeit. Kurz zuvor hatte man Carl Peterssons Sammlung im Museum ausgestellt. Ihre Geschichte zurückzuverfolgen war mehr als spannend. Im Archiv befanden sich diverse Briefe, die Tabar zum Thema hatten. Außerdem existierte in Göteborg eine Sammlung von Gegenständen, Briefen und Fotografien, die Pettersson dem dortigen Museum für Ethnografie hinterlassen hatte. Wer war dieser Mann eigentlich gewesen? Und wie hatte es ihn nach Papua-Neuguinea verschlagen? Mich packte der Wunsch, erneut zu den Tabar-Inseln zu fahren, um herauszufinden, ob sich die Einwohner noch an ihn erinnerten. Dank eines Stipendiums des *Svenska Institutet* konnte ich 1993 reisen. Die Detektivarbeit ging weiter.

Im Museum für Ethnographie befinden sich unzählige Gegenstände. Ein jeder erzählt eine spannende Geschichte über seine Herkunft und die Art und Weise, wie er zu uns ins Museum gelangt ist. Forschungsreisende, Missionare und Kapitäne haben die erstaunlichsten Dinge mitgebracht. Wir alle, die wir im Museum arbeiten, sind mit der Zeit berufsgeschädigt. Die Anschuldigung, wir seien »Krempel-Systematiker«, kommt nicht von ungefähr: Alles, was zur Lösung eines Rätsels beitragen kann, ist von Interesse: Welche Bedeutung mag »dieses Ding oder Teil hier oder was auch immer es ist« ursprünglich gehabt haben? Exakt eines solchen Projektes würde ich mich nun annehmen. Gab es weitere interessante Sammelobjekte an dem Ort, wo Carl Pettersson gelebt hatte? Verbanden die Bewohner der Tabar-Inseln nach siebzig, achtzig Jahren noch etwas mit seinem Namen? Existierten Kinder oder andere Anverwandte, die möglicherweise mit weiteren Informationen über sein Leben aufwarten konnten? Und würden die Schnitzer von Tabar bestimmen können, aus welchen Dörfern die einzelnen Skulpturen stammten?

Vor meiner Abreise wandte ich mich an den neuseeländischen Anthropologen Michael Gunn, der als Experte für die Kunst der Gegend dort gilt. Er berichtete mir, dass er auf den Tabar-Inseln auf etwas gestoßen war, was er für die Überreste von einer von Petterssons Plantagen hielt. Dank Michael wusste ich außerdem, dass es unter den Schnitzern hinsichtlich der Muster der einzelnen Clans von Tabar so etwas wie ein Copyright gab. Das bedeutete zugleich, dass der Clan das Recht für die Verwendung eines bestimmten Musters erwerben musste. Vielleicht würde es uns gelingen, den Namen der Person herauszufinden, von der die Figuren im Museum geschnitzt worden waren. Die Bewohner der Tabar-Inseln zu interviewen sollte keine Schwierigkeiten bereiten, denn ich spreche fließend Pidginenglisch, die Lingua franca Papua-Neuguineas, auf dessen Inseln man über 800 lokale Idiome zählt.

Im März 1993 fuhr ich los. Mein Weg nach Papua-Neuguinea führte über Australien, denn ich sollte auf einer Konferenz in Adelaide einen Vortrag über die Schweden halten, die um die Jahrhundertwende in Deutsch-Neuguinea gelebt hatten. Unter den Zuhörern befand sich auch Barry Craig, der am *South Australian Museum* angestellt ist. Er war ein Jahr zuvor auf den Spuren von Edgar Waite, einem der Sammler des Museums, durch New Ireland gereist – der Provinz, zu der die Tabar-Inseln zählen. Waite hatte dort 1918 im Auftrag des Museums Naturalien und Ethnographika gesammelt und dabei tatsächlich auch die Tabar-Inseln besucht, wo er von Carl Pettersson und dessen Familie beherbergt worden war. Aus dieser Zeit stammt das Foto, das Herrn und Frau Pettersson – beide in schwedischer Volkstracht – und sechs ihrer Kinder auf der Veranda vor ihrem Haus zeigt.

Barry berichtete mir darüber hinaus, dass die Inselbewohner über Pettersson, oder Masta Sale, wie er von ihnen genannt wurde, noch immer einiges zu erzählen wüssten. An der Konferenz in Adelaide nahmen auch zwei Einwohner von Tabar teil: Edward Salle, ein Schnitzmeister, und Noah Lurang, der Leiter des Kulturressorts. Ich schien dem »Mysterium« Carl Pettersson allmählich näher zu kommen.

Ausgerüstet mit Abbildungen der Malangan-Objekte aus dem Museum für Ethnographie machte ich mich auf die Reise nach Kavieng, der Provinzhauptstadt von New Ireland. Dort nahm mich Noah Lurang in Empfang. Er half mir, mit seinem Heimatdorf auf Tatau, einer der drei zu Tabar gehörenden Inseln, Kontakt aufzunehmen. Wohlbehalten auf Big Tabar, einer zweiten Insel der Gruppe, angelangt, wurde ich mit einem Motorboot direkt in das Dorf Tupinda gebracht, wo Kilo wohnen sollte, ein Verwandter von Petterssons Frau Singdo. Wie sich herausstellte, war Kilo Singdos Neffe und gehörte darüber hinaus dem gleichen Clan an wie sie. Auf Tabar richtet sich die Clanzugehörigkeit der Nachkommen nach jener der Mutter. Kilo erzählte, dass er erst nach Singdos Tod geboren worden war und auch Carl Pettersson nie kennen gelernt hatte. Zeitweise ließ den alten Mann sein Gedächtnis im Stich, doch er erinnerte sich noch daran, wo sich der Grundbesitz der Familie Pettersson befunden hatte. Auch den Platz, an dem Pettersson sich unmittelbar nach seiner Ankunft niedergelassen hatte und wo er seiner zukünftigen Ehefrau Singdo aus dem Dorf Sikup begegnet war, konnte er mir zeigen. Petterssons erste Plantage Teripax hatte sich in der Nähe von Tupinda befunden. Von Petterssons Kindern wusste Kilo zu berichten, dass eine der Töchter, Elsa, die sich in Cairns in Australien angesiedelt hatte, noch am Leben war. Elsas Tochter Maria war mit niemand Geringerem als Michael Chan, dem Bruder von Sir Julius Chan, verheiratet, der

Anfang der achtziger und in der zweiten Hälfte der neunziger Jahre Premierminister von Papua-Neuguinea war.

An den folgenden Tagen machte ich mich auf den Weg zu verschiedenen Orten, die mit Pettersson in Verbindung standen, und befragte einige der älteren Einwohner. Ich war erstaunt, wie lebendig ihre Erinnerung an Pettersson und seine Familie war. Pettersson hatte hohes Ansehen genossen. Es erleichterte mich zu hören, dass mein »wantok«, mein »Landsmann«, ein guter Mensch gewesen sein sollte – so gut, wie man als Plantagenbesitzer in der Kolonialzeit eben sein konnte. Auf Tabar, auch das ergaben die Gespräche, besaßen die Menschen kein lineares Zeitverständnis, wie es für die westliche Welt typisch ist. Was man im Gedächtnis bewahrt, hängt vielmehr von der Beziehung ab, in der man zu einer Sache steht, und von dem Stellenwert, der einem Erlebnis oder einer Person im eigenen Leben zukommt. Besonders gut erinnert man sich also sowohl an Menschen, die sich besondere Verdienste erworben haben – wie Pettersson –, als auch gegenteilig an jene, die einen extrem schlechten Leumund besitzen. Dazu zählt in der Gegend beispielsweise Baron Boluminski, der die Einwohner beim Straßenbau auf New Ireland Sklavenarbeit verrichten ließ. Die übrigen Kolonisten waren im Großen und Ganzen in Vergessenheit geraten. Petterssons guter Ruf schien darauf zu basieren, dass er seine Plantagenarbeiter niemals ausgepeitscht und bei lokalen Festen öfter Schweine zum gemeinsamen Mahl beigesteuert hatte. Die Erinnerungen an ihn und seine Nachkommen waren vielfältigster Art. Oft zählten mir die Leute auf Pidginenglisch die Namen seiner Kinder auf: »Wili, Elsi, Kal, Anis, Jonny, Maxi« und so weiter.

Die Reihenfolge war dabei, wie auf Grund des Erinnerungssystems der Einwohner nicht anders zu erwarten, alles andere als chronologisch. Carl und Hans waren den Menschen noch ein Begriff, weil sie im Zweiten Weltkrieg unter furchtbaren Umständen ums Leben gekommen waren; John und Max hingegen waren im gleichen Zeitraum wie die ältesten Einwohner von Tabar geboren worden und also mit ihnen zusammen aufgewachsen.

Sola aus dem Dorf Maragon hatte als kleiner Junge Petterssons Boot, die »MV Maragon«, und das Auto bewundert, mit dem Pettersson oft herumfuhr. Laut Sola hatte Pettersson den lokalen Dialekt beherrscht und die gleichen Kleider getragen wie die einheimische Bevölkerung. Welches Alter mochte Sola jetzt haben? Ich fragte ihn, ob eines der Kinder um uns herum so alt sei, wie er damals zur Zeit seiner Begegnung mit Pettersson gewesen war, und Sola wies auf einen sieben- bis achtjährigen Jungen.

Auf Simberi, der dritten der Tabar-Inseln, auf der sich Petterssons große Plantage befunden hatte, blieb ich einige Tage. Mangap, ein feiner alter Mann, dessen Vater Kapitän auf einem von Petterssons Booten gewesen war, zeigte mir das Eiland. Er konnte die Malangan-Statuen aus dem Museum für Ethnographie identifizieren und führte mich zu der Stelle, an dem sie seiner Meinung nach bei der Zeremonie, für die man sie geschaffen hatte, aufgestellt worden waren. Seine Angaben stimmten weitestgehend mit den Informationen des Museums überein.

Mangap war auch der Einzige, der noch zu sagen wusste, wo genau im Dschungel sich Singdos Grab befand und wo Carls Bungalow gestanden hatte. Zusammen mit zwei Männern begleitete er mich hin. In meinem Tagebuch findet sich folgender Eintrag: »Der Platz [Bungalow] schien verglichen mit dem Foto sehr klein. Fand etwas Gerümpel und eine Flasche, die ich als Souvenir mitnehmen werde.

Vielleicht kann sie später bei einer Ausstellung Verwendung finden. Ein komisches Gefühl, an einem Ort zu sein, der eigentlich nicht mehr existiert.« Das also ist die Erklärung dafür, dass ich zehn Kilo »Schrott« aus der Südsee mitgeschleppt habe: Es war eben alles andere als gewöhnlicher »Schrott«!

Nachdem mir Mangap das Grundstück gezeigt hatte, führte er mich zu Singdos Grab. Ich war die erste Fremde, die es zu Gesicht bekam. In meinem Tagebuch steht: »Wir kämpften uns im Dschungel durch sumpfigen Boden und schweren Lehm und erreichten schließlich Singdos Grab. Es befindet sich auf einem Hügel oberhalb des Bungalows und besteht aus einem in den Boden eingelassenen Zementsarg. Die Grabplatte lag ein Stück daneben im Gras und die Muscheln, die das Grab früher eingerahmt hatten, waren über die Senke verstreut. Einst hatte man nach Aussage der Männer von hier oben bis aufs Meer sehen können, nun reckt sich an dieser Seite des Hügels ein Baum in die Höhe. Einer meiner Begleiter machte ein Foto von mir. Mir war sonderbar zumute: Ich stand am Grab von Singdo-Misses.«

Mangap, den ich nicht wiedersehen sollte, weil er wenige Jahre nach meinem ersten Besuch starb, bedeutete es sehr viel, mir Petterssons Geschichte erzählen zu können. Ich verstand gut, weshalb sich Pettersson gerade hier niedergelassen hatte. Er musste sich sofort in die Insel und ihre Einwohner verliebt haben. Die Menschen waren äußert gastfreundlich und von großer Herzlichkeit und Pettersson hatte sich dank seiner ausgeprägten sozialen Kompetenz – wie wir es heute nennen würden – schnell in die fremde Kultur eingelebt und sie gleichsam aus der Innenperspektive betrachtet, was für einen Plantagenbesitzer in der Kolonialzeit mehr als ungewöhnlich war. »Dispela masta winnim ol«, kommentierte Mangab: »In seinem Vermögen, die einheimische Kultur zu respektieren, übertraf dieser weiße Mann alle anderen.«

Von Tabar aus reiste ich nach Rabaul, dem Hauptort der Insel New Britain. Als ich meinen Flug buchte, sah ich, dass ein Flug von Kavieng nach Stockholm umgerechnet nur 500 schwedische Kronen kostete:[9] »Stockholm« ist eine Plantage, die auf derselben Halbinsel liegt wie Rabaul. Ich konnte mir das Lachen kaum verkneifen. Wenn man die Karte des Bismarck-Archipels genauer studiert, entdeckt man nicht wenige schwedisch klingende Namen, denn in der Kolonialzeit hatten sich hier eine ganze Reihe Skandinavier niedergelassen. Niemand von ihnen aber hat sich solche Verdienste erworben wie Carl Pettersson.

In Rabaul begab ich mich in das Büro von Michael Chan, der mit Carl Petterssons Enkelin Maria verheiratet ist. Am Empfang stieß ich auf ihre gemeinsame Tochter Michelle, die sofort von ihrer Oma Elsa Hörler – der ältesten Tochter von Carl und Singdo – zu erzählen begann. Michelle stellte den Kontakt zu den in Australien lebenden Nachfahren der Familie Pettersson her. Wie ich erfuhr, hatte Elsa zehn Kinder zur Welt gebracht. Sie lebte außerhalb von Brisbane bei ihrer zweitältesten Tochter Edith. Eine andere Tochter von ihr, Margarita, wohnte in Sydney, wo sich krankheitsbedingt auch Michelles Mutter aufhielt. Ihnen allen sollte ich später begegnen.

Carl Petterssons jüngsten Sohn Max allerdings fand ich

[9] Nach dem aktuellen Kurs etwa 55 Euro.

zu meiner großen Freude noch in Rabaul vor. Michelle machte uns miteinander bekannt. Wir unterhielten uns lange über seinen Vater und ich fragte Max, wie es für ihn gewesen sei, in einer so genannten »Mischehe« aufzuwachsen: Die Kinder aus solchen Verbindungen galten offiziell als Farbige und folglich gestanden ihnen die weißen Kolonialherren nur wenige Rechte zu. Aber auch von den Einheimischen wurden sie abgelehnt, weil sie nicht auf die traditionelle Weise aufgezogen wurden und zudem häufig außerhalb des Dorfes auf der Plantage lebten.

Max hatte einige Jahre in der katholischen Mission in Vunapope auf New Britain verbracht, da dass für ihn die einzige Möglichkeit gewesen war, eine Schulausbildung zu erhalten. Carl Pettersson hatte sich sehr dafür eingesetzt, dass seinen Kindern die gleichen Rechte zugebilligt wurden wie ihren weißen Altersgenossen. Seinen ältesten Sohn Willy hatte er in ein Internat nach Sydney geschickt, aber selbst dort hatte sich die Hautfarbe als Problem erwiesen. Der damals herrschende Rassismus stand einer Integration der Kinder aus »Mischehen« im Weg.

Max schilderte mir seine Kindheit auf der Plantage Maragon: In seiner Erinnerung hing zu Hause ein Porträt eines schwedischen Königs an der Wand, und die Kinder bekamen Abzeichen geschenkt, auf denen die schwedische Flagge abgebildet war. Ich fragte ihn, ob er Schwedisch spreche und Max antwortete mit: »skål« (Prost), »flicka« (Mädchen) und »flaska« (Flasche). In den ersten Jahren nach Singdos Tod hatte sich seine Schwester Elsa um die jüngsten der Geschwister gekümmert. Dann brach Carl Pettersson nach Schweden auf und kehrte in Begleitung seiner zweiten Ehefrau Jessie Simpson zurück, die schwedisch-englischer Herkunft war. Max` Beziehung zu seiner Stiefmutter war nicht die beste gewesen. Äußerlich ähnelte er seinem Vater sehr: Er hatte den gleichen warmen Blick, dem man auf Fotos auch bei Carl Pettersson begegnet.

Vom Papua-Neuguinea aus reiste ich zurück nach Australien, denn Michelle hatte für mich ein Treffen mit ihrer Verwandtschaft arrangiert: In Brisbane wartete Elsa auf mich. Die Familie gab ein Fest, zu dem nicht nur vier von Elsas Kindern erschienen, sondern auch deren Kinder und Kindeskinder. Maria, verheiratete Lindblad, eine von Carl Petterssons Schwestern, war Ende des neunzehnten Jahrhunderts nach Australien emigriert und so kam es, dass ich in Brisbane auch drei ihrer Enkel traf, die Gebrüder McFadden – Elsas Großcousins. Die Brüder Carl, Clive und John McFadden überließen mir Kopien von einigen alten Briefen, die sie nie hatten lesen können, da sie auf Schwedisch verfasst waren. Wie die Korrespondenz belegt, hatte der Regisseur Adolf Jahr 1939 geplant, einen Spielfilm über Carl Petterssons Leben zu drehen.

Mit Elsa machte ich ein Video-Interview. Sie sprach sehr liebevoll von ihrem Vater. Auf Kommentare über seine »Negerkinder« soll er sehr bestimmt erwidert haben, diese »Neger« seien sein eigen Fleisch und Blut. Im Unterschied zu anderen Weißen, die mit schwarzen Frauen Kinder hatten, war Carl Pettersson also »farbenblind«.

Meine Reise neigte sich ihrem Ende zu. Zufrieden stellte ich fest, dass ich auf viele meiner Fragen Antwort gefunden hatte: Die »Petterssonschen Malanganer« waren identifiziert und auch über Carl Pettersson selbst hatte ich einiges in Erfahrung bringen können. Der Forschungsauftrag des Museums war erfüllt. Aber wie sich herausstellte, hatte die Geschichte eine Fortsetzung. Zurück in Schweden, lernte ich Bibi und Bo Fundell aus Sollentuna kennen. Bibi war mit Carl Pettersson verwandt und auch sie hatte Wichtiges über jenen ihrer Vorfahren zu berichten, der auf einer Südseeinsel König geworden war. Ich hatte vor, die denkwürdige Geschichte von Carl Pettersson niederzuschreiben, doch meine Promotion in England kam dazwischen und ich legte das Projekt auf Eis.

Der »Schrott« landete im Museum – sehr zum Missfallen meiner Kollegen. Sie fragten sich sicher, was sie mit den rostigen Scharnieren wohl anfangen sollten. Doch vielleicht war es kein Zufall, dass ich während meiner Reise die Idee gehabt hatte, »att sakleta«, wie Pippi Langstrump es genannt hätte – also Gegenstände zusammenzutragen. Fast zehn Jahre später lud man mich ein, erneut zu den Tabar-Inseln zu reisen, dieses Mal nicht nur auf Carl Petterssons, sondern zugleich auf Efraim Langstrumpfs Spuren.

Die Reise nach Taka-Tuka-Land

Erzählt von Joakim

Tag 1

IN DER WOCHE VOR DER ABREISE nach Tabar stellen wir die Expeditionsausrüstung zusammen, darunter Kameras, Tonbandgeräte und eine komplette Filmausrüstung, die uns Colin Nutley geliehen hat. Wir sollen Material für die bevorstehende Verfilmung von Carl Peterssons Lebensgeschichte sammeln. Mit Malariatabletten, Mückenspray und Tropenhelmen bewaffnet steigen Ivar, Ingemar, Hélena, Rolf und ich am 20. März in Stockholm ins Flugzeug. Die Reise nach Tabar wird sechs Tage dauern. Schwer vorzustellen, dass es trotz der technischen Entwicklung noch immer Orte gibt, die man erst nach mehreren Tagen erreicht.

Stockholm – London, London – Singapur, Singapur – Brisbane, Brisbane – Cairns, Cairns – Port Moresby, Port Moresby – Rabaul, Rabaul – Kavieng, Kavieng – Tabar. Das letzte Stück sollen wir in einem sechs Meter langen offenen Boot mit Außenbordmotor zurücklegen.

Tag 2

WIR HABEN IN BRISBANE ÜBERNACHTET. Nach einer langen Reise treffen wir in Cairns im Norden Australiens ein und bekommen zum ersten Mal die tropische Hitze zu spüren. Ingemar, der bislang die warmen Länder gemieden hat und nie weiter südlich als bis Norditalien vorgedrungen ist, ringt nach Atem. Er erinnert an einen Bernhardiner, den man an einem sonnigen Tag in einen schwarzen VW eingesperrt hat. Die Hitze ist unglaublich. Wir quartieren uns in einem gemütlichen Hotel im Kolonialstil ein und verbringen den restlichen Tag damit, unsere Batterien wieder aufzuladen – sowohl die physischen als auch der seelischen. Morgen stehen uns neue Strapazen bevor.

Tag 3

Am Mittag kommen wir in Port Moresby an, der Hauptstadt von Papua-Neuguinea. Laut der Internetseite von Lonely Planet ist Port Moresby die Stadt mit der höchsten Verbrechensrate der Welt und von einem Besuch dort wird dringend abgeraten. Hélena zufolge, die bereits einige Male in Port Moresby war, ist an dieser Information durchaus etwas dran: Nachts sollte man keinen Schritt vor die Tür tun.

Wir beziehen Zimmer in dem einzigen Hotel der Stadt, das uns einigermaßen komfortabel und vor allem sicher erscheint. Es ist von hohen Zäunen umgeben und wird von Sicherheitskräften bewacht. Zusammen mit Geschäftsmännern, Ölbohrern, Goldsuchern und einer Gruppe vermögender Neuguineer plantschen wir im lauwarmen Pool.

Am Abend quetschen wir uns in zwei uralte Autos und unternehmen eine Stadtrundfahrt. Port Moresby könnte das Vorbild für Morristown aus dem Comic-Heft *Das Phantom* abgegeben haben. Die anderen winken ab, als ich versuche, sie von dieser Theorie zu überzeugen. »Reicht es dir nicht, dass du Pippis Vater gefunden hast?«, entgegnet Ivar müde.

Eine Weile gelingt es uns, der Zeitverschiebung zu trotzen, doch schließlich übermannt uns die Müdigkeit und wir fallen ins Bett.

Tag 4

NACH EINER ZWISCHENLANDUNG AUF NEW BRITAIN erreichen wir Kavieng, den größten Ort auf New Ireland. Abgesehen von zwei amerikanischen Ehepaaren mittleren Alters sind wir die einzigen Fremden an Bord des Flugzeugs und erregen bei der Landung entsprechende Aufmerksamkeit.

Einen so kleinen Flughafen hat keiner von uns je gesehen. Ein winziges Haus dient als Ankunfts- und Abflughalle, Reisebüro und Gepäckraum gleichzeitig. Unsere Sachen kommen auf einem Fahrzeug angerollt, das wie die Kreuzung eines Baggers mit zwei Einkaufswagen von IKEA anmutet und für die kurze Strecke einen halben Tag zu benötigen scheint. Wir verstauen alles in einem japanischen Pick-up und machen uns auf den Weg. Noah Lurang, der Leiter des Kulturressorts, begleitet uns. Er kümmert sich auch um die wenigen Touristen, die nach New Ireland kommen. Es sind nicht mehr als um die Tausend im Jahr – und die Fläche der Region ist immerhin halb so groß wie die Schwedens.

Noah führt uns zu einem alten, etwas heruntergekommenen, aber gemütlichen Hotel mit einem ausgestopften Krokodil auf der Rezeption. Wir bringen unsere Sachen auf die Zimmer und gehen dann zum Strand, um zum ersten Mal in der Südsee zu baden. Überall, wo wir auftauchen, lenken wir die Blicke auf uns. Die Menschen sind unglaublich freundlich und ziehen uns immer wieder ins Gespräch.

Am Abend bespricht Noah mit uns den Reiseplan für die fünf Tage, die wir auf den Tabar-Inseln verbringen werden. Ein straffes Programm an Gesprächen und Besuchen erwartet uns, und natürlich möchten wir darüber hinaus auch all die Orte besichtigen, die Carl Peterssons Spuren tragen. Wir haben viele Fragen, doch nach einer Weile fordert die Erschöpfung ihren Tribut und wir gehen auf die Zimmer. Umgeben von den Düften und Geräuschen der tropischen Nacht schlafen wir ein.

Tag 5

AM VORMITTAG SAMMELT UNS NOAH mit dem Pick-up ein. Wir fahren zu einem Jugendzentrum, um mit Jugendarbeitern und Kommunalpolitikern zu sprechen.

Später decken wir uns in der Handelsstation mit Pflastern, Jod, Betttüchern und Moskitonetzen ein. Der Laden ist eine richtige Entdeckung. An der Decke hängen Spaten und Buschmesser neben Petroleumlampen und Fischernetzen, und an den Wänden ringsum stehen reihenweise Konserven, meist Corned Beef von den unterschiedlichsten Herstellern. In einer Ecke des Raumes betreibt Mister Lee aus Hongkong die einzige Apotheke der Insel. Nach einigen Minuten habe ich ihm eine Dosis an Schlaftabletten abgerungen, mit der man ein Pferd töten könnte: Auf den Tabar-Inseln gibt es keinen Strom und ich fürchte, dass mir das Einschlafen schwer fallen wird, wenn ich mich nicht in den Schlaf lesen kann …

Beladen mit unseren Errungenschaften begeben wir uns zum Hotel zurück und packen um. Hélena, eine routinierte »Backpackerin«, begutachtet das Ergebnis unserer Packversuche. Seufzend packt sie dreißig Kilo wieder aus. Am Abend essen wir im Hotelrestaurant. Wir bestellen etwas Einfaches, Rolf allerdings hat es auf eine Spezialität abgesehen, den »Lobster nach Art des Hauses«. Während der Hummer auf sich warten lässt und wir Übrigen unsere

Hamburger genießen, hält uns der Gourmet Rolf einen Vortrag über unsere primitiven, völlig verwestlichten Essgewohnheiten.

Die Spezialität entpuppt sich als ein gigantischer Hummer, den man im Ganzen gekocht und in vier Liter Ketchup eingelegt hat. Rolf macht gute Miene zum bösen Spiel und attackiert das Ungetüm mit der Gabel und einem überaus stumpfem Messer. Die Tomatenflecke an der Zimmerdecke dürften noch heute zu sehen sein. Rolfs Kampf mit dem »Schweinehummer von Kavieng«,[10] wie er das Gericht tauft, dauert 47 Minuten. Dabei hätte er gewarnt sein können: Der australische Hotelmanager, der auch in der Küche das Sagen hat, hört auf den unglaublichen, aber vielsagenden Namen Mr Badcock! Müde und kichernd verlassen wir das Restaurant und gehen früh zu Bett.

Tag 6

MITTEN IN DER NACHT HOLEN UNS Noah und Penny, einer seiner Mitarbeiter, mit einem Minibus ab. Wir müssen früh aufbrechen, denn die Reise nach Konos, dem kleinen Dorf, von dem aus wir mit dem Boot nach Tatau (der mittleren der Tabar-Inseln) übersetzen wollen, dauert drei Stunden. Wir befinden uns am Äquator und zur Mittagszeit wäre die Überfahrt unerträglich.

Nach Konos (150 Kilometer) gelangt man über den Boluminski Highway, die einzige Straße, die auf New Ireland existiert. Sie ist nach Baron Boluminski benannt, dem deutschen Befehlshaber, der die 270 Kilometer lange Strecke Anfang des zwanzigsten Jahrhunderts anlegen ließ. In der

---

[10] Der hier verwendete schwedische Ausdruck »snuskhummer« ist doppeldeutig und bedeutet auch »Lustmolch«.

damaligen Zeit sicher ein Beitrag zum Fortschritt, vor allem, was den Handelsverkehr betraf – aber die Methoden, derer sich Boluminski bediente, waren alles andere als das. Wenn der Fortgang der Arbeiten nicht zu seiner Zufriedenheit war, dann zwang er die Dorfbewohner, seine Equipage zum nächsten Bauabschnitt zu tragen.

Nach einer halben Stunde halten wir kurz und Tabo steigt zu. Sie wird uns auf den Inseln als Führerin begleiten. Um diese unchristliche Zeit sind wir eher mundfaul, im Verlauf der Reise allerdings sollten wir einander gut kennen lernen.

Gegen sechs Uhr erreichen wir nach einer holprigen, aber einmalig schönen Fahrt Konos. In einem kleinen Laden, der eigentlich noch geschlossen hat, ergattern wir etwas Reiseproviant. Wir werden über die Hintertür eingelassen und suchen drinnen im Dunkeln mit Taschenlampen die Dinge zusammen, die wir brauchen. Danach fahren wir zum Strand, wo uns Noah und David, einer seiner Verwandten, schon erwarten. Sie werden uns nach Tatau bringen. Unser Transportmittel ist ein offenes Boot und Rolf und Ivar haben aus Angst vor der Überfahrt schlecht geschlafen. Das Meer um die Inseln gehört zu den haireichsten Gewässern der Erde, und die starke südöstliche Strömung trägt jedes Jahr Fischerboote mit Motorhavarie weit hinaus. Wenn man Glück hat, landet man auf einer benachbarten Insel, ansonsten wird man unter Umständen erst ein halbes Jahr später an Land gespült – in Ecuador. Wir alle sind nicht gerade die Ruhe in Person, denn das Boot ist weder mit Schwimmwesten noch mit einem zusätzlichen Motor ausgestattet. Um uns abzulenken, schnattern wir drauflos. Es gibt keine andere Möglichkeit, nach Tatau zu gelangen, und so kurz vor dem Ziel wieder umzukehren kommt nicht in Frage. Noah bemerkt unsere Nervosität und stellt beschwichtigend fest, es sei heute ungewöhnlich ruhig. Wir müssen aufbrechen, denn die Sonne steigt schnell und die Fahrt nach Tatau dauert über zwei Stunden.

Gesagt, getan. Wir klettern an Bord. David und Lurang waten nebenher und ziehen das Boot langsam über das Riff hinweg. Dann wirft Lurang den Außenbordmotor an und wir nehmen Kurs auf die kleine Inselgruppe am Horizont.

Die Überfahrt verläuft vollkommen reibungslos. Zum Schutz gegen die Sonne haben wir uns in Handtücher und Bettlaken eingehüllt und sehen wie Beduinen aus. Eine Stunde später können wir am Strand Hütten ausmachen, und als wir näher kommen, erkennen wir auch Fischer in den für die Region typischen Einbäumen. Sie winken, und wir winken zurück. Unser Zielort auf Tatau ist das Dorf Ku Do Ku Don, in dem Noahs Clan wohnt. Vor dem Korallenriff wartet Noah, bis eine größere Welle kommt. Dann reitet er das Boot auf dem Wellenkamm über das Riff hinüber, immer bereit, den Motor im letzten Augenblick aus dem Wasser zu reißen.

Als wir langsam an Land waten, erfüllt uns ein unbeschreibliches Gefühl. Am Strand stehen die Schulkinder des Dorfes in ihren Schuluniformen – weiße Hemden und blaue Hosen oder Röcke – und begrüßen uns. Die meisten von ihnen haben noch nie zuvor Weiße gesehen und sind genauso neugierig wie wir. Einige der kleineren Kinder erschrecken und suchen weinend bei ihren Müttern Schutz oder laufen davon, um sich zu verstecken. Historisch betrachtet haben sie allen Grund dazu, die Weißen zu fürchten. Dieser Teil Ozeaniens heißt noch immer Bismarck-Archipel. Anfang des zwanzigsten Jahrhunderts teilten die Engländer, die Deutschen und die Holländer Neuguinea mit Zirkel und Lineal zwischen sich auf. Die einheimischen Männer und Frauen wurden gefangen genommen und mussten auf den Plantagen arbeiten, die in dieser Gegend vor allem der Gewinnung von Kopra dienten, dem getrockneten fettreichen Fleisch der Kokosnuss, aus dem Kokosfett gewonnen wird.

Doch unser Begrüßungskomitee heißt uns lächelnd mit einem fröhlichen »Appy noon« willkommen (Pidgin-Englisch für »Guten Tag«, abgeleitet vom englischen »Good Afternoon«, wobei diese Begrüßung den ganzen Tag über benutzt wird). Nachdem wir dem halben Dorf die Hand geschüttelt haben, spazieren wir den Strand entlang zu unserem *guesthouse*. Noahs Verwandte Ken, Salina, Nick, King und David, der auf dem Boot bereits dabei war, empfangen uns. Die nächsten fünf Tage werden sie uns zeigen, wo Carl Pettersson gewohnt und gewirkt hat. Wir tragen unsere Sachen in das hübsche kleine Haus, das aus Bambuspfählen und Palmenblättern gebaut wurde. Laut Gästebuch haben seit seiner Einweihung 1994 sechsundvierzig Personen hier übernachtet. Zwei Drittel von ihnen kamen aus Port Moresby, aber wir entdecken auch sechs Europäer, darunter ein holländisches Hochzeitspaar und ein Däne, der 1998 die Insel besucht hat. Wir notieren uns seine Adresse.

Hélena setzt sich unter eine Palme und unterhält sich mit Tabo und Salina, wir anderen gehen baden. Auf dem Weg zum Strand erzählt mir Nick, dass er nicht nur mit Noah, sondern auch mit Singdo verwandt ist. Ich bin so ergriffen, dass ich fast zu weinen anfange und berichte ihm, wie ich vor etwas mehr als drei Monaten durch einen Zufall über die Geschichte von Carl und Singdo gestolpert bin. Als wir ins Wasser hinauswaten, warnt uns David vor der Strömung. Ja, ja, tun wir ihn ab und toben drauflos. Ivar und ich nehmen Schnorchel und Taucherbrille und beobachten hingerissen die Fische und Korallen, doch plötzlich spürt Ivar, dass er immer weiter nach draußen getrieben wird, obwohl er mit aller Kraft in Richtung Strand schwimmt. Ich bin noch weiter als er vom Ufer entfernt und merke erst kurze Zeit später, was los ist. Panisch versuchen wir, wieder Boden unter die Füße zu bekommen und durch Schreie auf uns aufmerksam zu machen. Schon nach wenigen Minuten hat uns die Strömung fünfzig Meter weit hinausgetrieben. David findet auf dem Riff eine Stelle, wo er stehen kann und streckt uns seinen Arm entgegen, aber bis dorthin sind es noch mehr als zehn Meter. Ivar und ich werden von Todesangst gepackt. Unsere Kräfte gehen allmählich zur Neige. Doch von einem Augenblick zum anderen finden wir an einer Koralle Halt und stolpern erschöpft aus dem Wasser. Ingemar und Rolf allerdings haben von dem dramatischen Vorfall nichts bemerkt. Sie tragen keine Taucherbrillen und deshalb ist es schwerer für sie, das Tempo einzuschätzen, mit dem sie abgetrieben werden. King und Ken lassen ein Kanu ins Wasser und sammeln die beiden ein. Hinterher am Strand kämpfen wir mit den Tränen. Wir haben den halben Erdball umrundet, und nun, wo wir endlich am Ziel sind, riskieren wir es, zu Haifutter zu werden. In Zukunft werden wir uns nur noch innerhalb des Riffs bewegen.

Als die Aufregung nachgelassen hat fragt uns King, ob wir uns das Salzwasser abspülen wollen. Das hört sich gut an. King rennt los, eilt im Laufschritt durch das Dorf, springt auf der anderen Seite über einen Zaun und verschwindet im grünen Dickicht. In Badehose und Sandalen unternehmen wir unsere erste Wanderung im Dschungel von Papua-Neuguinea. Die einzigen Pflanzen, die wir identifizieren können, sind Kokospalmen und Hibiskus, dessen große rote Blüten uns überall umgeben. Nach kurzem Gänsemarsch stoßen wir auf eine gusseiserne Pumpe und lassen uns abwechselnd kaltes Quellwasser über die Köpfe strömen. Eine Wohltat in der Mittagshitze, es herrschen um die vierzig Grad. King wendet sich erneut an uns und fragt höflich, ob wir vielleicht auch etwas trinken möchten, ein wenig Kokosmilch vielleicht? Na sicher doch! Neben uns hängt ein Seil herab. Einer der Burschen klemmt sich das Ende zwischen die Füße, nimmt ein großes Messer zwischen die Zähne und verschwindet einen Baumstamm hinauf. Nur wenige Augenblicke später muss man aufpassen, dass man nicht von den herunterprasselnden Nüssen getroffen wird. Von einer Kokosnuss erschlagen zu werden ist tatsächlich immer noch keine ungewöhnliche Todesursache hier draußen.

Als wir zum Strand zurückgehen frage ich einen älteren Mann, wie häufig von der Insel aus große Schiffe zu sehen seien. »Vielleicht zehn Mal jedes Jahr«, entgegnet er. »Sie ziehen am Horizont vorüber«. Das Fahrwasser nördlich der Inseln wird nicht besonders stark frequentiert. Raum und Zeit haben auf Tabar eine andere Bedeutung.

Am Abend versammeln wir uns vor dem *guesthouse*, um den Inselbewohnern zu berichten, weshalb wir gekommen sind. Einige der älteren Anwesenden sind mit Singdo verwandt. Wir haben einen Ordner mit Zeitungsausschnitten und Fotografien von Carl und Singdo und ihrer Familie mitgebracht. Die Kinder und Enkel der beiden werden von den älteren Inselbewohnern wiedererkannt. Ich übersetze den Artikel aus *Dagens Nyheter*, der von Carls Schiffbruch und seiner Hochzeit mit Singdo berichtet, ins Englische und

Hélena dolmetscht ins Pidginenglisch. Ein Kreis von zwanzig Personen hat sich um den Ordner versammelt und alle wollen die alten Fotos sehen. Nick, der die Geschichte bereits kennt, erzählt sie stolz wieder und wieder jedem, der sie hören will. Und das wollen alle – mehr als einmal.

Später am Abend findet eine Beerdigung statt und man erlaubt uns, an der Zeremonie teilzunehmen. Vor kurzem ist ein junges Mädchen gestorben, und nun kommt das gesamte Dorf zusammen, um sie zu ehren. Man hat ein paar Schweine geschlachtet und sie tagsüber in einem Momo (eine Art Erdofen) zusammen mit verschiedenen in Bananenblätter gewickelten Wurzelgemüsen gegart. Nach dem Begräbnisritual wird gemeinsam gegessen. Wir Männer dürfen bei dem Dorfältesten und dem Schnitzmeister vor dem Männerhaus sitzen, Hélena isst gemeinsam mit den Frauen. Als wir ins *guesthouse* zurückkehren, finden wir ein Abendessen vor, das King und Salina für uns vorbereitet haben. Brav stopfen wir es in uns hinein. Dann gehen wir satt und übermüdet ins Bett und schlafen begleitet vom Wellenrauschen und vom Geraschel der Palmen ein.

Tag 7

IM MORGENGRAUEN WECKEN UNS DIE HÄHNE. Still lauschen wir dem langsamen Erwachen des Dorfes. Da es hier, wie bereits erwähnt, keinen Strom gibt, bestimmt das Tageslicht den Lebensrhythmus. Die Einheimischen stehen um sechs Uhr morgens auf und legen sich gegen acht Uhr abends schlafen. Durch die dünne Wand aus Palmenblättern hören wir, wie das Frühstück zubereitet wird. Einer nach dem anderen tapsen wir zu dem kleinen Duschverschlag vor dem Haus hinunter. Die Dusche (auf dem Dach befindet sich eine Zisterne, in der sich das Regenwasser sammelt) wird auch von den Bewohnern der umliegenden Hütten benutzt. Das Gleiche gilt für das Plumpsklo, was für einen prüden Schweden etwas ungewohnt ist, aber wir gewöhnen uns schnell daran.

Das Frühstück besteht aus Tee, Kaffee, frischem Obst und frittierten Bananen. Nach diesem delikaten Mahl warten wir gespannt auf das Boot, das uns zu unserem heutigen Reiseziel bringen soll: Es ist die Insel, die ich Taka-Tuka-Land nenne.

Als wir uns Simberi – so der eigentliche Name des Eilands – nähern, erkennen wir von weitem ein altes, rostiges Wrack, das circa fünfzig Meter vor dem Ufer an einem Riff gestrandet ist. Als wir näher dran sind fragen wir Nick, ob er weiß, wie lange es schon dort liegt. Er kann es nicht genau sagen, doch auf jeden Fall ist das Schiff vor dem Zweiten Weltkrieg auf Grund gelaufen. Es ist ein so genannter Kopra-Dampfer, was es durchaus wahrscheinlich macht, dass wir das Fahrzeug vor uns haben, mit dem Carl am Weihnachtsmorgen 1904 Schiffbruch erlitt. Für mich ist es längst beschlossene Sache, dass es sich um die »Herzog Johan Albrecht« handelt, und ich schlage vor, dass wir versuchen, an Bord zu gehen. Doch Nick rät uns davon ab, es wimmele dort nur so von Black Snakes. Da das Schiff unter Umständen Teil des Petterssonschen Imperiums war, beschließen wir, am nächsten Tag Fotos davon zu machen.

Nun liegen nur noch einhundert Meter vor uns, bis wir Maragon betreten werden, die Plantage, auf der Carl Pettersson von 1912 bis 1935 gelebt hat. Am Strand sind Reste der Hafenanlage zu sehen, von der aus die Kopra verladen wurde. Langsam treiben wir auf den Strand zu. Uns allen fällt es schwer, die Tränen zurückzuhalten. Sobald wir gelandet sind, gehe ich in die Knie und küsse vor den Augen einiger verwunderter Inselbewohner, die sich zu unserer Begrüßung eingefunden haben, den Boden. Ingemar schüttelt leicht nervös einem alten Mann mit Lendenschurz und Gesichtsbemalung die Hand, der ein gigantisches Messer erhoben hat. Im nächsten Moment wird ihm klar, dass es sich dabei um ein Gartengerät handelt und er atmet auf. Sein Gegenüber heißt Pius und ist der Malangan-Schnitzmeister der Insel.

Aufgekratzt hüpfen wir am Strand hin und her und zeigen auf alles, was wir für Überreste der Plantage halten. Dann nehmen wir unser Nachtlager in Augenschein – eine Wellblechbaracke. Wir laden unser Gepäck ab und nehmen Kurs auf den Dschungel, um Singdos Grab zu besuchen. Auf dem Weg dorthin passieren wir die Reste der Residenz, die einst dem Sollentuna-Bub Carl Pettersson gehört hat. Wir vermeinen, den Grundriss des Hauptgebäudes auszumachen, und bereits nach einer kurzen archäologischen Erforschung des Geländes haben wir einen Berg von Fundstücken zusammengetragen, hauptsächlich Glas- und Porzellanscherben. Am nächsten Tag werden wir weitersuchen. Das letzte Stück des Wegs zu Singdos Grab ist vollkommen zugewachsen. King, David und einige andere haben uns mit ihren Buschmessern einen schmalen Pfad gebahnt. Plötzlich stehen wir auf einer gerodeten Lichtung. In ihrer Mitte befindet sich ein Steinfundament. Darauf ist ein Platte aus glänzendem schwarzem Granit angebracht, in die ein Porträt der Eheleute eingemeißelt ist: Sindu Pettersson Lamis, Died 1922, Carl E. Pettersson, Died 1937. Carl allerdings, das wissen wir bereits, ist in der Nähe von Sydney beerdigt, die Platte wurde erst später angefertigt. Wir verstummen, ergriffen von der Feierlichkeit des Augenblicks.

Zehn Minuten ist es still. Auch die Einheimischen schweigen. Nur langsam kehren wir in die Wirklichkeit zurück. Jeder von uns pflückt ein paar Blumen und wir legen sie rings um den Stein, dann machen wir uns auf den Rückweg.

Der Wellblechschuppen, in dem wir nächtigen werden, wurde gebaut, als ein malayisches Sägewerk vor vier Jahren auf Simberi Wald gerodet hat. Was zurückblieb, war eine verwüstete Landschaft. Das Unternehmen holzte einen Quadratkilometer ab und hinterließ verrostete Maschinen und Wohncontainer.

Vor dem Schuppen bereitet die Familie, die ihn normalerweise bewohnt, das Abendessen zu. Fangfrischer Fisch und ein frisch geschlachteter Hahn werden mit Kokosmilch und Ingwer mariniert und anschließend mit verschiedenen Wurzeln und Gemüsen vermischt. Das alles wird zusammengeschnürt und in einen Momo gelegt. Darin hat das Essen einen Großteil des Tages gegart und nun gegen Abend kitzelt der Duft unsere Nasen und Gaumen.

Vor der Mahlzeit unterhalten uns die Kinder mit Spielen und Liedern. Eine Ukulele geht von Hand zu Hand. Unsicherheit und Zurückhaltung auf beiden Seiten sind wie weggeblasen, die Musik reißt alle mit und die Fröhlichkeit der Kleinen wirkt ansteckend. Die Kinder sind vier bis zehn Jahre alt und singen die traditionellen Lieder aus voller Kehle. Plötzlich zucken wir zusammen. Eines der Lieder kommt uns bekannt vor, nur der Text klingt irgendwie anders. Natürlich, es ist »Jesus hat alle Kinder lieb«. Euphorischer als die Sänger beim Weihnachtsfest der Heilsarmee warten die Kinder mit einem Missionslied nach dem anderen auf. Gelernt haben werden ihre Vorfahren die Lieder von den christlichen Missionare, die vor rund einhundert Jahren auf den Tabar-

Inseln emsig ihrer Berufung nachgingen. Wir bringen den Kindern das »Pippi-Lied« auf Schwedisch bei, was immer neue Lachsalven auslöst. »Hear come are Pippilangstromp, joe la hey, joe la ho, joe la hope sun sa« und so weiter.

Als sich die Nacht über uns senkt, reiben wir uns mit Mückenmittel ein und setzen uns an den Tisch. Beim Licht einer einsamen Petroleumlampe nehmen wir unser köstliches Mahl ein und unterhalten uns dabei mit Tabo. Sie wünscht sich, dass mehr Touristen in den Archipel kommen, gleichzeitig hat sie Angst, dass Tabar den damit verbundenen Entwicklungsschub nicht verkraften könnte. Am meisten verspricht sie sich von einer Art Öko-Tourismus. Eine Stunde lang sitzen wir im Dunkeln und schmieden Pläne für eine Kinderkolonie mit dem Namen »Singdo«, die armen Kindern aus der ganzen Welt ein Zuhause bieten könnte und ihnen gleichzeitig einen Weg zeigen würde, im Einklang mit der Natur zu leben.

Tag 8

Es regnet. Gegen fünf Uhr morgens werden wir von einem fürchterlichen Lärm geweckt. Das Prasseln des Monsunregens auf dem Blechdach ähnelt dem Rauschen eines flimmernden Fernsehers bei größtmöglicher Lautstärke. Für ein paar Stunden ist jede Kommunikation unmöglich. Erst gegen neun Uhr hört der Regen auf und wir begeben uns zu Carls Residenz, um mit der archäologischen Arbeit fortzufahren. Es zeigt sich, dass wir gestern am falschen Ort gesucht haben – die Bungalows von Carls Farm lagen zwanzig Meter weiter, dort sind auch die Grundrisse noch deutlich zu erkennen. Binnen einer Stunde finden wir alles von einem alten Grogglas über kaputte Teller bis zu einem Nachttopf aus Emaille und einem Kopra-Messer.

Mit den Fundstücken beladen treten wir den Rückweg an. Unterwegs passieren wir einen Bach, über den eine Hängebrücke gespannt ist. Als Familie Fundell 1989 John (Carls und Singdos zweitjüngsten Sohn) auf New Ireland besuchte, erzählte er, dass Carl in den zwanziger Jahren im Bachbett auf Gold gestoßen sei. Laut Carl schürfte er es mit Hilfe eines ausgehöhlten Astes, den er in der Mitte des Baches platzierte und einmal im Monat kontrollierte. Der Fund wurde mehrere Jahre lang geheim gehalten.

Nach dem Mittagessen besuchen wir das kleine Dorf Sewaso, um das Grab von Willy Pettersson zu besichtigen, dem Bruder von Carl. Hinter dem Dorf hat man erneut Sicht auf das Schiffswrack und wir filmen es aus den unterschiedlichsten Perspektiven. Es gelingt mir, einem Mann am Strand einen fünf Kilo schweren Messingbeschlag abzukaufen, der von dem Wrack stammt. Überglücklich schleppe ich ihn durch die Hitze.

Hélena ist ein Stück zurückgeblieben und begrüßt alte Bekannte von ihrer Reise aus dem Jahr 1993. Sie erklärt einem älteren Mann, dass Masta Sale (Carl Pettersson) ein »wantok«, also ein Landsmann von uns war. Als sie erzählt, dass wir an Singdos Grab gewesen sind, ruft er auf Pidginenglisch aus: »Yupela kaikai antap long semel.« Langsam geht Hélena auf, wie die Einwohner unseren Besuch deuten. Sie vermuten, dass wir an der Grabstätte die Toten geehrt haben, indem wir am Grab »gegessen« haben, eine Metapher für die Zeremonie, die von den Anverwandten abgehalten wird, um in der Gemeinschaft die Balance wieder herzustellen. Auf den Tabar-Inseln sind es die angeheirateten Familienmitglieder, die diese Zeremonie leiten. Für die Inselbewohner, für die wir offensichtlich als Nachfahren von Pettersson gelten, lag also die Schlussfolgerung nahe, dass wir nun gekommen waren, um unsere Pflicht gegenüber der Familie von Singdo zu erfüllen.

An Willys Grab angelangt, begegnet uns ein Mann mit Gesichtsbemalung, der sich neugierig nach unseren Absichten erkundigt. Hélena erläutert ihm den Grund unserer Reise und der junge Mann berichtet, dass er vor sieben Jahren Besuch von Elsa bekommen habe, die ihm als Geschenk eine Kassette daließ. Steven, so der Name des Mannes, besitzt keinen Kassettenrekorder, außerdem gibt es auf Simberi keinen elektrischen Strom – er kennt also den Inhalt der Kassette nicht. Wir fragen, ob wir das Band ausleihen können, und zehn Minuten später kommt er damit zurück. Aber warum hat Elsa gerade ihm die Kassette geschenkt? Ist er möglicherweise mit Elsa verwandt? Es stellt sich heraus, dass Stevens Großmutter Elsas beste Freundin war und die beiden als Kinder oft miteinander gespielt haben.

Nachdem wir eine letzte Runde um das Schiffswrack gedreht haben, fahren wir zurück nach Tatau zu unserem *guesthouse*. Am Abend besucht uns eine alte Frau. Sie hat von unserem Besuch gehört und ist von einem anderen Teil der Insel herübergekommen. Ihre Eltern haben für die Peterssons gearbeitet und Hélena führt mit ihr ein mehr als interessantes Interview. An Carl und seine Kinder kann sich die alte Frau sehr gut erinnern, von Jessie hingegen weiß sie fast nichts mehr zu berichten. Im Laufe des Gesprächs erwähnt sie öfter, was für ein tüchtiger, guter und liebenswerter Mensch Carl gewesen sei, was uns sehr freut. Man stelle sich unsere Enttäuschung vor, wenn man uns gesagt hätte, dass Carl Pettersson, das Vorbild für Pippis Vater Efraim, ein grausamer Sklaventreiber gewesen sei, der trank und sich an den Frauen des Dorfes verging. Doch im Gegenteil, alle hatten ihn sehr gemocht.

Bevor wir uns schlafen legen, hören wir uns Stevens Kassette an. Auf dem Dach des Nachbarhauses befindet sich ein Solarkollektor, der den einzigen Kassettenrekorder des Dorfes mit Strom versorgt. Das Band stellt eine Art Familienchronik dar: Mit altersschwacher Stimme erzählt Elsa darauf die Geschichte von Carl und Singdo. Sie ist sehr darum bemüht, die Erinnerungen lebendig zu erhalten. Aus klimatischen Gründen ist es mit der Qualität der Aufnahme nicht zum Besten bestellt, die Feuchtigkeit hat ihre Spuren hinterlassen. Aber Hélena, die Elsa getroffen hat, erkennt deren Stimme wieder.

Tag 9

HEUTE FAHREN WIR NACH TERIPAX, einem Dorf auf Big Tabar. Doch bevor wir aufbrechen, statten wir Häuptling Joel Pichia einen Besuch ab. Das hätten wir bereits direkt nach unserer Ankunft tun sollen, doch es hatte ein Missverständnis gegeben und er wirkte damals etwas irritiert. Wir geben unserer Ehrfurcht ihm gegenüber Ausdruck und überreichen kleine Geschenke, und kurz darauf werden wir mit der üblichen Begrüßungszeremonie willkommen geheißen: Dem Häuptling nahe stehende Personen singen und tanzen für uns, ihre Oberkörper und Gesichter sind farbig bemalt. Nach der Zeremonie lassen wir uns im Männerhaus nieder und Hélena erläutert den Grund unseres Besuches.

In Teripax hatte sich Carl unmittelbar nach seiner Ankunft auf den Tabar-Inseln aufgehalten und dort hatte er auch Singdo kennen gelernt, die aus der Gegend um das Dorf stammte. Nach einstündiger Fahrt, bei der uns springende Delfine begleiten, ziehen wir das Boot auf den Strand. Wir befinden uns jetzt in unmittelbarer Nähe des Ortes, an dem 1907 die große Hochzeitszeremonie für Singdo und Carl stattfand – und tatsächlich sind dreißig Meter oberhalb des Strands noch deutlich die Reste der ersten Residenz der beiden zu erkennen. Wir stoßen auf einen gegossenen Zementfußboden, eine nahezu intakte Vortreppe und auf rostige Wasserleitungen. Offenbar war Carls Haus mit Wasserklosett und Badewanne ausgestattet. Als wir die Reste des Gebäudes umrunden, stehen wir vor einer auf småländische Art errichteten Steinmauer. Dass wir unsere Füße auf dieselbe Treppe setzen, auf der sich um 1918 die Familie Pettersson fotografieren ließ, versetzt uns in feierliche Stimmung. Wir lassen uns auf den Stufen nieder und David, der auf den Tabar-Inseln zu unserem Kameramann avanciert ist und unsere Interviews aufnimmt, hält den Augenblick für die Ewigkeit fest.

Im nahe gelegenen Dorf Tupinda besuchen wir eine alte Frau, die mit Häuptling Lamys, Singdos Vater, verwandt ist. Sie zeigt uns Fotos von Willy und Elsa, den beiden ältesten Kindern von Carl und Singdo. Als wir mit ihr zusammen das Haus der Dorfältesten betreten, zieht sie plötzlich eine riesige Fotografie des schwedischen Königspaares hervor. Sie glaubt fest daran, dass sie auf irgendeine Weise mit dem schwedischen Königshaus verwandt ist. Nach dem traditionellen Verständnis hängt die verwandtschaftliche Zugehörigkeit auf Tabar zuallererst davon ab, ob man Mitglied desselben Clans ist. Demzufolge betrachten die Einheimischen Carl Pettersson als einen der ihren – und also muss auch Carl XVI. mit ihnen verwandt sein.

Was soll man da sagen? Über Jahrzehnte war in der Region die Geschichte über den großen schwedischen Mann namens Carl kursiert, der in seinem Heimatland König genannt wurde. Für die Menschen hier ist die Sache klar: Wenn beide Carl heißen und aus Schweden kommen, sind Carl XVI. und Carl Pettersson auf jeden Fall miteinander verwandt – und folglich auch beide Könige. Wir bringen es nicht fertig, der alten Frau zu erklären, wie sich die Dinge tatsächlich verhalten und verabschieden uns von ihr, ohne ihren Traum von der königlichen Abstammung zu zerstören.

Auf der Heimfahrt passieren wir einen großen Felsen, der nur vom Meer aus zugänglich ist. David führt uns in eine Höhle, in der vor einigen Jahren das Skelett eines Mannes gefunden wurde, der sich nach einem Streit mit den Dorfbewohnern hierher geflüchtet hatte, um den Hungertod zu sterben. In einer anderen Höhle gibt es zahllose Fliegende Hunde (eine Art sehr großer Fledermäuse), die an der Decke hängen und schlafen. Als wir vor dem Höhleneingang auftauchen, setzen sie sich in Bewegung. Sie sausen so schnell an uns vorbei, dass wir den Luftzug spüren.

Zurück auf Tatau schauen wir bei dem Schnitzmeister Edward Salle vorbei. Edward, auch Edu genannt, stellt Malangan-Objekte her: kunstvolle, handgeschnitzte Holzskulpturen, von denen die Inselbewohner glauben, dass in ihnen die Seelen der Toten weiterleben. Solche Malangan-Skulpturen waren es, die Carl über Birger Mörner in das Museum für Ethnographie in Stockholm bringen ließ. Den letzten Abend auf Tatau verbringen wir mit unseren neuen Freunden Ken, Tabo, King, Nick, David und Salina. Wir tauschen Geschenke und unsere Adressen aus. Ivar und David sitzen etwas abseits und reden die halbe Nacht – zwei junge Männer, die über Musik, das Leben und die Zukunft diskutieren. Sie flüstern noch immer miteinander, als uns anderen endgültig die Augen zufallen.

Tag 10

Im Morgengrauen versammeln wir uns am Strand. Während das Boot beladen wird arrangieren wir alles für ein Foto, als dessen Vorlage eine Zeichnung von Ingrid Vang Nyman aus *Pippi Langstrumpf in Taka-Tuka-Land* dient, und schleppen Bambus, Kokosnüsse und Muscheln herbei. Héle-na wird mit Zöpfen versehen, ein Dutzend Kinder setzt sich um sie herum und Héléna erzählt den verwunderten Kleinen die Geschichte von Pippi – dem Mädchen, dessen Vater auf Tabar König war.

Der Kreis hat sich geschlossen. Die Bände über Pippi Langstrumpf sind in rund sechzig Sprachen übersetzt worden und zählen zu den meistgelesenen Kinderbüchern der Welt. Auch wenn Carl Pettersson an jenem Weihnachtsmorgen 1904 nicht auf den Tabar-Inseln gestrandet wäre – ihre Pippi Langstrumpf hätte Astrid Lindgren sicherlich trotzdem erfunden. Doch Pippis Vater, den »Negerkönig« Efraim, das Taka-Tuka-Land, das Schiff Hoppetossa, den Rucksack voller Goldmünzen und all die anderen Dinge hätte es dann vermutlich nicht gegeben.

Das halbe Dorf hat sich versammelt, um uns eine gute Reise zu wünschen. Zehn Minuten umarmen wir unsere neuen Freunde und Bekannten und nehmen Abschied von ihnen. Wir sehen sie winken, bis wir sie am Horizont nicht mehr ausmachen können.

In Konos wartet Noah auf uns. Wir setzen uns auf die Ladefläche eines Lastwagens und er fährt uns einige Kilometer nach Süden, nach Kanabu. Max Pettersson, der jüngste Sohn von Carl und Singdo, ist vor wenigen Monaten gestorben und wir wollen sein Grab besuchen. Gemeinsam mit den Nachbarn von Max stehen wir schweigend vor seiner letzten Ruhestätte. Bevor wir weiterfahren, erkundige ich mich, ob Max irgendetwas hinterlassen hat. Doch leider Fehlanzeige. Nach hiesigem Brauch wird das gesamte Hab und Gut des Verstorbenen verbrannt. Als wir ins Auto steigen, kommt eine alte Frau angelaufen, sie hält einen verwitterten Gehstock in der Hand.

»Mista, mista!«, ruft sie. »Maxi`s stick. Yo can hav it.«

Überglücklich nehme ich das Mütterchen in den Arm. Ich bin mir sicher, dass der Stock einst Carl Pettersson gehört hat und von ihm dann an Max vererbt worden ist. Die anderen bleiben misstrauisch, aber der Stock sieht zweifelsohne sehr alt aus.

Unser nächsten Ziel ist das Grab von Carls zweitjüngstem Sohn John. Wir halten davor eine schlichte Andacht, und plötzlich ist der kleine Friedhof brechend voll. Wo immer wir auch auftauchen, ziehen wir die Aufmerksamkeit der Einheimischen auf uns.

Nach einer 200 Kilometer langen Fahrt treffen wir in der Dämmerung in Kavieng ein und nehmen im besten Hotel der Insel Quartier. Es liegt direkt am Strand, die Zimmer sind mit Badewanne, Fernseher und Klimaanlage ausgestattet und zu meinem besonderen Entzücken steht neben dem Bett eine einwandfrei funktionierende Leselampe. Als wir später am Abend das Restaurant betreten, wundern wir uns über Stille, die dort herrscht. Abgesehen von uns ist lediglich ein einziger weiterer Gast hier abgestiegen. Der Direktor erzählt uns, dass sein Hotel staatlich gefördert wird: Die Regierung von Papua-Neuguinea will sichergehen, dass auf New Ireland zumindest ein Hotel existiert, das den internationalen Standards gerecht wird, um wichtigen Persönlichkeiten bei ihrem Aufenthalt in der Region eine angemessene Unterkunft bieten zu können. Wir nehmen Platz und trinken auf eine gelungene Expedition. Alkohol ist in der gesamten Region etwas sehr Seltenes und nur schwer zu bekommen. Die letzten Tagen haben wir problemlos auf ihn verzichtet. Heute schlummern wir direkt nach dem Abendessen friedlich ein.

Tag 11

RUHETAG. NACH EINEM AUSGIEBIGEN FRÜHSTÜCK schlendern wir ans Meer und jeder sucht sich eine Palme. Wir baden und genießen die Sonne und fühlen uns wie Touristen an einem Strand in Thailand – mit dem Unterschied, dass wir hier völlig allein sind. Am Nachmittag gehen Hélena und ich zum Flughafen, um unsere Tickets umzubuchen.

Der Flugverkehr hier ist mäßig – gerade mal eine einzige Maschine landet pro Tag in Kavieng. Lediglich zwei Personen tun Dienst, wobei der Ranghöhere seinen Untergebenen unablässig schikaniert. Nach einer Stunde scheint es mit der Umbuchung endlich zu klappen. Wir haben beschlossen, zwei Tage in Rabaul zu verbringen, dem Hauptort von New Britain. Héléna war während einer ihrer früheren Forschungsreisen dort und will dem Erzbischof ein Exemplar ihrer Dissertation überreichen.

Als wir ins Hotel zurückkehren, ist Rolf verschwunden. Er hat ein Kanu geliehen und ist vor einer Stunde von dannen gepaddelt. Unruhig spähen wir aufs Meer hinaus, aber er ist nicht zu sehen. In der Dämmerung jedoch zieht ein erschöpfter, aber glücklicher Rolf sein Boot auf den Sand. Er hatte sich mit einer Delfinfamilie angefreundet, war ihr entlang der Strömung gefolgt und hatte sich anschließend zurückkämpfen müssen.

Abends erklären wir dem Hoteldirektor, dass wir vorhaben, mit einem Filmteam zurückzukehren, und uns dann aller Wahrscheinlichkeit nach wieder bei ihm einquartieren werden. Wir bitten ihn, vor der Kamera kurz etwas zum Hotel und zu der Gegend zu sagen, damit Colin Nutley seine Informationen praktisch aus erster Hand erhält. Zunächst glaubt er uns kein Wort, denn dass sein Hotel einmal zwei Monate lang voll belegt sein soll, hat er sich nicht im Entferntesten träumen lassen. Ich werde nie vergessen, welchen Redefluss er dann auf Colin loslässt, um ihn davon zu überzeugen, dass sein Hotel die ideale Unterkunft für das Filmteam abgibt.

Tag 12–14

GEGEN MITTAG ERREICHEN WIR RABAUL. Zwei deutsche katholische Pfarrer nehmen uns in Empfang, denn Hélena hat unseren Besuch angekündigt. Doch irgendetwas muss schief gegangen sein, denn die Geistlichen wirken irritiert. Später stellt sich heraus, dass man eine Gruppe frisch bekehrter katholischer Jugendlicher erwartet hatte, die sich in Klausur begeben wollten. Man hatte uns den Fußboden im Speisesaal des Klosters als Nachtlager zugedacht.

1994 wurden bei einem Vulkanausbruch achtzig Prozent der Stadtfläche von Rabaul unter einem Ascheregen begraben und der Großteil der Einwohner siedelte in die Nachbarstadt Kokopo über. Auch wir quartieren uns in einem Hotel in Kokopo ein. Unter deutscher Kolonialherrschaft hieß Kokopo Herbertshöhe und war bis 1914, als die Deutschen das Feld räumen mussten, der wichtigste Ort der Region – und zugleich der Heimathafen von Carl, als er Ende des neunzehnten Jahrhunderts im Dienst der deutschen »Neuguinea– Kompagnie« stand.

Während der zwei Tage, die wir in Rabaul und Kokopo verbringen, besuchen wir verschiedene historische Sehenswürdigkeiten. Gegen Ende des Zweiten Weltkriegs war dieser Teil Melanesiens Schauplatz der großen Schlachten zwischen den Japanern und den Alliierten, und überall stößt man auf alte Wracks, ausgebrannte Kriegsfahrzeuge und abgestürzte Flieger unterschiedlichster Herkunft. Nahe des alten Flugplatzes von Rabaul entdecken wir zwei japanische Bomber, die damals notlanden mussten. Im Cockpit sind auch nach fünfundfünfzig Jahren noch alle Instrumente und Armaturen an ihrem Platz. Wäre Melanesien ein Reiseland, dann hätten wir mit Sicherheit kein einziges Schräubchen mehr vorgefunden. Der Bomber wäre in seine Teile zerlegt und in Souvenirläden rund um die Welt ausgestellt worden.

Im Landesarchiv in Kokopo liegen Zeichnungen von einer Kopra-Plantage namens Stockholm, gegründet von Ragnar Lindahl, dem Sohn des Gründers der Cidre-Fabrik Fructus. Auf der Plantage waren Carls Bekannter Kyllert sowie Carls Enkelin Hildegard und ihr Mann beschäftigt. Unfassbar! In dieser Gegend gab es einen Platz, der Stockholm hieß! Uns wird klar, dass Schweden und Papua-Neuguinea tatsächlich eine gemeinsame Geschichte haben. Wir fangen gerade erst an, sie zu entdecken.

In unserer letzten Nacht in Kokopo werden wir Zeuge eines gewaltigen Naturschauspiels. Plötzlich beginnt das gesamte Hotel zu zittern, einen Moment lang bleibt der Strom weg und ein muffiger Schwefelgeruch breitet sich aus. Vom Himmel regnet es Rußflocken. Beunruhigt laufen wir in die Empfangshalle hinunter, wo man uns unter Gelächter darüber aufklärt, dass der Vulkan bisweilen eben zum Leben erwache. Was wollen wir machen. Wir gehen wieder ins Bett.

Tag 15

ALS WIR IN PORT MORESBY LANDEN, erwartet uns Carls Enkel Harry Hurley am Flughafen, der Carl verblüffend ähnlich sieht, auch wenn er von dunklerem Typ ist. Harry scheint Politiker zu sein, denn während er sich mit uns unterhält, grüßt er nach allen Seiten wie ein amerikanischer Präsidentschaftskandidat und winkt lächelnd jedem zu, der in sein Blickfeld gerät. Wir schildern unsere Erlebnisse und berichten ihm schließlich auch von unserem Besuch im Landesarchiv in Kokopo.

»Stockholm, oh yeah«, entgegnet Harry. »Dort habe ich in den Sechzigern als Kind die Ferien verbracht. Meistens haben wir auf die Krokodile im Fluss geschossen.«

Er hat einen umfangreichen Stapel Briefe und Artikel bei sich und zeigt uns unter anderem einen Ausschnitt aus einer australischen Zeitung von 1993. Dem Text zufolge war sein Großvater mit dem schwedischen Königshaus verwandt, und Harry möchte das von uns gern bestätigt haben. Diesmal entschließen wir uns, für klare Verhältnisse zu sorgen. »Aha, so ist das also«, sagt Harry und lacht, kann jedoch seine Enttäuschung nur schwer verbergen. Er versorgt uns mit den Adressen weiterer Enkel und Urenkel von Carl in Australien und winkt uns ein »Good Bye« zu. Unser Flug nach Australien dauert sechs Stunden. Spät am Abend treffen wir in Sydney ein.

Tag 16–19

GANZ AM ENDE UNSERER REISE lernen wir schließlich auch die australischen Nachkommen von Carl und Singdo kennen. Zwei Tage vor dem Heimflug erfahren wir, dass Carls Grab noch existiert. Wir trauen unseren Ohren nicht. Wiederholt hat man uns erklärt, dass Carls Grab nicht mehr aufzufinden sei, und nun plötzlich erzählt uns Elsas Tochter Hedvig, dass sich auf einem kleinen Friedhof ein paar Kilometer außerhalb von Sydney ein Grabstein für Carl und seine Schwester Maria befindet. An unserem letzten Tag nehmen wir den Zug in den kleinen Vorort Campeltown. Hedvig holt uns mit dem Auto am Bahnhof ab. Während der Fahrt durchqueren wir eine Gegend von der Größe des Stockholmer Vororts Solna und Hedvig erläutert, dass dieses Gebiet in den dreißiger Jahren Carl gehört habe, der ungeheuer reich gewesen sei, als er starb. Eine Stunde später parken wir bei vor einem Gelände, das sie für den Friedhof hält. Sie ist seit mehreren Jahren nicht mehr dort gewesen. Es stellt sich heraus, dass wir uns verfahren haben, doch nach einer weiteren halben Stunde sind wir dann am Ziel.

Auf einem kleinen unansehnlichen und ungepflegten Friedhof stehen wir vor dem Grabstein von Carl und seiner Schwester Maria. Schweigend verharren wir rund um den Stein. Auf den Tag genau vor vier Monaten habe ich den Artikel in Vaters Nachlass entdeckt. Wir alle, die wir hier versammelt sind, haben ein wundervolles Abenteuer erlebt – so schön und interessant, wie wir es uns niemals hätten träumen lassen. Nun heißt es Abschied nehmen von unserem Landsmann und seiner Familie. Wir fahren zurück nach Hause – nach Schweden.

Aus dem Leben des Carl Emil Pettersson

Erzählt von Hélena

Ein interessantes Kapitel schwedischer Geschichte in der Südsee

»Lieber Kalle Pettersson! Ich würde über Sie gern ein Buch schreiben! Und wenn eine Goldmedaille für ›Die Bewahrung des Schwedentums im Ausland‹ verliehen würde (ja, warum gibt es eigentlich so etwas nicht?), dann gäbe ich nicht eher Ruh, als bis Professor Lundström sie Ihnen um den Hals gehängt hätte. Sie müsste allerdings die Größe eines Småland-Käses haben.«

Birger Mörner, 1924

Wer nun war dieser Carl Pettersson, jener mythenumwobene Schwede, dessen eigentümliches Schicksal dazu beigetragen hat, dass Astrid Lindgren die Figur des Efraim Langstrumpf erfand? Was an Berichten und Erzählungen über sein Leben hatte der Autorin – und mit ihr all ihren Landsleute – zu jener Zeit überhaupt zu Ohren kommen können? Bei unseren Nachforschungen in Zeitungen und Zeitschriften wie *Dagens Nyheter*, *Expressen*, *Göteborgs-Posten*, *Husmodern*, *Stockholms-Tidningen*, *Vecko-Journalen* und *Året Runt* sind wir bislang auf über fünfzig Artikel und Notizen über Carl Pettersson gestoßen. Sie stammen größtenteils aus den zwanziger und dreißiger Jahren – und ständig tauchen neue Artikel auf. Sogar die renommierte *Pacific Islands Monthly* war auf dem Laufenden, was Carl Pettersson betraf. Vielleicht muss es uns also nicht erstaunen, dass der »König von Tabar« vielen älteren Schweden noch ein Begriff ist. Wir aber wollten noch einen Schritt weiter gehen: Uns interessierte, was für ein Mensch sich hinter all dem historischen Material und hinter den fantasievollen Märchen und Mythen über den »Negerkönig« verbarg.

Carl Pettersson war nicht der einzige Schwede, der in schwedischen Zeitungsartikeln und Reisebeschreibungen über die Südsee Erwähnung fand. Doch seine Lebensgeschichte war zweifelsohne absonderlicher als all die anderen, womit sich auch die Vielzahl der Artikel über ihn erklären lässt. Die Geschichte von einem schwedischen Seemann, der die sieben Weltmeere bereist und sich schließlich auf einer Südseeinsel niederlässt, wo er zum König Kalle avanciert, enthält gewissermaßen alle wünschenswerten Zutaten. Doch um zu verstehen, was die Geschichte von Carl Pettersson darüber hinaus so interessant machte, müssen wir sie in einen größeren historischen Rahmen stellen.

Im neunzehnten Jahrhundert etablierte sich ein neuer Typus von Reisebeschreibungen, der sich an einen breiten Leserkreis richtete. Jahrzehntelang waren die europäischen Großmächte damit befasst gewesen, die Welt unter sich aufzuteilen, und jetzt, da der Kampf um die Kolonien vorläufig einem Ende entgegenging, begannen die Menschen in die annektierten Teile des Erdballs zu reisen. Es galt, sich um die besetzten Landstriche zu kümmern, Handelsbeziehungen dorthin aufzubauen und die »Heiden« zu christianisieren. Gleichzeitig emigrierten zahlreiche Europäer aus ihren

Heimatländern. Viele siedelten sich in Amerika an, aber auch die südlicheren Breitengrade, wie beispielsweise Australien, waren ein beliebtes Zielgebiet. Die Welt öffnete sich und immer mehr Menschen machten sich auf in die Ferne – vor allem per Schiff.

In der westlichen Welt nahm die Ethnographie, die beschreibende Völkerkunde, einen ungeahnten Aufschwung. Informationen über exotische Orte und eigentümliche kulturelle Sitten und Bräuche flossen auf verschiedene Art und Weise in die Mutterländer der Reisenden zurück, unter anderem in Form von Reiseberichten und Zeitungsartikeln. Da der Strom der Reisenden ständig zunahm, stieg auch das Interesse an den Abenteuern der professionellen Forschungsreisenden. Der Sensations-Journalismus ist kein modernes Phänomen und Berichte über die Merkwürdigkeiten irgendeines gottvergessenen Ortes erzeugten im neunzehnten Jahrhundert nicht weniger Spannung als heute. Die Südsee bildete da keine Ausnahme. Bis weit ins zwanzigste Jahrhundert hinein lasen die Schweden begierig alles, was ihnen an sensationsheischenden Schriften über schwedische Expeditionen in die Hände fiel.

Ganze Erdteile wurden kolonisiert und dabei neue Volksstämme »entdeckt« – oder zumindest hatte man in Europa keine Skrupel, die »Entdeckung« all dieser Kulturen, die doch seit Jahrtausenden existierten und vielerorts in hoher Blüte standen, anstandslos für sich in Anspruch zu nehmen. Europa jedenfalls betrachtete es als seine Aufgabe, die »entdeckten« Volksstämme zu »zivilisieren«. In der zweiten Hälfte des neunzehnten Jahrhunderts stieß man auf die Inselwelt Melanesiens, zu der auch Neuguinea gehört, und bald sah sich die Region massiven Kolonisierungsbestrebungen ausgesetzt. Holländer, Engländer, Deutsche und Franzosen ließen Plantagen anlegen und trieben Handel mit den einheimischen Rohstoffen.

Zu jener Zeit begannen die – oftmals stark übertriebenen – Berichte über die südliche Erdhalbkugel und die dort ansässigen Kulturen nach Europa zu strömen. Seit der britische Kapitän James Cook zwischen 1768 und 1779 mehrfach die Gegend bereist hatte, kursierte in der westlichen Welt ein äußerst romantisches Bild von der Südsee: Man erträumte sich ein freies Leben mit leicht bekleideten Schönheiten unter wogenden Palmen – sprich das Paradies auf Erden. Dazu kamen später Gerüchte über Kannibalismus und Kopfjagden. Neuguinea galt also nicht nur als exotisch, sondern besaß in der Vorstellung der Europäer zugleich den Reiz des Abenteuerlichen. Vor diesem Hintergrund nimmt es kaum Wunder, dass die Geschichte von einem schwedischen Seemann, der Schiffbruch erleidet, auf einer Insel voller Kannibalen landet, den Häuptling besänftigt und dessen Tochter ehelicht, jedem, der sie zu Gehör bekam, die Sprache verschlug. Der Mythos vom Kannibalentum kitzelte die Nerven – und die Bewohner Neuguineas galten durchweg als Kannibalen, ganz gleich, ob sich das belegen ließ oder nicht. Dem Wort »Kannibale« kam in den damaligen Reiseberichten über jene Breitengrade ungefähr die gleiche Stellung zu wie heutzutage dem Wort »Sex«.

Könnte es sein, dass Carl Pettersson zu einer Art Volksheld stilisiert wurde und seine Geschichte deshalb auf so ungeheuer große Resonanz stieß? Die berühmten Reisenden wie Adolf Nordenskjöld,[11] der die Vega-Expedition lei-

---

[11] Dem Schweden Adolf Erik Freiherr von Nordenskjöld (1832-1901) gelang 1878/79 auf der »Vega« die erste Nordostpassage durch die Kara-See und das Ostsibirische Meer bis zur Beringstraße.

tete, oder später Sven Hedin,[12] der Zentralasien erforschte, entstammten der Oberschicht und verfügten über eine entsprechende Bildung. Ihre finanziellen Mittel erlaubten es ihnen, ihren Passionen und exzentrischen Wünschen freien Lauf zu lassen. Die Geschichte vom Arbeiterkind aus der Hagagatan jedoch, das zur See fährt, eine Südseeprinzessin heiratet, zu Reichtum kommt und König wird, hört sich an wie eine für Männer verfasste Variante des Märchens von Aschenputtel. Carl Petterssons Lebensgeschichte klingt faszinierend und wimmelt von Abenteuern, vor allem aber enthält sie alle Ingredienzen, die man für einen guten Roman benötigt. In einem Artikel, der 1929 im *Vecko-Journalen* erschien, heißt es beispielsweise:

»Die Geschichte, wie Tabar zu seinem schwedischen König kam, darf mittlerweile als allgemein bekannt vorausgesetzt werden. Man sollte also meinen, es erübrige sich, sie zu erzählen – und doch ist sie derart romantisch, dass man sie gern ein weiteres Mal hört. Robert Louis Stevenson, Joseph Conrad und Jack London, die, was die Südseeliteratur betrifft, durchaus als Experten gelten können, hätten sie kaum besser zusammenfantasiert.«

Der Wahrheitsgehalt der Artikel und Berichte lässt freilich, vor allem im Hinblick auf eine kritische Sichtung der Quellen, einiges zu wünschen übrig, die Story aber ist genial. Auch ohne darüber eine wissenschaftliche Abhandlung verfasst zu haben, kann man konstatieren, dass Carl Petterssons gesellschaftlicher Aufstieg, die Tatsache also, dass es ihm gelungen war, die sozialen Konventionen zu durchbrechen,

[12] Der politisch umstrittene Schwede Sven von Hedin (1865-1952) bereiste Zentralasien, unter anderem Tibet. Er dokumentierte seine Expeditionen vor allem in Publikationen populärwissenschaftlicher Art und in belletristischen Texten.

die Geschichte vergoldet. Der Leser wird in eine Fantasiewelt entführt, die nichtsdestotrotz der Wahrheit sehr nahe kommt.

Carl Pettersson war aber nicht der einzige schwedische Glücksritter, der sich in der Hoffnung, in den Kolonien zu Ruhm und Vermögen zu gelangen, in die Südsee aufmachte. In der zweiten Hälfte des neunzehnten Jahrhunderts begann sich der Handel mit Kopra zu einem lukrativen Geschäft auszuweiten. Die meisten Skandinavier, die in der zweiten Hälfte des neunzehnten Jahrhunderts und zu Beginn des zwanzigsten Jahrhunderts in nicht geringer Zahl auf diesen Markt drängten, siedelten sich in der deutschen Kolonie »Deutsch-Neuguinea« an. Viele waren Seemänner und stammten aus einfachen Verhältnissen. Sie heuerten auf Handelsschiffen aus aller Herren Ländern an und umsegelten die Welt. In der Südsee angelangt, blieb ein Großteil von ihnen in der Region und verdingte sich als Anwerber für die Zuckerrohrplantagen im australischen Queensland oder die sich etablierenden Kopra-Plantagen auf den Inseln. Einige schlugen auch tiefere Wurzeln und kauften selbst Land oder wurden Aufseher auf den Plantagen. Es war kein Zufall, dass dabei viele Skandinavier, vor allem Schweden, gerade in Deutsch-Neuguinea landeten, denn Ende des neunzehnten Jahrhunderts stand Schweden in sozialer, kultureller und intellektueller Hinsicht stark unter deutschem Einfluss. Viele der Einwanderer kamen auf Schiffen, die unter deutscher Flagge fuhren, und waren in den deutschen Häfen an Bord gegangen. Die Kolonie Deutsch-Neuguinea existierte von 1884 bis 1914 und war von großer Bedeutung für den deutschen Kopra-Handel. Und sie war ein Ort, von dem es hieß, dass man dort schnell sein Glück machen könne.

Anfang des zwanzigsten Jahrhunderts war die Insel Neuguinea in drei Kolonien unterteilt. Die westliche Hälfte der Insel gehörte den Holländern. Dieses Gebiet ist heute Teil von Indonesien. Die östliche Hälfte war in das britische Papua und das deutsche Neuguinea aufgeteilt. Nach Ausbruch des Ersten Weltkriegs fiel die deutsche Kolonie nach einer unblutigen Schlacht an Australien, denn die Deutschen auf Neuguinea waren zahlenmäßig unterlegen und zudem von dem Kriegsgeschehen in Europa weitestgehend isoliert. Heute ist Papua-Neuguinea eine parlamentarische Monarchie im Commonwealth und besteht aus den beiden Regionen, die sich im Namen des Landes wiederfinden.

Der Bismarck-Archipel, wie er auch heute noch heißt, umfasst die Hauptinseln New Britain (Neu Pommern), New Ireland (Neu Mecklenburg), Duke of York Island (Neu Lauenburg), New Hanover oder Lavongai (Neu Hannover), die Admiralitätsinseln sowie eine Vielzahl kleinerer Inseln wie beispielsweise die Tabar-Inseln, wo sich Carl Pettersson niederließ. Der Archipel liegt nordöstlich der Insel Neuguinea und gehörte damals zum wohlhabenden Teil der deutschen Kolonie, denn der Boden dort ist nährstoffreich und hervorragend für den Anbau von Kopra geeignet.

Um den Geschäftsverkehr möglichst reibungslos zu gestalten sorgten die großen Handelsgesellschaften dafür, dass sich eine diplomatische Vertretung vor Ort befand. Im Verwaltungszentrum des kolonisierten Gebiets, dem Ort Herbertshöhe – dem heutigen Kokopo – auf New Britain, gab es sogar einen schwedischen Honorarkonsul. Er hieß Rudolph Heinrich Wahlen und war mit der Schwedin Thyra Erfass verheiratet, stammte selbst jedoch aus Hamburg. Wahlen war ein mächtiger Mann. Er hatte das Plantagen-Imperium der legendären »Queen Emma« aufgekauft. Emma Forsayth, amerikanisch-samoanischer Abstammung, zählte zu den Ersten, die in der Gegend eine Plantage anlegen ließen – noch vor der Kolonisierung durch die Deutschen 1884. Emma Forsayths Macht und Reichtum und nicht zuletzt ihr ausschweifendes Leben, in dem wechselnde Liebhaber eine große Rolle spielten, boten Stoff für Drehbücher und Romane. 1909 kaufte Wahlen ihren Grundbesitz und ihre Villa in dem in der Nähe von Herbertshöhe gelegenen Ralum auf. Seitdem wehte dort die schwedische Flagge. Viele der Schweden, die es in die Region verschlug, besuchten Rudolph Heinrich Wahlen, doch der Kriegsausbruch 1914 zwang ihn, Neuguinea zu verlassen.

Zwischen 1898 und 1914 lebte und wirkte also auch Carl Pettersson in einem deutschdominierten Milieu. Die Deutschen hatten lange mit den Engländern um die Macht in den Südseekolonien gekämpft und waren englischsprachigen Einwanderern gegenüber nicht besonders positiv eingestellt. So verlangten sie beispielsweise von christlichen Missionaren, die sich in der Gegend ansiedeln wollten, dass sie Deutsch sprachen und zogen Skandinavier, zumal wenn sie die deutsche Sprache beherrschten, den Engländern bei weitem vor. Carl Pettersson hatte das Glück, stets die richtige Nationalität zu besitzen. In der deutschen Periode betrachtete man ihn als »ehrendeutsch«. Nach der Übernahme der Kolonie durch Australien 1914 stellte man sie bis 1921 unter militärische Verwaltung. Danach wurde entschieden, was mit den in der Region ansässigen Deutschen und ihren Besitztümern geschehen sollte. Die meisten wurde in ihre Heimat zurückgeschickt und ihre Plantagen von Australiern übernommen. Carl Pettersson kam ungeschoren davon, denn er verwies auf seine schwedische Staatsangehörigkeit. Bis zu seinem Tod im Jahr 1937 konnte er sich in Neuguinea, das nach 1921 von den Australiern zunächst als Mandats- beziehungsweise Treuhand-Gebiet verwaltet wurde, frei entfalten.

Wenn man über diese Epoche schreibt, ist man schnell versucht, sie schönzureden. Doch das Leben in der Kolonie hatte eine dunkle Seite: Man beutete die Arbeitskraft der Eingeborenen aus, stahl ihnen ihr Land und vernichtete ihre Kultur. Der weiße Mann betrachtete das Land und die Ressourcen der Schwarzen als sein rechtmäßiges Eigentum. In den Küstengebieten Neuguineas und auf den umliegenden Inseln arbeiteten tausende und abertausende Melanesier auf den Kopra-Plantagen wie Sklaven. Die arbeitsfähigen Männer wurden aus ihren Dörfern geholt, unterschrieben einen Dreijahresvertrag und wurden oft fern ihrer Heimat eingesetzt, wie etwa auf Samoa in Polynesien. Viele kehrten nicht zurück. Einige Gegenden wurden derart drastisch entvölkert, dass sich die Behörden gezwungen sahen, die Rekrutierung der Arbeitskräfte zu stoppen. Die Sozialstruktur der Gesellschaft änderte sich rasant und das traditionelle Lebensgefüge der Einheimischen brach zusammen. In der sozialen Pyramide der kolonialen Gesellschaft standen sie auf der untersten Stufe: Sie wurden zu Rechtlosen im eigenen Land. Die Dörfer mussten Steuern zahlen und häuften auf diese Weise Schulden an. Das Einzige, was sie zu deren Tilgung anbieten konnten, waren Arbeitskräfte. Darüber hinaus schleppten die Weißen Krankheiten, nicht zuletzt Geschlechtskrankheiten ein. Viele der einheimischen Frauen, die als Konkubinen in prostitutionsähnlichen Verhältnissen lebten, steckten sich an. Die Liste der Übergriffe ließe sich beliebig verlängern.

Auch Carl Pettersson kann man von einer gewissen »Mittäterschaft« nicht ausnehmen – weder was seine Tätigkeit in der deutschen noch später sein Wirken in der australischen Kolonie betrifft. Allerdings deutet vieles darauf hin, dass er sich deutlich von den Übergriffen auf die Einheimischen distanzierte. Als er bekannt gab, dass er die junge Frau, mit der er zusammenlebte, als seine ihm rechtmäßig angetraute Ehefrau betrachtete, wagte er schier Undenkbares. Nach den Gesetzen der Kolonie – und das betraf sowohl die deutsche als auch die australische Zeit – konnten Verbindungen zwischen weißen Männern und schwarzen Frauen nicht den Status der Ehe erhalten. Pettersson war sicher nicht unfehlbar, doch alles, was wir von seinen Kindern, seinen sonstigen Verwandten und von den Menschen, die heute auf den Tabar-Inseln leben, über ihn gehört haben, zeugt davon, dass er ein guter Mensch gewesen ist – »wanpela gutpela man tru« (one fellow good fellow man true).

In der Weihnachtsausgabe der Zeitung *Året Runt* aus dem Jahr 1973 ist zu lesen: »Hier in Schweden ist Carl Pettersson vollkommen in Vergessenheit geraten, doch in der Südsee wissen zumindest die Älteren noch, wer er war. Die Geschichtsschreiber von Tabar werden König Carl I. ganz sicher nicht unterschlagen.«

Aber begeben wir uns nun hinein in die Geschichte des schwedischen Südseekönigs – seine wahre Geschichte. Denn wir glauben keineswegs, dass er in Vergessenheit geraten ist. Die Historiographen haben ihm eine kleine Pause gegönnt – nichts weiter.

»›Der stärkste Mann der Südsee‹, der schwedische Seemann Karl Pettersson aus Sollentuna.«
Svenska Dagbladet, 1938

Womit sollen wir die Geschichte von Carl Emil Pettersson eigentlich beginnen? Wie wäre es mit einem kurzen Blick nach Sollentuna, heute einer der nördlichen Vororte von Stockholm? Dort wurde Carl 1875 in Skogstorp, Gemeinde Hersby, geboren. Ganz exakt ist sein Geburtsdatum nicht zu bestimmen, denn die zahlreichen uns vorliegenden Quellen enthalten diesbezüglich verschiedene Angaben. In dem *Certificate of Registration of Alien*, das Carl 1925 in Neuguinea ausstellt, gibt er selbst den 4. Oktober an, was uns glaubwürdig erscheint – denn warum sollte er seinen Geburtstag verlegen wollen?

In anderen Quellen wird der 23. Oktober als Geburtstag erwähnt, ein Datum, das auch Carls Mutter in einem Interview bestätigt hat. Doch sei es drum, auf jeden Fall lässt sich festhalten, dass Carl Pettersson im Oktober des Jahres 1875 in Sollentuna, das zu jener Zeit noch mitten auf dem Land lag, geboren wurde. Sein Vater Carl Wilhelm Pettersson war Schlachter, seine Mutter Johanna (Anna), geborene Selin, stammte aus Arboga. Zur dieser Zeit bewohnte das Ehepaar eine Kate, die allerdings bereits vor langem abgerissen worden ist. Während Carls Kindheit zog die Familie zunächst nach Järfälla, dann nach Spånga und schließlich nach Solna, wo Carl die Schule besuchte und konfirmiert wurde. Später verschlug es die Familie in den Stockholmer Stadtteil Norrmalm.

Carl war der älteste von drei Söhnen. Darüber hinaus wurden der Familie drei Töchter geboren, eine fünf Jahre älter als Carl, die anderen beiden jünger als er. Bemerkenswerterweise verschlug es vier der Geschwister auf die Südhalbkugel: Johanna Maria, Carl Emil, Gunnar Wilhelm und Johan Edvard. Maria wanderte Ende des neunzehnten Jahrhunderts mit ihrem Ehemann Knut Lindblad von Stockholm nach Sydney aus. Carl fuhr wie bereits bekannt einige Jahre zur See, um schließlich auf den Tabar-Inseln zu stranden. 1907 stattete er seiner Heimat Schweden einen Besuch ab, und als er nach Papua-Neuguinea zurückfuhr, schlossen sich ihm seine beiden jüngeren Brüder Gunnar Wilhelm – Willy – und Johan, auch John genannt, an. John ließ sich in Australien nieder, Gunnar jedoch sollte später eine Plantage auf den Tabar-Inseln anlegen, die sich direkt neben den Ländereien von Carl befand.

Carls jüngere Schwestern Anna und Wilhelmina blieben in Stockholm. Anna heiratete den Kriegsrat Karl Magnus Kinnander und lebte in Brevik auf Lidingö. Wilhelmina, »Mimmi«, verheiratete Johansson, hatte mehrere Kinder. Sie starb sehr jung, lange vor ihrer Mutter Johanna.

Bei unserer Suche nach der »wahren« Geschichte von Carl Pettersson, wenn wir sie denn so nennen wollen, erhielten wir große Unterstützung von den Nachkommen seiner Geschwister Maria und John. Sie haben vieles aufbewahrt – Briefe und Fotografien vor allem, aber auch andere

Erinnerungsstücke. Dass Carl Petterssons Lebensgeschichte in einigen Zeitungsartikeln beschönigt wurde, steht außer Zweifel. Doch die »wahre« Geschichte seines Lebens ist glücklicherweise mindestens ebenso interessant, wenn nicht sogar noch faszinierender. Auf der Basis von alten Briefen und Berichten und von Interviews mit Carl Petterssons Verwandten haben wir den Lebenslauf dieses sonderbaren Schweden zusammengefügt.

Im Rahmen unseren Recherchen stolperten wir über eine höchst unglaubwürdige Information: Die Nachkommen von Carls Bruder John, Familie Eleby aus Trångsund bei Stockholm, berichteten uns im Januar 2002 von einer Anekdote, die man sich selbst in der Familie nur hinter vorgehaltener Hand erzählte: Carls Großvater väterlicherseits sollte ein Abkömmling der adligen Familie Cederfeldt gewesen sein, die Anfang des zwanzigsten Jahrhunderts »ausgestorben« ist. Der Sage nach war der junge Adelsmann als Offizier in Karlsborg stationiert, als er mit einem Vorgesetzten aneinander geriet und daraufhin desertierte. Damals nahm man an, dass er ertrunken war, doch das Gerücht will, dass er sich stattdessen als Landstreicher ausgegeben und den Namen Pettersson angenommen hat. Aus dem Offizier Cederfeldt wurde so der zivile Schlachter Pettersson. – Es drängt sich die Frage auf, ob Carls Nachfahren auf Grund dieser wunderlichen Geschichte glauben, sie seien königlicher Herkunft. Vielleicht erzählte Carl seinen Kindern, dass sie adlige Vorfahren hätten, was später in »sie stammten vom Königsgeschlecht ab« umgedichtet wurde.

Fest steht jedenfalls, dass Carls Vater, Carl Wilhelm, eine Schlachterei am Stallmästargården direkt außerhalb von Norrtull in Stockholm besaß und seine Waren außerdem an einem Stand am damaligen Oxtorget nahe des Sveavägen feilbot. Die Quellen beschreiben ihn als einen rechten Taugenichts. Um 1890 ließ er seine Frau mitsamt den sechs Kindern im Stich und wanderte nach Amerika aus. Er soll später nach Schweden zurückgekehrt sein, doch hier verliert sich seine Spur. Die Kinder hatten zu ihrem Vater keinen Kontakt.

Johanna, die allein mit den Kindern zurückblieb, hatte ein schweres Los. Die Familie lebte in ärmlichen Verhältnissen. Die Söhne waren wild und ungebärdig, eine Art »Halbstarke«, wenn man so will, und die Mutter hatte alle Hände voll zu tun, sie zu bändigen. Das gelang ihr allerdings mit Bravour, und trotz der schwierigen familiären Verhältnisse wurden aus den Pettersson-Geschwistern angesehene Leute.

Wie viele Quellen übereinstimmend berichten heuerte Carl 1892, im Alter von siebzehn Jahren also, zum ersten Mal auf einem Schiff an. Was ihn auf See lockte war vor allem Abenteuerlust. Zuvor hatte er sich als Lehrling bei einem Klempner in der Västmannagatan verdingt – und vielleicht war es diese Arbeit, die seinen Körper so stählte, dass er es später zu seiner viel zitierten Körperkraft brachte.

Der Zeitschrift *Allsvensk Samling* zufolge heuerte Carl auf der norwegischen Barke »Drott« an, in *Dagens Nyheter* jedoch findet sich die Information, er sei »in jungen Jahren in die Flotte ein[getreten], wo er drei Jahre lang als Matrose diente, bis er den Kriegsdienst an den Nagel hängte, um sich der friedlichen Schifffahrt zuzuwenden«. In den fünfziger Jahren stellte eine Frau namens Elvira Dahlberg für den Sollentunaer Heimatverein Nachforschungen über Carl Pettersson an. Sie konnte keine Quelle ausfindig machen, in der Carls Dienst bei der Flotte oder wenigstens die Schiffe, auf denen er angeheuert haben sollte, erwähnt wären. Vermutlich segelte er nie unter schwedischer Flagge, denn sein Name ist bei keinem der schwedischen Seemannshäuser rund um den Globus registriert.

Elvira Dahlberg beschreibt den Seemann Carl folgendermaßen: »Der Seemannsjunge wächst zum Manne heran und reift zu einem nordischen Wikinger, blond, hochgewachsen und muskulös. Für gewöhnlich gibt er sich ruhig und gemächlich, doch wenn es darauf ankommt, hat er Fäuste wie Vorschlaghämmer und gehört zu denen, die ›weder Tod noch Teufel fürchten‹. Einmal wurde er in Hamburg von ein paar Halunken überfallen. Als er einem Landsmann später den Vorfall schilderte, endete er mit dem Satz: ›Ja, natürlich habe ich sie abgeschüttelt, aber ich denke schon, dass sie noch leben‹.« Ein weiteres Zeugnis also für Carl Petterssons ungewöhnliche Körperkraft. Im Familienalbum findet sich eine um 1890 entstandene Aufnahme von einem jungen blonden Mann im Matrosenanzug. Zeigt das Foto möglicherweise Carl?

Fest steht, dass Carl auf irgendeine Weise bis in die Südsee gelangte und sich um 1898 in Deutsch-Neuguinea aufhielt. Seine Familie in Stockholm hatte längere Zeit nichts von ihm gehört und es stand zu befürchten, dass er umgekommen war. Zu Hause in der Hagagatan wartete seine Mutter ungeduldig auf eine Nachricht. Es heißt, dass nach zwölf Jahren, in denen sie kein einziges Lebenszeichen von Carl erhalten hatte, eines Tages ein Mann zu Besuch kam, der ihr eine fremdartig anmutende Zigarrenschachtel überreichte. Sie enthielt Carls Personenstandsurkunde und sein Konfirmationszeugnis. Der Mann erklärte Johanna, dass die Schachtel nach einem Schiffbruch geborgen worden sei und er nicht sagen könne, ob Carl noch lebe. Die verzweifelte Mutter musste davon ausgehen, eine Art letzten Gruß von ihrem Sohn in den Händen zu halten. Umso größer war ihre Freude, als er eines Tages plötzlich zu Hause auftauchte. Die Zeitschrift *Allsvensk Samling* schildert dieses Ereignis wie folgt: »Im Jahre 1907 kehrte Carl nach Stockholm zurück und klopfte eines schönen Tages bei seiner alten Mutter an, um sie in die Arme zu schließen. Es war ein ergreifendes Wiedersehen. Carl erzählte von seinen Reisen und Abenteuern. ›Mutter‹, sagte er dann freudestrahlend, ›du hast sicher für mich zu Gott gebetet, sonst wäre ich nicht mit heiler Haut davongekommen‹.«

Doch ganz so hat es sich wohl nicht zugetragen. Carls Schwester Maria lebte seit den Neunzigerjahren in Sydney und hatte sicherlich Kontakt zu ihrem Bruder. Zudem wissen wir, dass 1904 eine mit hübschen Briefmarken versehene Postkarte in Stockholm ankam, die eine Familie »Eingeborener« von Neuguinea zeigt. Darauf findet sich ein kurzer Gruß von Carl, der mitteilte, dass er wohlauf sei und bald mehr von sich hören lassen würde. Dass man nicht eher Nachricht von ihm erhalten hatte, mag an der Entfernung zwischen Schweden und Neuguinea gelegen haben: Die Beförderung eines Briefes auf dem Wasserweg dauerte teilweise mehrere Monate.

Erst 1907 jedoch kam Carl selbst auf Besuch nach Stockholm – nur wenige Jahre nach dem berühmten Schiffbruch, mit dessen Schilderung seine Lebensgeschichte meist eingeleitet wird und auf den wir später noch zu sprechen kommen werden. Carl kehrte nach Schweden zurück, um seine beiden jüngeren Brüder John und Gunnar auf die südliche Erdhalbkugel mitzunehmen. John und Carl ließen sich vor ihrer Abreise in Hedréns Atelier in der Hamngatan 15 fotografieren. Die Aufnahme zeigt sie beide im Tropenanzug, Carl hatte sich zudem einen Tropenhelm aufgesetzt.

Wie bereits erwähnt begleitete lediglich Gunnar seinen Bruder Carl bis nach Neuguinea. Wann genau er von dort auf die Tabar-Inseln übersiedelte, konnten wir nicht in Erfahrung bringen, doch wir wissen, dass er von 1915 bis 1920 eine Plantage bewirtschaftete, die direkt neben der seines Bruders lag, und dass er die Stellung hielt, als Carl 1921/22 nach Schweden fuhr.

John blieb in Australien. Er arbeitete zunächst als Schafscherer und schaffte sich später eine Farm in New South Wales an. Es heißt, dass die Brüder während ihrer Reise in Streit gerieten, weshalb es John wahrscheinlich vorzog, nicht nach Tabar mitzukommen.

Doch auch nach ihrem Zwist blieben die Brüder einander verbunden. 1912 reiste Carl ein zweites Mal nach Schweden, dieses Mal für einen Monat. Auf der Rückfahrt begleitete er Johns Verlobte Helga nach Australien. John und Helga heirateten in Sydney, doch 1927 kehrte die Familie nach Schweden zurück und ließ sich außerhalb von Stockholm nieder. Später nahm Johns Sohn den Nachnamen Eleby an.

Carl stand also, das kann man zumindest für die Zeit nach 1907 mit Sicherheit sagen, mit seiner Familie in Schweden in Kontakt. Mutter Johanna wohnte zwischen 1910 und 1920 im ersten Stock eines schönen Jugendstilhauses in der Hagagatan 7, das es auch heute noch gibt. Bis zu ihrem Tod im Jahr 1933 unterstützte Carl sie finanziell und erkundigte sich besonders während des Ersten Weltkriegs immer wieder besorgt nach ihrer Gesundheit.

Carls ältester Sohn Knut Wilhelm wuchs bei Carls

Schwester Maria in Sydney auf. Maria stand gewissermaßen in der Schuld ihres Bruders, denn Carl hatte für ihre Familie Land gekauft. Carl korrespondierte regelmäßig mit Maria und John und hielt parallel seine Kontakte in die alte Heimat aufrecht. Einen Teil des Geldes, das er mit der Kopra verdiente, legte er in Schweden an. 1926 bewarb sich Carl um die Mitgliedschaft im *Reichsverband für die Bewahrung des Schwedentums im Ausland*[13] und versorgte dessen Ombudsmann Ragnar Fleege mit Berichten für die Zeitschrift *Allsvensk Samling.* Auf Carls Plantage Maragon wehte die schwedische Flagge. Obwohl er sein neues Zuhause liebte, schien der »König von Tabar« bisweilen Heimweh zu haben. Am 15. Dezember 1925 schreibt er unter anderem:

»Tausend Dank für all die lieben Grüße aus dem alten Schweden. Es war eine große Freude für mich, etwas von meiner Heimat und meiner geliebten Mutter zu hören. Mit vielen herzlichen Grüßen von den Inseln der Südsee an den Reichsbund in das liebe, alten Schweden.«

Und am 18. September 1926 heißt es: »Jede noch so kurze Zeile aus der Allsvensk Samling ist wie ein Andenken an Schweden.«

Carl beabsichtigte, seine letzten Lebenstage in seiner geliebten Heimat Schweden zu verbringen, doch das

---

[13] Der *Reichsverband für die Bewahrung des Schwedentums im Ausland* wurde 1908 in Göteborg von dem Lateinprofessor Vilhelm Lundström ins Leben gerufen. Die Vereinigung verhielt sich, was Politik und Religion betraf, neutral. Ihr Einsatz galt der Bewahrung und Förderung der schwedischen Sprache und Kultur bei den im Ausland lebenden Schweden. Sie publizierte unter anderem die Zeitschrift *Allsvensk Samling* und unterstützte schwedische Schulen und Bibliotheken außerhalb von Schweden. Seit 1979 trägt sie den Namen *Reichsverband Schwedenkontakt.* Heute hat sie ihren Hauptsitz in Göteborg und ist hauptsächlich im schwedisch-amerikanischen Bereich engagiert.

Schicksal wollte es anders. 1935 verließ er die Tabar-Inseln, kam jedoch nicht weiter als bis nach Sydney. In Elvira Dahlbergs Artikel in der Schriftenreihe des Sollentunaer Heimatvereins heißt es:

»Das Abenteuer ist zu Ende. Er [Carl Pettersson] ist müde und muss Kraft sammeln für die lange Fahrt nach Schweden. Doch das Heimatland gleicht mehr und mehr einer Luftspiegelung über dem Meer und scheint in unerreichbare Ferne gerückt zu sein. Er wird seine kostbaren Erinnerungen nicht mehr zu Papier bringen können. Dem Buben aus Sollentuna, aus dem ein Herrscher in der Südsee wurde, gelingt es nicht, sich noch einmal aufzuraffen. Am 18. Juli 1937 gibt die Stockholmer Presse bekannt, dass Carl Petterssons, des ›Königs von Tabars‹ wundersames Leben in Sydney zu Ende gegangen ist.«

»Die Hochzeit des jungen schwedischen Seemanns mit der schönen Tochter des Kannibalenhäuptlings Lamys«
Dagens Nyheter, 1922

Aber wie hatte es Carl Pettersson überhaupt in die Südsee verschlagen? Wie wir bereits wissen, kam Carl um 1898 in der Kolonie Deutsch-Neuguinea an. Anschließend war er für die deutsche »Neuguinea-Kompagnie« tätig und unternahm Reisen zu den umliegenden Inseln, um Arbeiter für die Plantagen anzuwerben. Der Handel mit Kopra war ein lukratives Geschäft, und es herrschte ständig Mangel an billigen Arbeitskräften. Sie wurden aus dem Bismarck-Archipel rekrutiert. Von der Gründung Deutsch-Neuguineas im Jahr 1884 an galt das Archipel als der ökonomisch wertvollste Teil der Kolonie: Die klimatischen Verhältnisse dort waren ausgezeichnet und man konnte auf jede Menge gesunder Arbeitskräfte zurückgreifen.

Carls Arbeit war jedoch alles andere als risikolos. Um die scheinbar idyllischen Südseeinseln herum lauerten Gefahren aller Art. Es gab gefährliche Riffe, auf denen man auf Grund laufen konnte, und das Meer zwischen der großen Hauptinsel New Ireland und den kleineren Inselgruppen war unberechenbar und voller starker Strömungen, von denen die Boote auf den Stillen Ozean hinausgetragen werden konnten, zudem kamen in dieser Gegend häufig Stürme auf. Eine weitere Gefahr stellten Krankheiten dar, vor allem die Malaria, die größte Plage von allen. Und die Eingeborenen waren den Fremden auch nicht immer friedlich gesonnen. Warum sollten sie auch, waren doch die Weißen in erster Linie hergekommen, um Menschen und Land zu ihrem Besitz zu erklären. Carl wusste um die Behandlung, die den Einheimischen zuteil wurde, und der Gedanke daran quälte ihn. Arbeitskräfte anzuwerben konnte nicht gerade als eine rühmliche Beschäftigung gelten. Im Tausch gegen wertlose Werkzeuge, Tabak, Glasperlen und ähnliche Dinge wurde den jungen Männern die Unterschrift unter die Arbeitsverträge abgeluchst. Meist verpflichteten sie sich für drei Jahre. 1922 finden sich in der *Dagens Nyheter* Kommentare von Carl zu dieser Praxis:

»Hr. Pettersson hielt nicht damit hinter dem Berg, dass seine Arbeit die eines Sklaventreibers war. Niemand sollte glauben, dass die Schwarzen etwa selbst über ihr Leben bestimmen konnten. Sämtliche Verhandlungen wurden mit dem Häuptling abgewickelt. Er war es auch, der die Bezahlung entgegennahm. Der Preis, für den er bereit war, seine Untertanen zu veräußern, wurde in Form von Tabak, Messern, Äxten und anderen Dingen des täglichen Bedarfs entrichtet. Der Kurs für einen arbeitstauglichen Neger stieg dabei niemals über zehn Mark. Auf der Plantage wurde er anschließend mit fünf Mark im Monat entlohnt.«

Dass man in den gefährlichen Gewässern des Archipels Schiffbruch erlitt, war nichts Ungewöhnliches. Als Seemann hatte Carl mehrfach auf Schiffen Dienst getan, die von diesem Schicksal ereilt worden waren. Während einer der Fahrten, die er für die »Neuguinea-Kompagnie« unternahm, lief sein Schiff auf ein Riff. Der Überlieferung zufolge geschah dies am Weihnachtsabend 1904. Carl strandete auf den Tabar-Inseln, einer nordöstlich von New Ireland gelegenen Inselgruppe, die aus den drei Inseln Big Tabar, Tatau und Simberi besteht. Er blieb und baute sich eine Existenz auf.

Da Carl und seine Besatzung in den vorangegangenen Jahren regelmäßig Rekrutierungsfahrten im Bismarck-Archipel unternommen hatten, war er vermutlich auch in der Region von Tabar kein Unbekannter, außerdem ist anzunehmen, dass er mittlerweile zumindest einige Brocken Pidginenglisch beherrschte. Als Carl auf Big Tabar strandete, konnte er sich also mit den Einwohnern verständigen. Dank seinem Gespür für Menschen und Situationen machte er sie sich gewogen.

Carl Petterssons Rekrutierungs-Fahrten fanden also durch einen Schiffbruch ihr Ende. In dem oben zitierten Artikel aus *Dagens Nyheter* steht dazu Folgendes: »Diese Expeditionen setzte Hr. Pettersson bis zum Weihnachtsabend 1904 fort. Es war alles andere als ein friedvoller, festlicher Abend. Der Sturm tobte wie ein wild gewordenes Ungeheuer, die Wellen waren haushoch und das Fahrzeug, ein mit Dampf betriebener Schoner von 500 [!] Tonnen, der nach Herzog Johan Albrecht benannt war, lief mit solcher Wucht auf das Korallenriff, dass sich seine Bergung als unmöglich erwies.«

Im Zusammenhang mit dem Fahrzeug und dem Schiffbruch gibt es einige Unklarheiten, doch Nachforschungen in den deutschen Registern bestätigen die Existenz eines Schiffes namens Herzog Johan Albrecht, das um 1905 in den Gewässern des Bismarck-Archipels unterging. Teilweise heißt es, Carl sei der einzige Überlebende gewesen, andere Quellen nennen ihn als den einzigen Überlebenden, der sich an den Strand von Big Tabar rettete. Seine Leidensgefährten sollen es bis auf die Hauptinsel New Ireland geschafft haben.

Carls Schiffbruch bildet die dramatische Einleitung zur mythenumrankten Geschichte vom König Kalle. Glaubt man den zeitgenössischen Schriftzeugnissen, dann hätte kein weißer Mann je freiwillig seinen Fuß auf die Insel gesetzt. Die Eingeborenen waren selbstverständlich Kannibalen und standen darüber hinaus Fremden alles andere als friedlich gegenüber. Laut einem Artikel aus *Expressen* von 1963 soll Carl selbst Folgendes über den Schiffbruch und seine Rettung erzählt haben: »Ich erinnere mich nicht mehr daran, wie ich an Land gekommen bin, doch als ich aufwachte, sah ich mich von Wilden umgeben. Sie hatten mich in ihr Dorf gebracht und bereits mit dem großen Kriegstanz und der Vorbereitung meiner Hinrichtung begonnen.« Andere Zeitungsartikel beschreiben, dass Carl am Ufer von einem Speerregen empfangen wurde.

Der Sage nach wurde Carl vor dem Tod und dem Kannibalen-Kessel gerettet, weil Prinzessin Singdo-Misses, die Tochter des Häuptlings Lamys, ein Auge auf ihn geworfen hatte. Im erwähnten Artikel aus *Expressen* heißt es dazu: »Der Häuptling hatte eine schöne Tochter, Singdo-Misses, und Carl Pettersson war hoch gewachsen, stattlich und nordisch blond. Die Schlussfolgerung liegt nahe: Singdo-Misses flehte ihren Vater an, den weißen Mann zu verschonen.«

Der Kannibalenhäuptling ließ sich erweichen. Kalle freite die Prinzessin und nach einjähriger Bedenkzeit stimmte der Häuptling der Heirat seiner Tochter mit unserem schwedischen Helden zu. Kalle erbte den Thron und wurde Herrscher von ganz Tabar.

Ganz so wird es sicher nicht gewesen sein, doch es muss auf den Tabar-Inseln tatsächlich etwas gegeben haben, was Carl Pettersson dazu bewog, zu bleiben und eine Familie zu gründen. Darüber, was das gewesen sein mag, lässt sich nur spekulieren, aber der Schiffbruch ermöglichte ihm gewissermaßen, sein bisheriges Leben zu überdenken. Nur kurze Zeit nach dem Schiffsunglück muss Carl den auf der Nachbarinsel Neu Pommern (New Britain) gelegenen Amtssitz der Kolonie aufgesucht haben. Möglicherweise hat ihn einer der Schoner, die zwischen den Inseln verkehrten, um Arbeiter und Kopra zu transportieren, dorthin mitgenommen. Der Schiffbruch hatte jedenfalls zur Folge, dass Carl nicht länger als Anwerber von Plantagenarbeitern tätig war, eine Beschäftigung, der gegenüber er offenbar ohnehin große Zweifel gehegt hatte. Stattdessen begann er im Auftrag der deutschen »Neuguinea-Kompagnie« Kokosnüsse anzubauen. Er ließ sich in dem Dorf Teripax auf Big Tabar nieder und gründete eine Plantage. Um das tun zu können, war die Erlaubnis der Behörden notwendig, und tatsächlich war Carl 1914 als Besitzer der Plantagen Teripax und Maragon registriert. Ein um das Jahr 1909 entstandenes Foto, das im Archiv des Museums für Völkerkunde in Berlin aufbewahrt wird, zeigt Carl zusammen mit ein paar Männern, Frauen und Kindern vor einer Hütte, wie man sie für das Trocknen von Kopra errichtete. Die junge Frau neben Carl ist Singdo. Als das Bild entstand, bearbeitet er die Plantage noch für die deutsche »Neuguinea-Kompagnie«.

Auch wenn alles etwas anders abgelaufen sein mag, als es in den häufig mit viel Fantasie ausgeschmückten Zeitungsartikeln beschrieben wird, lernte Carl doch kurz, nachdem er auf Tabar gelandet war, Häuptling Lamys kennen. Allerdings war Lamys eigentlich kein richtiger »Häuptling«, sondern vielmehr ein »big man«, der Anführer einer matri-linearen, durch Verwandtschaft miteinander verbundenen Gruppe. Auf Tabar werden die verwandtschaftlichen Beziehungen nicht nach der väterlichen, sondern nach der mütterlichen Linie bestimmt. Der älteste Mann einer matri-linearen Gruppe ist im Besitz der Macht, wobei seine Position also einzig und allein von den Verwandten seiner Mutter abhängt. Jede dieser durch Verwandtschaft miteinander verbundenen Gruppen ist Teil eines größeren Clans, und auch für dessen Zusammengehörigkeit sind die verwandtschaftlichen Beziehungen der Frauen ausschlaggebend.

Carl gelang es, das Vertrauen von Lamys und seinem Clan zu gewinnen. Schon bald war er in die Gesellschaft der Tabar-Inseln integriert. In relativ kurzer Zeit baute er mehrere Plantagen auf, und jedes dieser Projekte glückte. Auch vor ihm hatten bereits Weiße versucht, auf den Tabar-Inseln Plantagen anzulegen, jedoch ohne Erfolg. In dem Artikel aus *Dagens Nyheter* heißt es: »... Am 18. Januar 1905 erreichte Hr. Pettersson die kleine Insel Tabora, auf der es nicht eine einzige weiße Seele gab. Früher hatte auf Tabora auch ein Chinese gewohnt. Das Haus, das er sich gebaut hatte, war noch immer in leidlich gutem Zustand. Der Chinese unterdessen hatte sich den Eingeborenen gegenüber auf eine Art und Weise benommen, dass sogar in den Augen der Deutschen die Grenzen des Erlaubten überschritten gewesen waren. Er hatte den Eingeborenen nicht nur ihre Schweine gestohlen, sondern war auch über sie selbst hergefallen und hatte ihre Behausungen niedergebrannt. Die Deutschen beschlossen, ihn zu hängen, nach einigem Nachdenken aber verurteilten sie ihn zu lebenslänglichem Ker-

ker. Jedenfalls stand das Haus des Chinesen leer und Hr. Pettersson ließ sich darin nieder und begann, für die deutsche »Neuguinea-Kompagnie« Kokospalmen anzubauen.«

Aus dem Artikel kann man entnehmen, dass sich die Kolonialmacht nicht sonderlich um die Ureinwohner scherte. Für die Handelsbeziehungen und die Geschäfte der Weißen allerdings war es von großer Bedeutung, dass es nicht zu Streitigkeiten mit den Einheimischen kam. Möglicherweise war die Geschichte des Chinesen überall in der Kolonie bekannt, sodass Carl die Wichtigkeit eines vorbildlichen Verhaltens besonders dringlich ins Bewusstsein rückte.

Dass die Bevölkerung ihn akzeptierte deutet zweifelsohne darauf hin, dass er ein enormes Einfühlungsvermögen besaß und die Situation richtig einzuschätzen wusste. Natürlich spielte auch sein Selbsterhaltungstrieb eine Rolle, dazu gesellten sich jedoch Respekt vor der fremden Kultur und Verständnis für die Menschen in seiner Umgebung. Wenn er Land erhalten und dort ungestört Kopra anbauen wollte, galt es, sich den örtlichen Gepflogenheiten anzupassen. Carl beobachtete die Einheimischen, erkannte, wie ihre Gemeinschaft funktionierte, integrierte sich und wurde auf diese Weise akzeptiert. Dass er Singdo heiratete verschaffte ihm einen zusätzlichen Vorteil.

Wie alt Singdo war, als Carl nach Tabar kam, lässt sich schwer einschätzen. Davon abgesehen rechnete man auf Tabar das Alter nicht nach Jahren. Sobald ein Mädchen geschlechtsreif war, galt es als heiratsfähig. Bei ihrer Hochzeit mit Carl muss Singdo zwischen Fünfzehn und Sechszehn gewesen sein. Wie sich die Romanze zwischen den beiden entwickelt hat entzieht sich unserer Kenntnis, doch der bereits mehrfach zitierte Artikel aus *Dagens Nyheter* schildert, wie Carl um Singdos Hand anhielt:

»Man schrieb das Jahr 1907, als sich Hr. Pettersson verwandtschaftlich mit dem regierenden Hause verband und somit Zutritt zu den entsprechenden Kreisen erhielt. Schon seit langem hatte er ein Auge auf Ihre Königliche Hoheit Prinzessin Singdo geworfen, eine Tochter des mächtigen Häuptlings Lamys, eines machtgierigen Despoten, der nur zögerlich bereit war, das Kannibalentum seiner Vorfahren aufzugeben. Hr. Pettersson unterdessen nahm eines schönen Tages all seinen Mut zusammen und bat um eine Audienz, welche ihm gnädig gewährt wurde. Seine Majestät erwartete ihn in all ihrem Glanz auf ihrem Thron. Pettersson brachte vor, er wünsche Prinzessin Singdo zu ehelichen.

»Will sie dich denn?«, fragte Lamys.

Hr. Pettersson hatte Anlass, das zu vermuten.

»Ich werde darüber nachdenken.«

Seine Majestät sah keinen Grund zur Eile. Es dauerte ein ganzes Jahr, bis Lamys dem Paar seinen väterlichen Segen gab und sich mit der Mesalliance einverstanden erklärte. Die Prinzessin kostete fünf Pfund. Hr. Pettersson feilschte nicht lange und so wurde eine prächtige Hochzeit vorbereitet, die drei Tage währte und bei der die Schwarzen der umliegenden Inseln ihre Aufwartung machten.«

Die Sache mit dem Brautpreis bedarf einer Erklärung. Es ging nicht darum, eine Frau zu »kaufen« und sie sich zum Eigentum zu machen. Nach der melanesischen Denkart ist jede Person zuallererst Teil einer Familie und hat für diese einen bestimmten Wert. Die Familienmitglieder führen die Familie durch ihre Nachkommen fort, gleichzeitig bedeutet natürlich jedes neue Familienmitglied auch eine zusätzliche Arbeitskraft, die durch Gartenarbeit oder die Beschaffung von Nahrung zum Erhalt der Familie beiträgt. Bei einer Heirat siedelt die Frau in die Familie ihres Mannes über –

und das muss kompensiert werden. Vielleicht sollte man statt von einem »Brautpreis« eher von einem »Brautwert« reden. Lamys hatte seine Tochter nicht an Carl verkauft, sondern er erhielt eine Art Ausgleichszahlung, weil Singdo seine Familie verließ.

Von der ersten Begegnung von Carl und Singdo gibt es die unterschiedlichsten Darstellungen. Der Wahrheit am nächsten kommen dürfte die Schilderung ihrer gemeinsamen Tochter Elsa. Elsas Tochter Margarita gibt den Bericht ihrer Mutter in einem Brief wieder, den sie aus Sydney an Bibi und Bo Fundell schreibt: »Und so lernten sich Großvater und Großmutter kennen: Großvater besuchte den Häuptling des Dorfes, in dem er zu Gast war. Der Häuptling rief all seine Kinder herbei, um sie ihm vorzustellen. Sindu war diejenige, die Großvater am meisten faszinierte, und die er als die Schönste von allen beschrieb. Er fragte sofort, ob er sie heiraten könne. Meine Großmutter Sindu war ungefähr sechzehn Jahre alt, als die beiden Hochzeit hielten.«

Die traditionelle Hochzeitszeremonie wird in mehreren Artikeln auf sehr fantasievolle Art und Weise beschrieben. Nachdem Häuptling Lamys endlich sein Einverständnis gegeben hatte, lud man Verwandte und Freunde von nah und fern zur Feier ein. Als die Gäste am festgesetzten Tag am Strand anlegten, brachten sie in ihren Kanus Unmengen von Speisen und zahlreiche Schweine mit, die geschlachtet und bei der Zeremonie verzehrt wurden.

Im zweiten der in der Einleitung erwähnten Artikel aus *Dagens Nyheter* von 1922 findet sich eine sehr anschauliche Schilderung der Hochzeit: »Der Bräutigam saß auf dem Ehrenplatz im umzäunten Bereich der Männer, die Braut in dem der Frauen. Erst als der letzte Bissen Speise verzehrt war, wurden sie zusammengeführt. Man holte das junge Mädchen herbei und es durfte an der Seite seines zukünftigen Herren und Ehemannes Platz nehmen. Beiden wurde das Gesicht mit einer roten Farbe bemalt, eine Zeremonie, die Hr. Pettersson nur eingeschränkt als angenehm empfand, der er sich jedoch des Hausfriedens zuliebe nicht widersetzen wollte. Anschließend prozessierten die verschiedenen Stämme an dem Paar vorüber und legten der jungen Prinzessin Korallenstücke zu Füßen, ihre monetären Hochzeitsgeschenke. Diese Geschenke sind für die Frau bestimmt. Ein Geistlicher war bei der Hochzeit nicht zugegen. Zum Abschluss des Ganzen erhob sich Häuptling Lamys und verkündete seinen Beschluss, seine Tochter Mister Charley zur Frau zu geben. Damit war die Sache perfekt. Das junge Paar konnte sich auf den Weg in seine Hütte machen.«

Nach der Hochzeit machte Carl aus seiner Liebe zu seiner jungen Frau Singdo keinen Hehl. Den sozialen Konventionen und den Gesetzen der Kolonie zum Trotz zeigte er sich öffentlich mit Singdo: Sie war seine angetraute Ehefrau und so behandelte er sie auch. Die Heirat zwischen Personen unterschiedlicher »Rassen« war laut Gesetz verboten. Die weißen Männer durften sich schwarze Frauen zwar als Konkubinen halten, nicht jedoch sie ehelichen. Carl brach mit alledem. Ein Zitat aus der Nummer 24 der Zeitung *Husmodern* von 1935 zeigt mit erschreckender Deutlichkeit, wie es um den Zeitgeist bestellt war: »Doch nun kommt das Sonderbarste an dieser Geschichte. Karl Pettersson hat seine Ehe mit der Negerprinzessin nie als eine lose Verbindung, sondern als einen heiligen ehelichen Bund betrachtet. Er empfand seiner schwarzen Gemahlin gegenüber, die sich aufgrund ihres jungen Alters unter seinem Einfluss der Kultur der Weißen anpasste, wahre Liebe.«

Es besteht kein Zweifel daran, dass Carl seine Singdo wirklich geliebt hat. In der *Allsvensk Samling* von 1924 heißt es: »Es ist rührend, von der Liebe zu lesen, die Carl seiner Singdo-Misses entgegenbrachte. Bei einem seiner Besuche in Schweden beteuerte er seiner Mutter: ›Mutter, meine Frau hat nicht ihresgleichen.‹ Singdo war die vollendete Ehefrau und Mutter, lernte rasch, auf schwedische Art zu kochen und wurde mit den europäischen Umgangsformen vertraut.«

Carl und Singdo führten eine glückliche Ehe. Seine »Prinzessin« schenkte Carl neun Kinder, acht von ihnen überlebten. Carl vergötterte seine Söhne und Töchter, gab ihnen schwedische Namen und ließ ihnen auch sonst eine schwedische Erziehung angedeihen. Und er sorgte dafür, dass sie die Schule besuchen konnten. Carls eigenen Aufzeichnungen zufolge kamen nacheinander zur Welt:

Knut Wilhelm (5. Januar 1910)
Elsa Maria (30. März 1911)
Carl Axel (11. Oktober 1913)
Hans Otto (20. Februar 1915)
Singdo Victoria (29. Oktober 1916)
Erik Augustus (2. Juli 1918)
John Julius (12. Juli 1920)
Max Emil (25. September 1921)

Eine weitere Tochter, Anna, starb kurz nach der Geburt.

»Wie Birger Mörner für ein Schwein einen Tempel bekam«

Vecko-Journalen, 1917

»Doch das Beste zum Schluss. Graf Birger Mörner, dem es gelungen ist, sich von seiner faszinierenden Biographie über Maria Aurora Königsmarck loszureißen, ist seit ein paar Jahren unterwegs gen Süden. Zum einen beabsichtigt er, Material für ein Buch zu sammeln, das er über seine Reisen in die Tropen schreiben will. Zum anderen plant er, auf den Südseeinseln, speziell auf Neuguinea, dem größten von der Zivilisation noch unberührten Gebiet der Erde – die Polarregionen selbstverständlich ausgenommen –, Sammlungen für das Reichsmuseum für Ethnografie zusammenzustellen.«

Svenska Dagbladet, 1913

Zu den interessantesten Berichten über Carl Petterssons Leben auf Tabar zählt der von Graf Birger Mörner. Mörner unternahm ausgedehnte Reisen in die Tropen und schrieb über einige davon literarische Texte. Doch er war nicht nur Schriftsteller, sondern auch Diplomat und in dieser Funktion von 1906 bis 1910 schwedischer Konsul in Sydney. Mit dem Lauf der Jahre stieg auch seine Faszination für die melanesische Kultur. 1913/14 unternahm er im Auftrag des Stockholmer Museums für Ethnographie eine große Expedition nach Deutsch-Neuguinea, wo er mehrere hundert Fundstücke zusammentrug, die er nach Stockholm überführen ließ. Nach seiner Rückkehr publizierte er das Buch *Aráfis tropiska år*, das Berichte über die deutsche Kolonie und detaillierte ethnografische Beschreibungen der einheimischen Kulturen enthält. Der Titel des Buches erinnert an den Spitznamen, den Mörner von den Einheimischen erhielt: Sie gaben das deutsche Wort für »greve« – »Graf« – als »Aráfis« wieder.

In der *Allsvensk Samling* von 1924, aus der wir bereits in der Einleitung zitiert haben, berichtet Birger Mörner, er habe anfangs nicht gewusst, dass in der Region ein Schwede namens Carl Pettersson existierte. Allerdings sei ihm ein Gerücht über einen Mann namens »the strong Charley« zu Gehör gekommen, der auf einer der Inseln leben sollte. Wann und wo genau Mörner und Carl dann zum ersten Mal aufeinander trafen, ist nicht bekannt, aber Mörner hat auf seiner Reise mit hoher Wahrscheinlichkeit davon erfahren, dass es in dem Gebiet einige Schweden gab, die im Dienst der Deutschen standen. Zu jener Zeit lebten in der Kolonie Deutsch-Neuguinea nicht mehr als achthundert Weiße. Die Skandinavier hielten sich – wie Carl – meist auf den Inseln des Bismarck-Archipels auf.

Jedenfalls lernten sich Birger Mörner und Carl Pettersson kennen. In *Aráfis tropiska år* berichtet Mörner von seiner Reise auf die Tabar-Inseln und seinem Zusammentreffen mit »the strong Charley«. Es ist faszinierend, auf welche Weise es Mörner gelingt, Geschichte wieder lebendig werden zu lassen: Er war ein Künstler, der die Fähigkeit besaß, seine Erlebnisse auf poetische und mitreißende Weise zu vermitteln. Mörner hielt sich eine Zeit lang auf Carl Petterssons Plantage Teripax auf. Seinen Besuch dort schildert er wie folgt:

»Groß und rot war die Sonne hinter den Stämmen der Palmen im Meer versunken. Die Konturen der bewaldeten Berge über der Bucht, der lange weiße Gischtstreifen über dem Riff, die Horizontlinie des Ozeans, alles war fort, verschlungen von der Dunkelheit. Das Abendessen auf der Veranda, das wir zu zweit eingenommen hatten, war beendet, und auf dem Tisch brannte eine Lampe. Auf der breiten Treppe zum Hof saßen oder lagen die braunen Frauen, die zum Haus gehörten. Die drei Jüngsten meines Freundes hatten sich auf ihren drallen Ärmchen ausgestreckt und waren eingeschlafen, der Vierte ruhte an der Schulter der Kinderschwester, die ihn sanft hin und her wiegte.«

Birger Mörner war der Erste, durch den die Schweden von der abenteuerlichen Lebensgeschichte Carl Petterssons erfuhren. Mörners Buch und diverse Zeitungsartikel machten Carl praktisch über Nacht im ganzen Land bekannt. Ungefähr zur gleichen Zeit wurde auch das Foto von König Kalle und seiner Gemahlin veröffentlicht, das sie beide in schwedischer Volkstracht zeigt. Es erfreute sich großer Beliebtheit. Wer die Aufnahme gemacht hat, war nicht herauszufinden. Vielleicht war es Birger Mörner selbst, allerdings klagt er in der Einleitung zu *Aráfis tropiska år* darüber, dass seine Fotoplatten auf der Reise durch die hohe Feuchtigkeit zerstört worden seien und er sich für die Illustration seines Buches Bilder habe leihen müssen.

Auch über die Volkstrachten, die Carl und Singdo auf dem Foto tragen, war zunächst wenig bekannt. Wie um alles in der Welt waren diese Kleidungsstücke bei ihnen gelandet? Hatte Carl sie sich aus Schweden schicken lassen? Die Lösung des Rätsels steht in Zusammenhang mit Carls Bruder John. Wie bereits erwähnt kam Carl 1912 für einen Monat nach Schweden, um einige Geschäfte zu erledigen. Auf der Rückreise wollte er Helga, die Verlobte von John, nach Australien begleiten. Vermutlich nahm er bei dieser Gelegenheit die Österåker-Trachten als Erinnerung an seine Heimat mit. Dass es sich um Trachten aus Österåker handelte, obwohl die Familie aus Uppland stammte, kann mit der Herkunft von Carls Mutter zusammenhängen: Arboga liegt nicht weit von dem Ort Österåker in der Provinz Sörmland entfernt.

Zu jener Zeit erlebten die Volkstrachten in Schweden eine Renaissance. Besonders die Einwohner der Großstädte versuchten, erneut an die alten Sitten und Bräuche Anschluss zu finden. Im Fotoalbum der Familie Pettersson befindet sich ein Bild von Carls Schwester Anna, das sie ebenfalls in Österåker-Tracht zeigt.

Auf der Überfahrt nach Australien wurde an Bord ein Maskenball veranstaltet, von dem ein unbekannter Fotograf Aufnahmen machte. Inmitten von Piraten, Chinesen und anderen Figuren stehen Carl und Helga in ihren Volkstrachten. Von Australien nahm Carl die Trachten mit nach Tabar, wo er und Singdo sie zu festlichen Anlässen trugen.

In *Aráfis tropiska år* berichtet Mörner auch von seinen Gesprächen mit Singdo. Er fand Carls Ehefrau bezaubernd und spricht über sie stets nur in den lobendsten Worten. Im Besitz von Mörners Nachfahren befindet sich Singdos *kap-kap*, ihre Halskette, die von großem Wert ist. Wann Mörner sie von den Petterssons erhielt ist unklar, doch es ist gut möglich, dass Carl sie ihm nach Singdos tragischem Tod bei einem seiner Besuche in Schweden überreichte.

In den Gesprächen, die Mörner mit Singdo führte, ging es unter anderem um Menschenopfer und Kannibalismus. Mörner war ein gewiefter Autor, der wusste, was seine Leser interessierte. Doch wir erfahren auch viele interessante Details von der Gesellschaftsstruktur auf Tabar und von den Ansichten der Einheimischen, was ein Leben nach dem Tod betraf. Singdo erzählte, dass sich die Bewohner Tabars nach ihrem Tod zur Insel New Ireland aufmachen, die von den Einheimischen Amba genannt wird:

»Wenn jemand gestorben ist, paddelt er in seinem Kanu nach Amba. Dort gibt es einen großen, großen Berg, der flach ist wie dieser Tisch. In seinem Inneren befinden sich zwei übereinander liegende Räume. In dem oberen wohnen die Männer, in dem unteren die Frauen. Wenn ein Bewohner von Amba zufällig einen unserer Toten zu Gesicht bekommt, der sich gerade mit einer Fackel aus Palmenblättern auf dem Weg zum Totenberg befindet, braucht er nur seinen Spuren zu folgen und wird im Berg all das entdecken, was dem Toten von hier mitgegeben wurde, seien es ein *kap-kap*, eine Kette aus Münzen oder andere schöne Dinge … Bisweilen kehrt der Tote auch wieder zu uns zurück. Er kann nicht sprechen, aber es ist vorgekommen, dass die Hinterbliebenen bei den Vorbereitungen zu einem größeren *sing-sing* Korallenmünzen im Bett des Verstorbenen gefunden haben. Wenn einer der beiden Ehepartner stirbt, wartet der andere im Berg auf ihn und dann heiraten sie dort erneut. Alte Leute werden wieder jung und erlangen ihre Körperkräfte zurück.«

Laut Singdo gibt es also einen Berg, in dem sich die Vorfahren aufhalten. Im »Reich der Toten« erlangt man seine Jugend zurück und es gibt dort Wertgegenstände und Geld in Form von Schneckenhäusern und Muscheln. Beides haben die Toten von Tabar mitgenommen, und manchmal kehren sie in der Gestalt von Wiedergängern dorthin zurück und deponieren die Wertsachen im Haus der Hinterbliebenen. Der Glaube daran, dass man nach dem Tod erneut mit dem geliebten Menschen vereint sein und Jugend und Lebenskraft zurückerlangen wird, muss das harte Leben auf Tabar erträglicher gemacht haben.

Mörners Beobachtungen über die Gesellschaft der Tabar-Inseln sind im Großen und Ganzen korrekt. Vieles, was in den Augen von Fremden zunächst seltsam erscheint, erhält eine Erklärung. Für die Menschen auf Tabar sind Leben und Tod nicht streng voneinander getrennt und es gibt keine großen Unterschiede zwischen diesen beiden Daseinszuständen.

Mörner berichtet auch, dass die Menschen der Region solange sie sich erinnern können in Gruppen oder Geschlechter, wie Mörner sie nennt, unterteilt waren. Jede Gruppe besitzt ein Wappen oder Emblem, meist einen Vogel. Männern und Frauen desselben »Vogels« (»pisin« auf Pidginenglisch) ist es verboten zu heiraten.

»›Singdo Misses‹, fragte ich, ›wenn ich das recht verstanden habe, werden die Toten hier entweder verbrannt oder begraben?‹

›Arafi‹, antwortete sie. ›Die meisten haben einen Fisch als Wappen, und ihre Leichen werden allesamt im Meer versenkt, auf dass sie von den Haien gefressen werden mögen. Wenn jedoch jemand weit vom Strand entfernt stirbt, wird er verbrannt.‹

›Und du selbst, Singdo-Misses, welches Wappen trägst du?‹

Meddelanden 14
Nöjen 5
Resor 7Köp & Sälj 5
Resor 6

Kultur

B

4 · LÖRDAG 28 APRIL 2001

KULTURCHEF HENRIK BERGGREN. REDAKTIONSCHEFER JAN EKLUND (KRITIK), ANN PERSSON (NYHETER) TEL 08-738 12 02 FAX 08-738 18 30 E-POST kultur@dn.se

ska
Sidan B 4

es
Sidan B 2

Carl E Petterson var sjöman precis som Pippis pappa Efraim Långstrump. Han hamnade på en ö i Söderhavet där han hittade guld. Han gifte sig med dottern till en kannibalhövding och var jättestor och jättestark. Likheterna är fler än så. I dag berättar vi om hans liv och i morgon om verklighetens Kurrekurreduttö i DN Resor.

"Det är ju Pippis pappa!"

Das ist ja Pippis Vater! Der Artikel aus Dagens Nyheter vom April 2001, der Aufsehen erregte.

Carl und Singdo Pettersson mit ihren Kindern Wilhelm, Elsa, Hans, Victoria, Carl und dem Neugeborenen Erik auf der Veranda in Maragon, 1918.

Der junge Carl Pettersson, um 1890.

Die Brüder John und Carl Pettersson im Tropenanzug kurz vor ihrer Abreise aus Stockholm, 1907.

Ein erster Postkartengruß mit »Eingeborenen« aus Papua-Neuguinea von Carl.

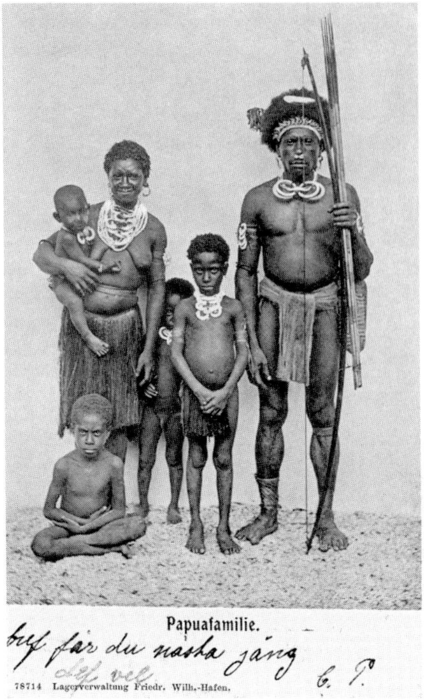

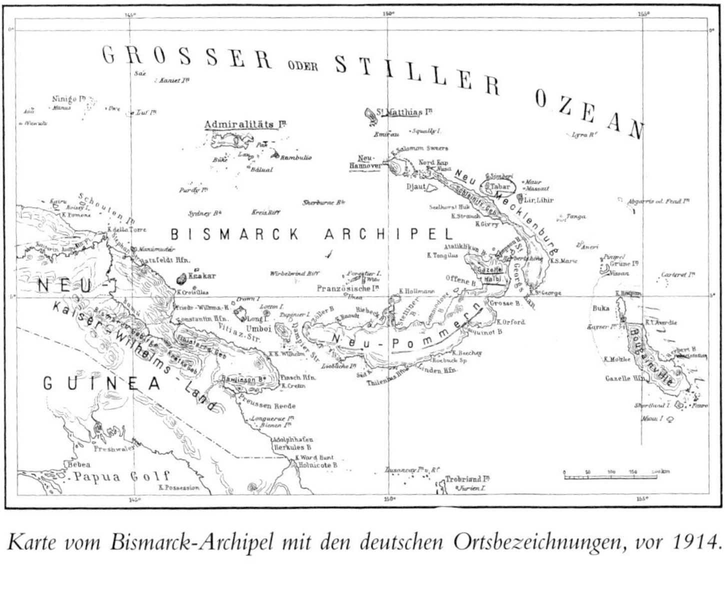

Karte vom Bismarck-Archipel mit den deutschen Ortsbezeichnungen, vor 1914.

Boote im Hafen von Kavieng. Im Hintergrund ist einer von Carls Kopra-Dampfern zu erkennen.

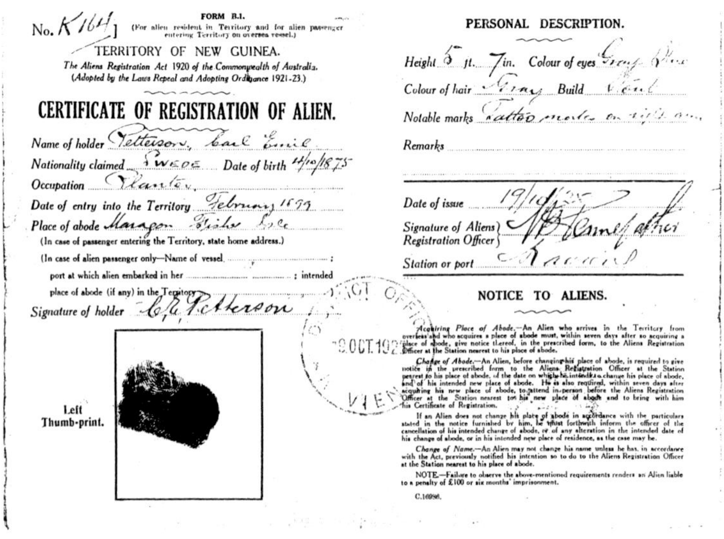

No. K 164

FORM B.1.
(For alien resident in Territory and for alien passenger entering Territory on oversea vessel.)

TERRITORY OF NEW GUINEA.

The Aliens Registration Act 1920 of the Commonwealth of Australia.
(Adopted by the Laws Repeal and Adopting Ordinance 1921-23.)

CERTIFICATE OF REGISTRATION OF ALIEN.

Name of holder Petterson, Carl Emil

Nationality claimed Swede *Date of birth* 4/10/1875

Occupation Planter

Date of entry into the Territory February 1899

Place of abode Maragon Fisher Isle

(In case of passenger entering the Territory, state home address.)

(In case of alien passenger only—Name of vessel .... ; port at which alien embarked in her .... ; intended place of abode (if any) in the Territory ....)

Signature of holder C. E. Petterson

Left Thumb-print.

PERSONAL DESCRIPTION.

Height 5 *ft.* 7 *in.* *Colour of eyes* Grey Blue

Colour of hair Gray *Build* Stout

Notable marks Tattoo marks on right arm

Remarks ....

Date of issue 19/10/25

Signature of Aliens Registration Officer

Station or port Kavieng

NOTICE TO ALIENS.

Acquiring Place of Abode.—An Alien who arrives in the Territory from overseas and who acquires a place of abode must, within seven days after so acquiring a place of abode, give notice thereof, in the prescribed form, to the Aliens Registration Officer at the Station nearest to his place of abode.

Change of Abode.—An Alien, before changing his place of abode, is required to give notice in the prescribed form to the Aliens Registration Officer at the Station nearest to his place of abode, of the date on which he intends to change his place of abode, and of his intended new place of abode. He is also required, within seven days after acquiring his new place of abode, to attend in person before the Aliens Registration Officer at the Station nearest to his new place of abode and to bring with him his Certificate of Registration.

If an Alien does not change his place of abode in accordance with the particulars stated in the notice furnished by him, he must forthwith inform the officer of the cancellation of his intended change of abode, or of any alteration in the intended date of his change of abode, or in his intended new place of residence, as the case may be.

Change of Name.—An Alien may not change his name unless he has, in accordance with the Act, previously notified his intention so to do to the Aliens Registration Officer at the Station nearest to his place of abode.

NOTE.—Failure to observe the above-mentioned requirements renders an Alien liable to a penalty of £100 or six months' imprisonment.

C.16986.

Die Kopie von Carl Petterssons Certificate of Registration of Alien *aus dem Jahr 1925, das unter anderem davon zeugt, dass er – wie bei Seemännern damals üblich – auf dem rechten Arm eine Tätowierung trug.*

Carl und Singdo in Österåker-Tracht mit ihren ältesten Kindern Wilhelm und Elsa. Das Foto entstand auf Tabar, nach Carls Schweden-Reise im Jahr 1912.

Die Anlage zur Herstellung von Kopra in der Bucht von Maragon.

Ist das etwa die »Herzog Johan Albrecht«?
Ein alter Kopra-Dampfer auf dem Riff vor Petterssons Plantage.

Tanzende Frauen auf einem Fest von Carl für die Plantagenarbeiter auf Maragon. Die Frauen tragen traditionelle Kopfbedeckungen, die aus Blättern der Schraubenpalme angefertigt werden.

Carl, Singdo und Kopra-Arbeiter auf der Plantage Teripax auf Big Tabar, um 1909.

Jessie Simpson, die englische Schönheit aus Gäfle, wird Carl Petterssons zweite Frau.

Jessies Kinder Otto und Margit.

Ein Brief von Jessie an Otto vom Dezember 1922: Er enthält wertvolle Informationen über das Leben von Carl und Jessie auf Tabar.

Carl und Jessie mit ihren Angestellten in den 20er Jahren.

✝

Min älskade Maka,
vår kära lilla Mor

Jessie Louisa Petterson

född Simpson
den 5 maj 1882
har lämnat oss i dag,
djupt sörjd och i tacksamt minne
bevarad av oss, syskon, släkt och
vänner.
Stockholm den 19 maj 1935.

CARL PETTERSON.

Tabar, New Guinea.

Margit och Josef. Otto och Saga.

Jordfästningen äger rum i
Sandsborgskrematoriet fredagen
den 24 maj kl. 3 e. m.

Jessies Todesanzeige, 1935

NAMN OCH NYTT

Den 20 Mars 1935.

Kung Pettersson gör veterligt i dag
att han sitt land vill bortrealisera,
med kannibaler, hus av alla slag,
och kokospalmer, apbrödträd med mera.
I Söderhavet ligger detta land,
om vilket konung Pettersson har hand.

Scherzhafte Verkaufsanzeige in Namn och Nytt, Dagens Nyheter, 20. März 1935:
»Südseeinsel mit Zubehör ZU VERKAUFEN! Für weitere Auskünfte wenden Sie sich an König Pettersson.«
König Pettersson will heut, das ist bekannt / veräußern sein Land / mit Kannibalen und jeder Art von Haus / Kokospalme, Affenbrotbaum, ja, Mann und Maus / In der Südsee liegt das Land / das sich befindet in König Petterssons Hand

Carl Pettersson kurz vor seinem Tod auf der Veranda seiner Plantage.

Das Grab von Singdo und Carl Pettersson mitten im Dschungel. Die Inschrift lautet: Sindu Pettersson Lamis, gestorben 1922, Carl E. Pettersson, gestorben 1937. Möge der Herr Euch beschützen. Amen. Schmerzlich vermisst und in liebevollem Andenken bewahrt von ihren neun Kindern.

'Kungen av Tabár' död.

18. JULI 1937

D/ *Carl Pettersson.*

"Kungen av Tabár", sjömanspojken Carl Pettersson från Uppland, som gifta sig med en kannibalhövdingsdotter, har avlidit i Sidney, 62 år gammal.

Carl Petterssons romantiska levnadshistoria började i Sollentuna. Vid unga år kom han in vid flottan och var några år signalmatros. Sedan tog han hyra på handelsfartyg, och innan han skeppsbruten hamnade på den Söderhavsö som sedermera skulle bli hans kungarike, hade han seglat jorden runt ett par tre gånger. År 1904, då han befann sig i tyska Nya Guineakompaniets tjänst, gick hans fartyg under i storm vid en av hans expeditioner i arkipelagen. Själv räddade han sig upp på ön Tabár. Det såg till en början ut som om han kommit ur askan i elden, ty på ön funnos uteslutande vildar, och de hade utpräglat kannibaliska böjelser. Calle Pettersson var emellertid en kraftkarl, och snart lyckades han sätta sig i respekt hos infödingarna. Och inte nog därmed, han vann även hövdingadotterns hjärta och så småningom även hennes faders samtycke till giftermålet. Sedan svärfadern avlidit trädde Pettersson automatiskt in i hans befogenhet, satte fart på sina undersåtar och utvecklade sina plantageodlingar. Hans svarta gemål, drottning Singdo, avled 1920 efter att ha givit liv åt nio barn. Ett par år därefter gifte Carl Pettersson om sig med en engelskfödd dam, fru Jessie Simpson, som han träffade vid ett besök i Sverige, hon dog för två år sedan i Stockholm, dit hon rest för att söka bot för en tropiksjukdom. Även Pettersson led av en sådan, och för ett par år sedan beslöt han sig för att sälja sin ö och bosätta sig i hälsosammare trakter. Han slog sig ned i Sydney, där han nu slutat sin sällsamma bana.

Der Zeitungsartikel zum Tod von Carl Pettersson im Jahr 1937, durch den Astrid Lindgren zu ihrer Kinderbuchfigur Efraim Langstrumpf inspiriert wurde.

Carl Petterssons schwedische Nachfahren in der Südsee:
Seine älteste Tochter Elsa, sein jüngster Sohn Max,
Max mit Frau und Sohn in jungen Jahren sowie sein Enkel Harry.

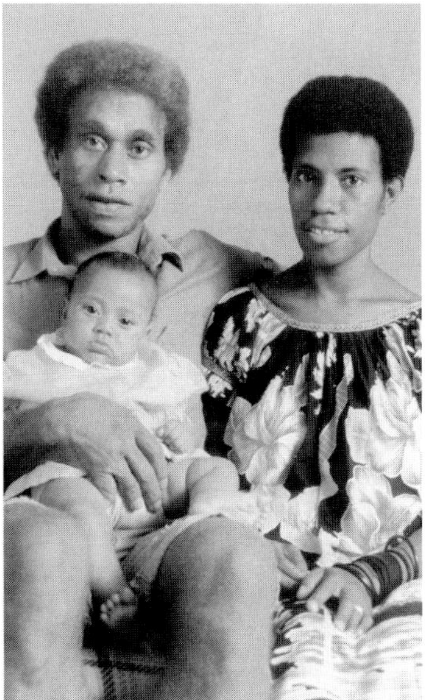

Mangap aus dem Dorf Maragon. Sein Vater war Kapitän auf einem der Boote von Carl Pettersson. Mangap konnte sich noch sehr gut an Carl erinnern.

Gebannt hören die Kinder auf Tabar zu, als Hélena und Joakim die Geschichte von Pippi Langstrumpf erzählen.

Die kleinen dunkelhäutigen – und zum Teil rothaarigen – Kinder von Taka-Tuka-Land lesen begeistert in Pippi Langstrumpf.

Harry Arnold Hoerler: Der Mann, der Elsa Pettersson heiratete.

»Du bist die wahre Pippi!« – Astrid Lindgren feierte 1987 ihren 80. Geburtstag zusammen mit Sonja Melin, dem Vorbild für ihre populäre Heldin Pippi Langstrumpf.

›Ich gehöre dem Volk des weißen Fischadlers an, wir werden in der Erde begraben.‹

›Aber, Singdo-Misses‹, fragte ich nach kurzem Schweigen, ›kommen den alle Menschen in den Berg des Glücks? Auch die bösen?‹

Das Mädchen sah auf, verwundert über meine Frage.

›Ja, natürlich! Nach dem Tod sind doch alle Menschen gut!‹«

In ihrem Gespräch mit Mörner erzählt Singdo, dass sie der Vogelgruppe angehört, die aus dem Hinterland der Insel stammt und nach altem Brauch ihre Toten in der Erde bestattet. Die andere Gruppe, das Strandvolk, versenkt ihre Toten im Meer. Diese Aufteilung in zwei Gruppen ist noch heute von entscheidender Bedeutung, denn noch immer dürfen die Mitglieder einer Gruppe nicht untereinander heiraten.

Während seines Besuchs sammelte Mörner eine Unmenge an ethnografischen Informationen. Doch in seine Berichte haben sich auch einige sonderbare Geschichten eingeschlichen – sicher weil er übertrieb, um seine Schilderungen interessanter klingen zu lassen. In Mörners Interviews mit Singdo beispielsweise finden sich Beschreibungen von Menschenopfern, Kannibalismus und der Zubereitung der Opfer im Kochtopf. Damit sollte man vorsichtig umgehen, denn trotz intensiver Forschungen konnte bisher nicht mit Sicherheit festgestellt werden, ob es unter den Einwohnern Tabars tatsächlich Kannibalismus gegeben hat. Die Geschichten darüber basierten auf Hörensagen und orientierten sich zudem stark daran, was die europäischen Leser hören wollten – besonders im Fall des Schriftstellers Mörner. Doch so viel ist sicher: Das Leben auf den Inseln war hart, häufig kam es zu Kriegen und Streitigkeiten zwischen den Dörfern. Als geschickter Autor begriff Birger Mörner schnell, dass eine Geschichte über Neuguinea nicht ohne Kannibalen auskommt. Die folgende fantasiereiche Schilderung aus *Aráfis tropiska år* zählte sicher zu den meistgelesenen Passagen des Buches:

»›Hast du gesehen, wie Menschen gekocht werden, Singdo-Misses?‹, fragte ich.

›Ja‹, antwortete Singdo-Misses.

›Erzähle!‹

›Als ich klein war, gab es einen grausamen Krieg mit vielen Toten. Damals war Wárnike Häuptling, ein großer Mann. Die Toten wurden in Kanus nach Hause gebracht und unter den Dörfern aufgeteilt. Unser Dorf, Teripax, bekam drei: zwei Mädchen und einen jungen Mann. Einige Mädchen und ich waren zum Fluss hinuntergegangen, um Wasser zu holen. Da sahen wir, wie sie die Körper aufschlitzten. Wárnike selbst war auch dabei. Mit einem Bambusmesser schnitt er den Mädchen die Brüste ab, hüllte sie in Bananenblätter und sagte, dies sei sein Anteil. Danach zerteilten sie die Körper, so wie man Schweine zerlegt. Die Stücke wurden in Blätter gerollt und zusammen mit Taro [Wasserbrotwurzel] geröstet. Auch die Frauen aßen davon. Als ich um ein wenig bat, sagten sie mir, das sei kein Essen für Kinder und gaben mir stattdessen ein Stück Fisch.‹

›Brr‹, sagte Charley, leerte seinen Grog und strich sich mit dem Handrücken über seinen blonden Schnurrbart. ›Sing uns lieber ein Lied vor!‹«

Ein anderer Bericht über den in der Region angeblich existierenden Kannibalismus findet sich unter der Überschrift »Wilde Kämpfe mit gierigen Kannibalen« 1922 im *Dagens Nyheter*:

»Er [Carl Pettersson] war der einzige Weiße auf der Insel, und da die Neger kaum als sanftmütig gelten konnten, schlief er mit dem Revolver unter dem Kopfkissen und hatte, wann immer es in die Wildnis ging, sein Gewehr griffbereit. Hr. Pettersson kam jedoch ungeschoren davon, obgleich er bisweilen in schwere Kämpfe verwickelt wurde. Der Körper des schwedischen Seemanns ist von Narben übersät. Einmal saßen nicht weniger als fünf Speere in seinem Fleisch. Doch ihm war offenbar eine anderes Schicksal zugedacht, als hungrige Negermägen zu füllen. Er versicherte uns jedoch, dass der Kannibalismus damals florierte, und sich die verschiedenen Stämme gegenseitig in den Kessel steckten. Hr. Pettersson hatte nicht den geringsten Zweifel, dass in dem von den Weißen noch unentdeckten Hinterland von Guinea jährlich unzählige Menschen verspeist werden. Gerade die älteren Schwarzen lassen sich nur sehr ungern ein Gericht entgehen, das seit Generationen als eine besondere Delikatesse geschätzt wird. Zu diversen Anlässen wurde Pettersson selbst mit Gerichten bewirtet, die, wie er fürchtete, hauptsächlich aus Menschenfleisch bestanden, obwohl die Gastgeber dies nie zugeben wollten.«

Im Vergleich zu diesem spektakulären Artikel erscheint Birger Mörners Schilderung des Kannibalismus auf Tabar recht harmlos.

Im *Vecko-Journalen* wird 1917 wird von einem interessanten Erlebnis berichtet, das Birger Mörner während seines Aufenthaltes auf Tabar hatte. Als er eines Tages zusammen mit Carl Pettersson dessen Ländereien durchstreift, stoßen sie am Strand von Teripax auf eine aus geflochtenen Palmenblättern bestehende Umzäunung, hinter der eine Zeremonie stattfindet. Sie treten näher und ihr Blick fällt auf zehn sorgfältig geschnitzte Pfähle und weitere Schnitzarbeiten aus Holz. Mörner mit seinem Sinn für Ästhetik betrachtet sich das Ensemble genauer und stellt fest, dass in der Palmenblätterwand die Unterkiefer von Schweinen stecken. Birger Mörner und Carl Pettersson stehen vor so genannten Malangan-Statuen.

Das Wort *Malangan* bezeichnet sowohl eine bestimmte Art von Zeremonie als auch die Gegenstände, die bei dieser Zeremonie verwendet werden. Unter einer Malangan-Zeremonie ist ein Ritual zu verstehen, das in erster Linie zum Gedenken an einen Verstorbenen zelebriert wird. Es soll den Angehörigen ermöglichen, den Verlust zu akzeptieren und dafür Sorge tragen, dass der Tote ein zufriedener Ahnenvater oder eine zufriedene Ahnenmutter wird. Außerdem dient die Zeremonie als Forum, um wichtige Familienangelegenheiten zu diskutieren, schließlich sind auf gewisse Weise alle miteinander versippt und verschwägert. Es ist wichtig, dass die Lebenden die Regeln befolgen, denen ihre Existenz unterliegt, denn andernfalls können die Geister der Toten zurückkehren und für Unannehmlichkeiten sorgen.

Für eine Malangan-Zeremonie werden ungeheure Mengen an Speisen zubereitet, die zum Teil gegessen, zum Teil, wie beispielsweise das Schweinefleisch, traditionsgemäß an bestimmte Personen weitergegeben werden. Wir sprechen also über das »Essen an der Grabstätte«, von dem bereits im Bericht über unsere Reise nach Tabar die Rede war. Aus dem Verhalten jedes Einzelnen während der Zeremonie wird erkennbar, in welchem Verhältnis er zu dem Toten stand – vor allem, ob er ein Blutsverwandter ist oder in die Familie eingeheiratet hat.

Die Anthropologen betrachten solche Zeremonien und

Traditionen eher unter einem pragmatischen Aspekt: Die Riten eines Volkes dienen dazu, die soziale Ordnung der Gesellschaft aufrechtzuerhalten. Die Malangan-Zeremonien lösen einander ab und basieren aufeinander wie die Glieder einer Kette. Jede Zeremonie verweist auf die vorangegangenen, so wie die Menschen verschiedener Generationen durch ihre verwandtschaftlichen Beziehungen in einer Art Netzwerk miteinander verbunden sind. Bis heute haben die Malangan-Zeremonien auf den Tabar-Inseln nichts von ihrer Bedeutung verloren: Noch immer ehrt man auf diese Weise die Toten und auch an den starken familiären Bindungen der Menschen untereinander hat sich nichts geändert.

Wen oder was stellen die Malangan-Skulpturen jedoch eigentlich dar? Die Motive reichen von Menschen über Tiere bis hin zu Pflanzen. Manche der Skulpturen lassen gegenständliche Muster erkennen, die Formen anderer wieder sind vollkommen abstrakt. Seit Jahrzehnten versuchen Wissenschaftler, die Muster zu entschlüsseln. Handelt es sich um Totems oder bilden die Skulpturen die Vorväter ab? Wir in der westlichen Welt tendieren für gewöhnlich dazu, alles, was wir betrachten, auch deuten zu wollen, doch die Bevölkerung der Tabar-Inseln denkt anders. Für die Einheimischen sind die reich verzierten Skulpturen etwas, was die Erinnerungen am Leben erhält. Die Objekte erzählen von den Familienbeziehungen, von den früheren Zeremonien und darüber, wie es um das Verhältnis zu den Vorvätern bestellt ist.

Als Carl Pettersson und Birger Mörner am Strand in der Umzäunung die Malangan-Figuren entdecken, findet Mörner Gefallen an ihnen und erwägt, sie für das Museum für

Ethnografie mitzunehmen. In dem oben zitierten Artikel aus dem *Vecko-Journalen* schildert Mörner die Begebenheit folgendermaßen: »Nun denn, Kalle Pettersson, der mein Interesse für den Tempel bemerkt hatte, kaufte ihn dem Häuptling für ein Schwein ab. Die Götter wurden eingepackt und eine Wand konstruiert, die der ursprünglichen Umzäunung sehr ähnlich war, jedoch für den Transport zerlegt werden konnte.«

Offenbar hatte Carl etwas sehr Wichtiges begriffen: Bei den Malangan-Skulpturen handelt es sich nicht um irgendwelche Götzenbilder, sondern sie stellen den kulturellen Kern der Gemeinschaft auf Tabar dar, für die Menschen dort sind sie gleichbedeutend mit der Quelle des Lebens selbst. Carl wusste, dass die Skulpturen etwas mit dem Verhältnis zwischen den Lebenden und den Toten zu tun hatten, dass es um Reziprozität und zwischenmenschliche Relationen ging. Man kann nicht Anspruch auf etwas erheben, ohne im Gegenzug etwas dafür zu geben. Und wenn man das tut, dann geht man mit dem Empfänger der Gabe eine Verbindung ein, die nicht einfach zu jedem beliebigen Zeitpunkt abgebrochen werden kann. Carl war sich außerdem darüber im Klaren, dass die Skulpturen als gefährlich galten, sobald sie die Zeremonie durchlaufen hatten, da man annahm, dass sie aus dem Ritual religiöse Kraft schöpften. Nach der Tradition mussten sie zerstört oder an einen unzugänglichen Ort verbannt werden. Indem Carl dem für die Zeremonie Verantwortlichen (laut dem Zeitungsartikel war das der Häuptling) ein Schwein überreichte, konnten die Figuren entfernt werden, ohne dass es zu einem Verstoß gegen die Tradition kam und Chaos entstand. Carl bot eine Entschädigung für all die Arbeit und Mühsal an, die für die Zeremonie aufgewandt worden waren, indem er ein Geschenk übergab, so wie es dem Brauch entsprach. Das von Carl dargebrachte Schwein wurde sicher zum Bestandteil der nächsten Zeremonie, die nach den Regeln der Tradition folgen musste. Die Episode zeugt von Carl Peterssons präzisem Beobachtungsvermögen und seiner enormen Kompetenz, was die fremde Kultur betraf.

Jahre später erläutert Carl in einem Brief nach Schweden, was man sich unter Malangan-Figuren vorzustellen hat: »Ich übersende euch eine Kiste, die Holzfiguren (Malangans) von dieser Insel enthält. Eine jede dient als Andenken an einen Toten aus der Gemeinde. Dieses Mal fand ein Fest statt, auf dem circa zehn jüngerer und älterer Verstorbener gedacht wurde. Man beging die Zeremonie in der unmittelbaren Umgebung von Maragon, so dass ich Glück hatte und ein paar Skulpturen ergattern konnte, denn sonst werden sie, sobald das Fest zu Ende ist, verbrannt.«

Der Brief zeigt, dass der Plantagenbesitzer Carl Pettersson die einheimische Bevölkerung bei ihren traditionellen Zeremonien gewähren ließ, wenngleich ein Malangan-Ritual viel Zeit in Anspruch nahm und auf der Plantage die Arbeit liegen blieb. Carl war sich der Wichtigkeit dieser Bräuche für die Menschen bewusst. In einem weiteren Brief schreibt er, dass er den Vorbereitungen für eine große Zeremonie zum Gedenken an Kanalboroboro beigewohnt habe, einen kürzlich verstorbenen »big man«, der ein mächtiger Krieger gewesen war. Carl verspricht, in dem folgenden Brief davon zu berichten, wie die Zeremonie vonstatten ging, doch ein solcher Brief war leider nicht aufzufinden. Carls tolerante Einstellung den Zeremonien der Arbeiter gegenüber war damals unter den Plantagenbesitzern und Kolonisten alles andere als üblich. Im Gegenteil: Meist wurden die traditionellen Riten als Problem angesehen, da sich durch sie die Arbeit verzögerte.

Mörners Kapitel über Carl Pettersson und die Tabar-Inseln endet mit den folgenden Sätzen: »PS: Vielleicht sollte ich noch hinzufügen, dass die hübsche, siebzehnjährige Singdo-Misses die Mutter der vier prächtigen, blond gelockten Kinder meines Freundes ist, die er in naher Zukunft nach Stockholm zu bringen gedenkt, damit sie dort erzogen werden. Das Großmütterchen aus der Hagagatan wartet bereits sehnsüchtig auf ihre Enkel.«

Das Großmütterchen wartete allerdings vergebens. Auch Carl selbst kam erst 1921 wieder auf Besuch. Stattdessen lernte Carls Mutter Johanna Graf Birger Mörner kennen. Er kehrte 1914 vor Ausbruch des Ersten Weltkriegs nach Schweden zurück und beendete noch im selben Jahr die Niederschrift von *Aráfis tropiska år*. Am Mittwoch, dem 11. November 1914, publiziert die Zeitung *Dagens Nyheter* einen Artikel mit der Überschrift »Ein Stockholmer Bub auf den Südseeinseln«. Am Vortag hatte Birger Mörner einen Vortrag über seine Erlebnisse in Neuguinea gehalten, auf den sich der Verfasser des Artikels beruft. Es war vermutlich die erste Veröffentlichung, in der von Carls faszinierender Lebensgeschichte berichtet wurde. Über Mörners Besuch bei Carl und seiner Familie erfahren wir darin unter anderem, dass Singdo »sich heimlich des Zigarettenvorrates des Grafen Mörner annahm, damit er ausreichte. Täglich erhielt Mörner nach Beendigung des Abendessens eine Zigarette – gleich einem Geschenk des Himmels. Bald entdeckte er sie in den Haaren eines der Kinder, wenn sie in ihren weißen Hemdchen auf seinen Schoß kletterten, um ihm einen Gute-Nacht-Kuss zu geben, bald fand er sie in einem anderen ausgeklügelten Versteck.«

Carls Mutter Johanna war bei Mörners Vortrag zugegen, und auch darüber wusste der Artikel zu berichten: »Karl Petterssons alte Mutter war bei dem Vortrag anwesend, und Graf Mörner überbrachte ihr einen Gruß von ihrem großartigen Jungen und von dessen ebenso großartiger kleinen Ehefrau – einer besseren, wie er meinte, als es viele weiße Frauen seien. Das gesamte Auditorium erhob sich und bedachte die alte Dame mit stürmischem Applaus.« Wie stolz Mutter Johanna gewesen sein muss, kann man sich bestens vorstellen.

In Schweden wartete man mit Spannung auf die für das Museum bestimmten Sammlungen. 1915 trafen einundzwanzig Holzfiguren aus Tabar ein, die man zunächst in einer provisorischen Ausstellung präsentierte. Mörner war begeistert und wollte sie exakt so angeordnet wissen, wie er sie auf Tabar vorgefunden hatte. Es sollte jedoch noch einige Zeit dauern, bis dem Museum die geeigneten Räumlichkeiten für eine originalgetreue Präsentation zur Verfügung standen. 1917 dann konnten die Stockholmer Bürger eine Rekonstruktion dessen, was Birger Mörner in Teripax erlebt hatte, in der Interimsausstellung des Museums in der Wallingatan besichtigen: Nicht nur die Figuren und die anderen Schnitzwerke, sondern auch die zerlegbare Wand aus Palmenblättern und die Schweinekiefer waren zu sehen. Einmalig an dieser Sammlung ist, dass die Holzfiguren alle bei ein und demselben Anlass verwendet wurden und von einem einzigen Schnitzer stammen. Schweden gehört zu den wenigen Ländern, die eine derartige Sammlung besitzen. Das Museum für Ethnografie, das zurecht stolz auf dieses Kleinod ist, hat der Sammlung den Namen »Peterssonsche Malangan-Statuen« gegeben.

Doch Mörner hatte sich auf seiner Reise nicht nur für ethnografische Belange interessiert. *Aráfis tropiska år* ist voll von Schilderungen und Bildern von leicht bekleideten Südseeschönheiten – bekanntermaßen verkaufen sich eben nicht nur Schauergeschichten über Kannibalen gut. Mörner hatte auf Carls Plantage ein Mädchen namens Bau kennen gelernt, das ihn überaus beeindruckt hatte. In seinem Buch ist Bau auf einem Foto zu sehen – in traditioneller Bekleidung, mit Körperbemalung und Schmuck.

In einem Brief vom 8. Mai 1914 schreibt Carl an Mörner: »Mir und meiner Familie geht es sehr gut, wir alle grüßen dich herzlich, nicht zu vergessen Bau. Die Magd des Kochs, falls Graf Mörner sich an die kleine Schöne erinnert, ist verrückt geworden, ich glaube, durch einen Sonnenstich. Sonst geht alles seinen gewohnten Gang.«

In den damaligen Reiseberichten ist oft von der besonderen Schönheit der Frauen von den Tabar-Inseln die Rede. Dass die weißen Männer sich mit den einheimischen Frauen vergnügten war gang und gäbe. Auch Carl besaß eine eindrucksvolle Fotosammlung von »Pin-up-Girls« aus New Ireland und Tabar. In diesem Zusammenhang sei jedoch auch noch einmal daran erinnert, dass in der Kolonialzeit völlig andere Wertmaßstäbe galten als heute.

Über Carl Petterssons Gastfreundschaft gibt es in diesem Zusammenhang eine wenig rühmliche Geschichte zu berichten. Patrick Lindahl, der Sohn des bereits genannten Ragnar Lindahl, der die Plantage Stockholm auf New Britain besaß, lebt in Mölndal bei Göteborg und hat die Erinnerungen seines Vaters zusammengestellt. Daraus stammt die folgende Anekdote:

»Das erinnert mich an eine Geschichte, die dem schwedischen Grafen M., wie er erzählte, bei seinem Besuch auf

Kalle Petterssons Plantage widerfahren ist. M. hatte Kalles Schönheiten, von denen stets eine beträchtliche Anzahl auf der Plantage versammelt war, vielsagende Blicke zugeworfen und Kalle versprach, dass eine von ihnen M. den Abend versüßen würde. M. wartete und wartete auf seinen schönen Gast, doch vergeblich. Dasselbe trug sich am folgenden Abend zu, obwohl Kalle erneut versprochen hatte, dass eine der Schönen bei M. erscheinen würde. Am dritten Tag erfuhr M., dass die Frau die beiden vergangenen Nächte unter seinem Bett gelegen hatte, wie es bei den Europäern in der Region üblich war.«

Bevor Mörners Reise ihn zu Carls Plantage geführt hatte, war er für einige Zeit auf der nördlich von Neuguinea gelegenen Insel Wuwulu gewesen. Noch lange nach seiner Abreise litt er unter der Trennung von Tigea, der Frau, in die er sich dort verliebt hatte. In *Aráfis tropiska år* schildert er jedoch nicht nur Tigeas Schönheit und die Kultur ihres Volksstammes, sondern auch die Missstände, die der Kolonialismus geschaffen hatte. Wie überall in der Südsee hatte die Errichtung der Kopra-Plantagen auch auf Wuwulu verheerende Folgen. Mörner beschreibt, wie die einheimische Bevölkerung proletarisiert wurde und man sie zwang, für einen Sklavenlohn zu arbeiten. Infolge des von den Weißen erlassenen Verbots, weiterhin die traditionellen Getreidearten anzubauen, litt ein Großteil der Bevölkerung an Unterernährung. Darüber hinaus schleppten die Weißen Krankheiten ein, die sich schnell zu Epidemien ausweiteten. Mörners Text zeugt von einem hohen sozialen Bewusstsein und von seinem Gerechtigkeitssinn:

»Wie auch die anderen weißen Völker haben wir die Verantwortung dafür zu übernehmen, dass wir den Farbigen gegenüber unsere Übermacht missbrauchen … Wir Weißen, die wir auf sie herabsehen, als wären sie niedere Geschöpfe, glauben sie lehren zu können, dass vor Gott alle gleich sind. Wir, die wir ihr Land und ihre Freiheit usurpieren, wollen sie lehren: Du sollst nicht stehlen. Wir, die wir in unserer Heimat mit Kanonen aufeinander losgehen, wollen sie lehren: Du sollst nicht töten. Wir wollen sie lehren, dass Gott gut ist, dass er ein Gott der Liebe ist – unser Gott, der Gott der Weißen!«

»Erinnert ihr euch an König Kalle P.? Der Seemann wurde Herrscher auf eigener Insel«

Strengnäs Tidning, 1958

Nach dem Tod von Häuptling Lamys wurde Carl zum ersten Mann der Insel. In der *Allsvensk Samling* von 1924 heißt es dazu: »Als nun der alte Häuptling starb, herrschte einhellig die Meinung, ›the strong Charley‹ solle Herrscher auf der Insel werden. Mit seinen starken Armen errichtete Carl für sich und seine Familie eine ›Residenz‹, die im Vergleich zu den einfachen Hütten der Einwohner tatsächlich einem Schloss glich.«

Der schwedische Seemannsjunge hatte einen weiten Weg hinter sich gebracht. Er hatte die Liebe seines Lebens, die Tochter des Häuptlings, zur Frau genommen, und er war ein mächtiger Plantagenbesitzer geworden: Neben der Plantage bei Teripax auf Big Tabar besaß er die Plantage Maragon auf der Insel Simberi und darüber hinaus Londolovit auf der Inselgruppe Lihir. Dass es Carl damals finanziell sehr gut ging, bezeugt ein Großteil der Quellen. Er schloss beim Verkauf der Kopra vorteilhafte Geschäfte ab, gründete eine kleine Handelsflotte und verfügte über eine große Anzahl von Angestellten, die sich um seinen Besitz kümmerten. Den damaligen Berichterstattern war das jedoch offensichtlich nicht genug: Sie machten ihn darüber hinaus zum König.

Als der Erste Weltkrieg ausbrach, marschierten australische Truppen in Deutsch-Neuguinea ein. Der Machtwechsel ging ohne Blutvergießen vonstatten, und die Australier erlaubten den Deutschen bis auf weiteres, sich wie bisher um ihre Plantagen zu kümmern. Carl und seine Familie führten während der Kriegsjahre ein relativ angenehmes Leben. Die Kopra-Geschäfte liefen gut und der Krieg in Europa spielte in diesen Breitengraden keine nennenswerte Rolle.

1918 kam Edgar White, ein Naturforscher aus dem australischen Adelaide, nach Maragon. Carl half ihm bei der Suche nach seltenen Vögel für die Sammlung des South Australian Museum und trug außerdem ethnographische Gegenstände zusammen. Weil er der einheimischen Bevölkerung wiederholt Malangan-Statuen abkaufte, erhielt er den Spitznamen »Masta bilong paiawud« [master belong firewood], was etwa als »der Herr mit dem Feuerholz« übersetzt werden kann. Wie bereits erwähnt, pflegte man die Malangan-Statuen nach Beendigung des Rituals zu verbrennen oder auf andere Art und Weise zu zerstören, und nun war da plötzlich dieser seltsame weiße Mann, der all die alten Holzfiguren kaufte.

Mithilfe von Waites Aufzeichnungen, die sich im Museum in Adelaide befinden, lässt sich die damalige Lebensweise auf den Tabar-Inseln rekonstruieren. Carl war bei weitem nicht der einzige Weiße, der sich dort niedergelassen hatte. Auf allen drei Inseln der Gruppe gab es Plantagen. Im Norden der Insel Simberi betrieb ein Deutscher namens Meyer die

Plantage Pigibut, Carls Bruder Gunnar Wilhelm gehörte die neben Maragon gelegene Plantage Servoso und auf Tatau gab es unter anderem die Plantage Kopo in der Maragat-Bucht, die »Masta Sak-sak« gehörte. Masta Sak-sak hieß eigentlich Van der Ghynste und erhielt seinen Spitznamen Sak-sak, weil er, wenn die Nahrungsvorräte knapp wurden, seine Arbeitern anwies, »sak-sak« herzustellen, das Mehl, das man aus den Sagopalmen gewinnt. Unwetter und hoher Seegang erschwerten es den Plantagenbesitzern jedoch nicht selten, sich gegenseitig zu besuchen.

Während seines Aufenthaltes auf Maragon machte Edgar Waite ein Familienfoto von den Petterssons: Carl, Singdo und ihre sechs Kinder sitzen auf der Treppe vor dem Plantagenhaus. Klein-Erik ist gerade geboren und liegt in Singdos Armen. Zur Feier des Tages tragen Carl und Singdo Österåker-Tracht. Im Hintergrund sind verschiedene Malangan-Figuren und Masken zu erkennen. Später brachte Singdo noch zwei weitere Kinder zur Welt.

Ein weiterer Schwede, der vor allem während der australischen Jahre in der Region arbeitete, war Owe Hertz, auch unter dem Namen Kapitän Jack bekannt. In seinem Buch *Kapten Jack. 22 år på Nya Guinea* beschreibt er sein Verhältnis zu Carl wir folgt: »Kalle und ich trafen uns sehr oft und wurden, wie viele Landsmänner in der Diaspora, gute Freunde. Er hatte einen gesunden Humor, war von erfrischender Heiterkeit und schätzte wie ich ein ungebundenes, abwechslungsreiches Leben.«

Hertz berichtet, dass er und Carl einmal in Seenot gerieten, sich aber aus der Gefahr retten können. Als sie erschöpft in Simberi ankommen, spielt sich folgende Szene ab:

»Bei der Ankunft spät am Abend wurden wir von seinen

einheimischen Freunden begrüßt und Kalle wurde tatsächlich wie ein König willkommen geheißen. Doch mitten in dem Juchhe und Hurra blickte er sich mit bekümmerter Miene um.

›Was hast du?‹, fragte ich. ›Bist du nach all den Strapazen nicht froh, wieder zu Hause zu sein?‹

›Sabinga [Singdo] ist nicht gekommen, um mich zu begrüßen,‹ antwortete er. ›Es muss ihr etwas zugestoßen sein.‹

Er fragte die Männer, wo sich seine Ehefrau befände. Sie grinsten fröhlich zurück.

›Master, Sabinga gerade kleines picaninny [»Kind« auf Pidgin] bekommen‹, sagte einer von ihnen.

Wir gingen zu seinem Bungalow hinauf. Seine Frau, eine der dunkeläugigen Schönheiten der Insel, hielt sich im Badezimmer auf. Kalle liebte sie über alles in der Welt. Da sie ihn nicht hineinließ, rief er ihr aus dem angrenzenden Zimmer eine ängstliche Frage zu.

›Es geht mir gut‹, antwortete Sabinga. ›Picaninny noch nicht geboren, aber kommt bald ...‹«

Wir schreiben das Jahr 1921. Das Neugeborene ist ein Junge. Max blieb Singdo und Carls letztes Kind, denn Singdo stirbt kurz nach seiner Geburt. Sie ist gerade einmal siebenundzwanzig Jahre alt.

Einigen Quellen zufolge starb Singdo bereits 1920 – oder erst, wie auf dem Grabstein verzeichnet, 1922 –, doch das stimmt nicht mit Carls Notizen zu den Geburtsdaten der Kinder überein. Auch über Singdos Todesursache gehen die Meinungen auseinander. Die offizielle Angabe lautete, sie sei im Kindbett gestorben. Einer anderen Version der Geschichte zufolge nahm Singdo eine Überdosis an Medikamenten zu sich, als Carl geschäftlich verreist war, weil sie glaubte, dass er ihr untreu sei. Es existiert jedoch eine Kassette, auf der Elsa, die Tochter, diese Angaben dementiert. Ihrer Meinung nach schluckte ihre Mutter während Carls Abwesenheit versehentlich eine Überdosis eines Magenmittels. Elsa behauptet, dass es ihrer Mutter nicht möglich war, die verschiedenen Tabletten voneinander zu unterscheiden und sie zu viele von der falschen Sorte einnahm. Carl sei nach Hause zurückgekehrt und habe verzweifelt versucht, seine Frau zu retten – doch vergebens.

Heute sind einige Einwohner Tabars der Ansicht, dass Singdo durch schwarze Magie zu Tode gekommen sei. Es gab Personen, die eifersüchtig auf sie waren, weil sie einen Weißen geheiratet hatte und ein angenehmes Leben führte. Der uralte Glaube, ein plötzlicher, mysteriöser Tod könne auf Magie zurückzuführen sein, ist noch heute auf den Inseln lebendig. Die Betreffenden, so heißt es, würden durch den Zauber so geschwächt, dass sie aus unerfindlichen Gründen ihr Leben aushauchten. Oftmals wisse das Opfer nicht einmal, dass es bösen Kräften ausgesetzt sei.

Welche der Erklärungen der Wahrheit entspricht, werden wir nie erfahren. Was wir jedoch wissen ist, dass Carl vor Trauer schier verzweifelte. Er ließ auf einer Anhöhe hinter der Plantage eine Grabstätte anlegen, von der aus man über das Meer bis nach New Ireland – nach Amba – blicken konnte, dorthin also, wohin die Verstorbenen den religiösen Vorstellungen der Einheimischen gemäß nach ihrem Tod übersiedeln. Das Grab besteht aus einem in die Erde eingelassenen Zementsarg, der Augenzeugen zufolge ursprünglich mit einem Glasdeckel verschlossen war, unter dem man Münzen platziert hatte. Rings um das Grab herum ließ Carl große Muscheln legen. Einer Quelle zufolge existierte zudem ein Grabstein, auf dem eine Strophe aus einem schwedischen Psalm eingraviert war.

Solange Carl auf Tabar lebte wurde das Grab liebevoll gepflegt, danach jedoch kümmerte sich niemand mehr um die Grabstätte und auch über den Bungalow fiel der Dschungel her. Einem Gerücht nach wurde der Sarg von Dieben aufgebrochen, die an den Münzen interessiert waren.

Bereits vor Singdos Tod hatte Carl geplant, erneut eine Reise nach Schweden zu unternehmen. Er wollte sich um geschäftliche Dinge kümmern und außerdem plagte ihn Heimweh. In einem Brief, der auf den 21. April 1920 datiert ist, schreibt Carl an seinen Bruder John in Australien: »Ich bin des Südseelebens überdrüssig. Nun, nach fast zweiundzwanzig Jahren, ist es an der Zeit, in die Zivilisation zurückzukehren. Ich beabsichtige meine Plantation [sic!] zu verkaufen, wenn ich einen guten Preis dafür erzielen kann, und mich entweder in Australien oder auf Java niederzulassen. Schweden ist zu kalt für mich, denke ich, obgleich ich mir wünschen würde, auf meine alten Tage dort zu leben und dann auch dort zu sterben.«

Singdos Tod machte eine Reise nach Schweden nur noch dringlicher, denn Carl brauchte eine Frau, die sich um die jüngsten Kinder Erik, John und Max kümmern und ihnen eine europäische Erziehung angedeihen lassen konnte. Seine Tochter Elsa war bereits zehn Jahre alt und hatte bislang nicht zur Schule gehen können, weil sie sich um ihre kleine Brüder kümmern musste. Der *Allsvensk Samling* vom 15. Mai 1924 zufolge gab es für die Reise noch einen weiteren Grund: Carl wollte seine alte Mutter wiedersehen.

Bevor Carl sich auf die Reise machte musste, er dafür

Sorge tragen, dass die Kinder versorgt waren. Den jüngsten Sohn Max beispielsweise überantwortete er vor seiner Abreise einer Pflegefamilie.

Zu jener Zeit war es für Kinder aus »Mischehen« äußerst schwierig, zum Schulbesuch zugelassen zu werden. Lediglich die katholische Mission nahm sie in ihre Unterrichtsstätten auf. Dennoch hatte Carl bereits vor Singdos Tod seinen ältesten Sohn Wilhelm zu seiner Schwester Maria Lindblad nach Australien geschickt, wo er eine renommierte Schule besuchen sollte. Auch Elsa sollte in Australien zur Schule gehen, doch das kleine Mädchen flüchtete, als sie und ihr Bruder abgeholt werden sollten, vor Angst in den Wald.

Das australische Gesetz verbot den gemeinsamen Schulbesuch von »Mischlingen« und weißen Kindern, und Wilhelm wurde von den Behörden entsprechend diskriminiert. Doch Carl muss sich durchgesetzt haben, denn Wilhelm nahm mehrere Jahre lang am Unterricht teil und erhielt sehr gute Noten. Carl hatte es zudem nicht versäumt, seinem Sohn das Boxen beizubringen – was sich sicherlich auszahlte, als Wilhelm wegen seiner Herkunft von den Mitschülern gehänselt wurde.

Vor seiner Heimreise musste Carl darüber hinaus jemanden bestimmen, der sich während seiner Abwesenheit um die Plantage kümmern würde. Seine Wahl fiel auf seinen Bruder Gunnar Wilhelm, auch Willy genannt, was nahe liegend war. Zu dieser Zeit betrieb Gunnar eine eigene Plantage, die direkt neben Maragon gelegen war, und konnte auf diese Weise bestens beide Anwesen betreuen.

Doch Gunnar war kränklich. In dem bereits zitierten Brief an seinen Bruder John in Australien schreibt Carl: »Was

Gunnar betrifft: Wenn er reisen will, nehme ich ihn mit mir. Doch er will nicht, sagt er, wenngleich er augenblicklich sehr krank ist. Das ist auch der Grund dafür, dass ich nicht früher abreisen konnte, andernfalls wäre ich bereits Anfang des Jahres in Sydney eingetroffen. Doch nun will ich warten, bis es ihm wieder besser geht, denn er soll nach meiner Plantation [sic!] sehen, während ich fort bin.«

Als Carl sich dann schließlich nach Schweden aufmachte, war Gunnar wieder so weit genesen, dass er neben seiner eigenen Plantage auch die Geschäfte von Maragon leiten konnte.

»Die Schwedin, die Königin auf einer Südseeinsel war«

Husmodern, 1935

Carl war siebenundvierzig Jahre alt, als er erschöpft und niedergeschlagen nach Schweden zurückkehrte. Über zwanzig Jahre hatte er in den von Malaria gebeutelten Gebieten der Südsee gelebt, und diese Zeit hatte auch körperlich ihre Spuren hinterlassen. Auf der Heimreise über den Ozean lernte Carl an Bord die schwedische Missionarin Ellen Hedmark kennen. Sie hatte in China »Heiden« zum Christentum bekehrt und befand sich nun auf dem Weg in die Heimat. Sie soll den trauernden Carl davon überzeugt haben, dass er nach einer geeigneten schwedischen Ehefrau Ausschau halten müsse, und bot ihm gleichzeitig ihre Hilfe bei der Suche nach einer passenden Kandidatin an. In dem bereits erwähnten Artikel aus dem Jahr 1929 berichtet das *Vecko-Journalen* von den Ereignissen an Bord:

»Eines Tages erfuhr er [Carl] zufällig bei Tisch, dass eine Landsmännin, eine aus China heimkehrende Missionarin, in ihrer Kabine lag. Wegen einer Tropengeschichte war sie recht übel dran. Natürlich stattete er ihr einen Besuch ab. Das war der Beginn einer Bekanntschaft, die auch nach der Ankunft in Schweden fortbestand. Ellen Hedmark brachte den ehemaligen Seemann und nunmehrigen König dazu, sein eigenes Dasein mit weitaus größerem Ernst zu betrachten, als er es bisher vermocht hatte. Die zukünftige Gefährtin war nach Kriterien auszuwählen, die von ihm so nie bedacht worden waren. Folglich bat er die Reisekameradin, die Sache in die Hand zu nehmen.«

Ob es tatsächlich Ellen Hedmark war, die später den Kontakt zu der in Gävle lebenden Jessie Simpson vermittelte, sei dahingestellt, doch vermutlich waren Jessie und sie Bekannte. Fest steht, dass Jessies Kinder Otto und Margit später bei Ellen Hedmark oder Elin, wie Jessie sie nannte, Englischunterricht nahmen. Jessie schrieb im Sommer 1923 in einem Brief an Otto:

»Und wie wunderbar ich es finde, dass ihr bei Frau Hedmark Englisch lernt! Das ist so grenzenlos nett und entzückend von ihr. Möchte Elin von ganzem Herzen dafür danken. Ist sie nicht wunderbar, diese gute, gottesfürchtige Frau?«

Aber selbst wenn Ellen Hedmark Carl mit Jessie Simpson bekannt gemacht hat, so verstrich doch eine geraume Weile, bis er sie als mögliche Kandidatin ins Auge fasste. Carl sah sich gründlich um, bevor er sich entschied. Dieses Mal blieb er ein ganzes Jahr in Schweden, sehr zur Freude seiner Mutter Johanna.

Carl begann mit seiner Suche nach einer geeigneten Person, die sich auf Tabar um die Kinder kümmern könnte, im Familienkreis. Er versuchte seine Kusine Johanna zu überreden, mit ihm zu kommen, aber sie lehnte ab. Schließlich fragte er sogar eine Nachbarin seiner Mutter aus der Hagagatan. Doch auch sie sagte Nein, schließlich war sie verheiratet und hatte Familie.

Als Nächstes gab Carl, ganz kühl kalkulierender Unternehmer, eine Annonce auf. Ein Bekannter schlug ihm vor, eine Anzeige in einer Tageszeitung zu schalten. »Gut«, sagte Carl einer Anekdote zufolge, »wir nehmen eine ganze Seite.« Natürlich antworteten sehr viele Frauen, schließlich sah sich eine jede von ihnen schon als Königin in der Südsee. Vor der mütterlichen Wohnung in der Hagagatan bildeten sich lange Schlange. Carl empfing die Frauen an seinem Schreibtisch und jede hatte »König Pettersson« eine Stunde für sich allein. Am Ende überreichte Carl den Aspirantinnen stets ein Präsent: Die Mageren erhielten eine Pralinenschachtel, die Molligeren wurden mit einem Blumenstrauß bedacht. Angebissen allerdings hat Carl bei keiner.

Diese Episode zeugt wie viele andere von der Gutherzigkeit – aber auch von der Eigensinnigkeit Carls.

Nach ein paar Monaten unterbrach Carl erschöpft seine Brautschau und nahm Kontakt zu seinem alten Freund Birger Mörner auf. Er besuchte ihn auf dem Gut Schiringe, das sich in der Nähe von Flen befindet. Sie aßen zu Mittag und plauderten danach über alte Zeiten, als sich laut Mörner plötzlich Folgendes ereignete:

»Nach dem Essen saßen wir vor dem Haus unter einem Baum und tranken Kaffee. Da kam ein kleiner Ford in den Hof gerollt. Am Steuer saß ein großer, schlanker Herr. Es war unser Nachbar. Ich erhob mich, begrüßte ihn und stellte ihn meinem Gast vor:

›Gestatten Seine Königliche Majestät König Carl I. von Tabar, dass ich ihm Seine Königliche Hoheit, den Herzog von Södermanland vorstelle?‹

Ja, das erlaubte Seine Majestät, und nachdem sie sich die Hand geschüttelt hatten, sagte Carl zu dem eben Eingetroffenen:

›Nimm Platz, nimm Platz! Darf's eine Zigarre sein?‹

Wir saßen über zwei Stunden beisammen und unterhielten uns über die Südsee, Kokosnüsse und Kannibalen.

Als Prinz Wilhelm wieder abgefahren war, fragte Freund Kalle:

›Was war denn das für einer? Das war ja ein ganz Netter, und was der alles wusste.«

Als wir am Abend zu Bett gingen meinte Carl: ›Heute Nacht werde ich von Singdo Misses träumen.‹«

Doch was für eine Frau suchte Carl eigentlich? Mehrere Quellen berichten, dass er noch immer um seine geliebte Singdo trauerte. Eine ihr ebenbürtige Nachfolgerin zu finden war sicher nicht einfach. Den Zeitungen zufolge soll Carl geäußert haben, dass seine neue Ehefrau weder jung noch schön noch reich zu sein bräuchte. Außerdem solle sie möglichst nicht aus der Oberschicht stammen. Lebenserfahrung und ein guter Umgang mit den Kindern seien ihm wichtiger. Seine Kinder sollten eine schwedische Mutter bekommen, die ihnen eine schwedische Erziehung vermitteln konnte – und selbstverständlich sollte sie dazu bereit sein, in der Südsee zu leben. Alles in allem ein schwieriges Unterfangen.

Eines Abends jedoch begegnete Carl bei Bekannten in der Nähe von Stockholm Jessie Simpson. »Sie sprachen die ganze Zeit Englisch miteinander, und ich verstand kein einziges Wort«, erklärte die Gastgeberin später. Einer Quelle zufolge entwickelte sich alles so rasch, dass Jessie und Carl bereits miteinander verlobt waren, als sie die Gesellschaft verließen. Laut eines Artikels aus der *Strengnäs Tidning*, der höchstwahrscheinlich aus dem Jahr 1958 stammt, musste Carl sich jedoch ins Zeug legen, um seine Braut für sich zu gewinnen:

»Als er um Jessies Hand anhielt, musste König Kalle Pettersson vorübergehend auf seine königliche Würde verzichten. Jessie zögerte, so dass der König sich gezwungen sah, vor ihr niederzuknien. Erst da nahm sie ihn – ihren König von der Sonneninsel.« Vorher soll Carl seine Braut allerdings in ein Stockholmer Luxusrestaurant eingeladen haben …

Wer aber war Jessie Simpson eigentlich – jene Schönheit aus Gävle, die in der Südsee Königin wurde? Jessies Eltern stammten aus England, und dort war sie auch geboren worden. Sie hatte drei ältere Geschwister: zwei Brüder und eine Schwester. 1895, als Jessie dreizehn Jahre alt war, siedelte die Familie nach Gävle über. Jessies Vater James Simpson war Ingenieur und sollte in Schweden Gaswerke errichten. Gaswerk Nummer eins entstand in Gävle – und James blieb in dem Ort und wurde der erste Betriebsleiter.

Laut des bereits zitierten Artikels aus *Husmodern* von 1935 unterschieden sich Jessie und ihre Geschwister in einigem von ihren Altersgenossen in Gävle:

»In Gävle zogen die Simpsonschen Kinder, jedenfalls die Mädchen, aus verschiedenen Gründen die Aufmerksamkeit auf sich: Sie hatten ein anderes Temperament als ihre Spielgefährtinnen, mit denen zusammen sie die Französische Schule der Stadt besuchten. Und sie waren hochbegabt – speziell in musischer und künstlerischer Hinsicht. Das galt im Besonderen für die Jüngste, Jessie, eine kleine Schönheit mit exotischen schwarzen Augen und schwarzem gelocktem Haar.«

Der Verfasser des Artikels weiß darüber hinaus zu berichten, dass Jessie eine romantische Zukunft prophezeit wurde, doch diese Weissagung schien sich lange Zeit nicht zu erfüllen. Jessie heiratete einen Mann namens Nils Lindström, doch die Ehe verlief unglücklich, vermutlich aufgrund von Lindströms Alkoholkonsum. 1904 wurde Sohn Otto geboren, im folgenden Jahr Tochter Margit. Einige Jahre später bekam Jessie eine weitere Tochter, die jedoch zwei Wochen nach der Geburt starb. 1913 zog Jessie zunächst nach Uppsala. Ein Jahr später trennte sie sich endgültig von ihrem Mann und kehrte zu ihrer Familie nach Gävle zurück. 1915 ließ sie sich offiziell scheiden, was zu jener Zeit sicherlich für Furore sorgte.

In Uppsala soll Jessie als Friseuse gearbeitet haben, doch nach ihrer Rückkehr nach Gävle versorgte sie sich und ihre Kinder durch eine Tätigkeit als Zugehfrau und war vermutlich nicht sehr häufig zu Hause. Ihre Kinder litten darunter, und auch um die Finanzen der Familie stand es nicht zum Besten. Als Jessie in Enskede bei Stockholm eine Anstellung als Hausdame fand, musste die Familie zudem erneut ihre Zelte in Gävle abbrechen.

Jessie hatte es also nicht einfach. Sie war geschieden und allein erziehend, was damals kaum auf soziale Akzeptanz stieß. Außerdem ging sie auf die Vierzig zu – und ihr Leben entbehrte noch immer jeder Romantik. Und in diesem Moment tauchte ein steinreicher, charmanter Mann auf, der sie mit hinaus nehmen wollte in die große Welt. Sicher hatte sie bereits von Carl, dem König von Tabar und mehrfachen Millionär gelesen – und von dem Inselreich, das er regierte und dessen Königin sie nun werden sollte. Wer hätte diese Gelegenheit nicht beim Schopfe gepackt?

Am 25. Oktober 1922 fand sich im *Gefle Dagblad* anlässlich der Verlobung von Carl und Jessie folgendes kleines Gedicht:

Nun sehnen wir uns mit Macht nach der Liebe Mai-Land,
nach Prinz Carl Pettersson und seinem Fisher Island.
Wo jede bloße Negerin und jede Negerhaut
wartet auf Jessie, des Prinzen Geflebraut.

Daneben publizierte die Zeitung einen kurzen Artikel, in dem die Geschichte von Carl und Jessie erzählt wurde, und in dem man mit dem Stolz darüber, dass jemand aus Gävle nun Prinzessin werden sollte, nicht hinter dem Berg hielt:

»Der schwedische Seemann Carl Pettersson, der nach vielen Abenteuern Prinz auf Fisher Island in der Nähe von Neuguinea sowie mehrfacher Millionär und Kokoskönig geworden ist, besuchte im Sommer sein Vaterland, wo sowohl seiner außergewöhnlichen Lebensgeschichte als auch seiner gesellschaftlichen Stellung gebührende Anerkennung zuteil wurde. Anlass seiner Reise war die Suche nach einer geeigneten Ehefrau, oder besser gesagt nach einer Prinzessin für das kleine Reich, über das er nun in der Ferne herrscht. Er hat seine Wahl getroffen und Gefle kann sich glücklich schätzen. Prinz Pettersson besitzt nicht nur einen Titel und Millionen von Kronen, sondern vor allem hat er Geschmack bewiesen, denn die Auserwählte stammt aus Gefle!

Die Glückliche ist die Witwe Jessie Simpson, die vor einigen Jahren hier ansässig war, sich dann jedoch in Enskede niedergelassen hat, das sie in Kürze Richtung Süden verlassen wird.

Der schwedische Pastor in Hamburg wird die Frischverlobten trauen. Sie haben ihre Reise bereits heute angetreten. Ihr endgültiges Ziel wird die ferne Kannibaleninsel sein – und man bedenke, welch hohe gesellschaftliche Stellung die beiden dort innehaben! Gefle grüßt seine Prinzessin und wünscht viel Glück.«

Für Carl und Jessie war bereits nach ihrem ersten Zusammentreffen klar, dass sie bald nach Tabar aufbrechen wollten. Carl hatte eine Frau gefunden, die sich um seine Kinder kümmern würde, und er hatte seine finanziellen Angelegenheiten in Schweden geordnet und einen großen Teil seines Vermögens unter anderem in Streichholzaktien investiert. Nun war es höchste Zeit, nach Tabar zurückzukehren, um sich den dortigen Geschäften und der Plantage zu widmen.

Vor Reiseantritt wollte sich Carl von Birger Mörner verabschieden. Doch der Herbst nahte, und Carl schätzte das nordische Klima nicht besonders. In einem kurzen Brief an Mörner teilt Carl ihm unmittelbar vor seiner Abreise mit: »Mir geht es hier nicht besonders gut und ich glaube, es ist das Beste, dass ich nach Tabar zurückkehre, bevor es noch kälter wird. Wie du weißt ist es dort unten warm und schön – und so oder so muss ich wieder in das Heimatland der Schwarzen zurück.«

Carls Sprache ist anzumerken, dass er lange Zeit nicht in Schweden gewesen ist. Beispielsweise verwendet er stets »en« – in Anlehnung an das englische »and« – statt »och« (»und«). Bemerkenswert ist außerdem, dass er von »den Schwarzen« und nicht von »den Negern« spricht – was in der damaligen Zeit der gängige Ausdruck war.

Jessie und Carl verließen Stockholm im Oktober 1922. Am Hauptbahnhof hatte sich eine Menschenmenge versammelt, um das exotische Königspaar zu verabschieden. Jessie war sicherlich von zwiespältigen Gefühlen erfüllt, denn die Vereinbarung mit Carl beinhaltete, dass ihre Kinder erst später nachkommen sollten. Bis ihre Mutter sich auf Tabar etabliert hätte, sollten Otto und Margit bei Verwandten wohnen. Jessie wusste also nicht, wann sie die beiden wiedersehen würde. Ihre Kinder in Schweden zurückzulassen war bestimmt schmerzlich für sie.

Nicht weniger schwierig muss es gewesen sein, den Neid der Umgebung zu ertragen. Die in der lokalen Presse so gepriesene Verlobung führte andererseits auch dazu, dass böswillige Gerüchte über Carl und Jessie verbreitet wurden. Die Verleumdungen beunruhigten Jessies Familie und besonders ihren Bruder, Otto Simpson. Am 6. November 1922, einen Monat nach der Abreise von Carl und Jessie, schreibt er an Birger Mörner: »Da aus dem Buch *Aráfis tropiska år* hervorgeht, dass Graf Mörner Herrn Pettersson persönlich kennen gelernt hat, ihn für einen Ehrenmann hält und zu seinen Freunden zählt, erlaube ich mir ehrerbietig die Frage an Graf Mörner zu richten, inwieweit er es für angebracht hielte und gewillt wäre, in der *Gefle Stads Tidning* sowohl im Interesse von Herrn Pettersson und seiner Verlobten als auch von deren Angehörigen die erwähnte ehrenrührige Verleumdung zu dementieren.«

Mörner wurde gebeten darauf hinzuweisen, dass Jessie aus gutem Hause stamme und ihr neuer Ehemann ein hochgeachteter Geschäftsmann sei. Anhand eines Dankesbriefes von Carl, den dieser nach seiner Ankunft auf Maragon abschickte, wissen wir, dass Mörner tatsächlich einen Artikel für die *Gefle Stads Tidning* verfasst hat: »Nun lass dir auf das Herzlichste danken für das, was Du in einer Gäfler Zeitung geschrieben hast. Die Mutter meiner Frau hat mir den Artikel geschickt, ohne dass ich erfahren hätte, was denn in Gäfle gegen mich vorgebracht worden ist. Ich kenne in ganz Gäfle nicht einen einzigen Menschen, und bin sehr verwundert …«

Am 8. November erreichte das Paar Port Said in Ägypten. In dem Brief, den Jessie an ihren Sohn Otto schreibt, geht es weniger darum, wie es ihr mit ihrem Gemahl bislang ergangen ist, sondern sie berichtet davon, dass sie auf der Fahrt über die Nordsee seekrank wurde. Die Kur dagegen hat ihr möglicherweise Carl verraten: »Man esse so viel wie möglich und trinke auf keinen Fall Wasser, sondern einen warmen Toddy.« Das klingt nicht nach der besten Medizin. Selbst die damaligen Ärzte hätten sich dieser Methode wohl kaum angeschlossen.

Der Brief enthält jede Menge Ermahnungen und diverse Hinweise, mit wem Otto in Kontakt treten soll, um schnell nachkommen zu können. Jessie schreibt:

»Oh, mein Junge, wenn Du eine Ahnung hättest, wie schrecklich ich es fand, dass ihr beide nicht mit uns kommen konntet ... Nimm Aspirin und Karlsbader Pillen, um den Magen offen zu halten, denn sonst wird man leicht krank. Wenn du dich seekrank fühlst, lege dich auf den Rücken und knote dir etwas Hartes um den Magen ... Zwei Paar dünne Anzüge aus Baumwolle sollst du mitnehmen, aber auch etwas Warmes für die Nordsee.«

Jessie erwähnt, dass außer ihnen auch der zwanzigjährige Schwede Erik Gaude an Bord ist. Sie mahnt Otto, sich auf keinen Fall allein auf den Weg in die Südsee zu machen: »Du kannst die Reise keinesfalls auf eigene Faust antreten. Wenn Du eine Ahnung hättest, wie schwierig das ist! Erik, der Bursche, mit dem zusammen wir nun reisen, hätte sich allein niemals durchschlagen können. Und er ist zwanzig Jahre alt und kein Dummkopf.«

Einen Monat später erreicht das Paar Java. Sie reisen mit dem schwedischen Schiff *Eknaren*. Jessie ist noch immer überzeugt davon, dass ihre Kinder bald nachkommen werden. Vielleicht sind sie ja sogar schon abgefahren. Aus einem Brief an Otto, der auf den 11. Dezember 1922 datiert ist, erfahren wir etwas mehr darüber, wie sie selbst die Reise erlebt hat:

»Seitdem wir Schweden verlassen haben, haben wir drei Häfen angelaufen, und es ist göttlich, die Welt sehen zu dürfen. Ich bin mit meinem Dasein zufrieden, und gebe Gott, dass ich nun noch eine Weile lebe, um euch und einigen anderen etwas Freude bereiten zu können. Gestern haben wir nach drei Tagen Aufenthalt dort Batavia in Richtung Semarang verlassen, und von Semarang reisen wir nach Surabaja und kehren wieder nach Batavia zurück, um eine Fracht für Australien zu holen, so dass wir erst in ungefähr drei Wochen am Ziel sein werden. Es ist herrlich und lehrreich zu reisen, aber auch ermüdend, wenn man etwas in die Jahre gekommen ist. Mein lieber Carl ist der beste Mann, voller Aufopferung und Liebe. Alles, worauf ich zeige, bekomme ich, und unendlich viele Kleider und Schmuck dazu. Es ist wie im Traum.«

Für eine Frau, die lange Zeit in bescheidenen Verhältnissen gelebt hat, war das Ganze sicher ein wundervolles Erlebnis. Nach Gutdünken in den Geschäften Surabayas einkaufen zu können muss Jessie als der zukünftigen Königin wie ein Vorgeschmack der zu erwartenden Abenteuer und Reichtümer erschienen sein.

Der nächste Brief, den Jessie an ihren Sohn schreibt, kommt aus Australien. Er ist innerhalb eines Monats entstanden und wurde auf dem Briefpapier der Reederei Burns, Philip & Company Ltd. abgefasst, die auch Schiffe nach Papua-Neuguinea zu segeln hatte:

»Wir erreichten Sydney am 12. Januar 1923, die Reise war also länger als gedacht, denn wir haben in Batavia, Semarang und Surabaja angelegt, was uns fast drei Wochen gekostet hat. Wir wussten nichts davon, sonst wären wir nie an Bord gegangen, sondern hätten im alten Schweden geheiratet. Nun wurden wir am 18. Januar 1923 in Sydney getraut. Du hast jetzt einen neuen Vater, mein geliebter Junge, einen guten Vater, der für mich und meine Kinder alles tun wird. Ihr sollt ebenso viel erben wie Calles Kinder. Nun ist es mein Wunsch, so schnell wie möglich von dir zu hören, damit ich weiß, wie die Dinge stehen. Andernfalls werden wir euch Geld senden. Zunächst sollst dir mit Margit die 600, die Carl geschickt hat, teilen.«

Otto wohnte bei Verwandten in Ryssviken in Nacka im Süden von Stockholm. Da die Post in Saltsjö-Nacka als Eingangsdatum den 15. März 1923 gestempelt hat, wissen wir, dass der Brief nahezu zwei Monate unterwegs war. Anders ausgedrückt: Es war nicht leicht für Jessie, mit ihren Kindern auf der anderen Erdhalbkugel in Kontakt zu bleiben. Aus ihren Briefen geht eindeutig hervor, dass sie zum einen niemals die Absicht hatte, ihre Kinder zurückzulassen, und zum anderen die Ehe mit Carl als eine Möglichkeit ansah, die schwierige Lage der Familie zu verbessern.

Trotz der Zeitungsberichte, die besagen, dass die beiden in Hamburg heiraten wollten, fand Carls und Jessies Hochzeit in Sydney statt. Auch wenn die Reise länger dauerte als erwartet, hatten sie ihre Trauung in Australien offensichtlich bereits von Schweden aus vorbereitet: Am 22. Oktober 1922 schickte die Heilige-Dreifaltigkeits-Gemeinde von Gävle Jessies Personenstandsurkunde nach Sydney, vermutlich um die für die Hochzeit erforderlichen Dokumente zu vervollständigen. Ein Hochzeitsfoto von Carl und Jessie war nicht aufzutreiben, doch es existiert eine Aufnahme aus Sydney, die eine schicke, stilvolle Jessie zeigt. Sie trägt eine Kette aus Muschel-Geld – »mis« – aus Tabar. Möglicherweise symbolisiert die Kette den zwischen Carl und Jessie geschlossenen Bund, denn auf Tabar werden solche Schmuckstücke bei Hochzeiten und Brautkäufen verwendet.

Am 15. Februar 1923 kommen Carl und Jessie auf New Ireland an. Das Wetter ist so schlecht, dass an eine Überfahrt nach Tabar nicht zu denken ist. Die beiden nehmen bei einer finnischen Familie namens Åström Quartier, die eine Plantage an der Ostküste der Insel besitzt. Bei klarer Sicht kann man von hier aus die Tabar-Inseln sehen, doch die Reise dorthin dauert selbst bei gutem Wetter sieben Stunden und führt über das offene Meer. Erst am 12. März treffen Carl und Jessie in Carls »Königreich« ein. Seit der Abreise aus Schweden sind etwa sieben Monate vergangen.

Der Schock ist groß, denn Carls Bruder Gunnar hat die Plantage verwahrlosen lassen: Auf dem einst so gepflegten Maragon herrscht Chaos. Carl muss seinen Betrieb praktisch von neuem aufbauen. Jessies Sohn hat in einem Brief angefragt, weshalb die Reisegeldsendung ausgeblieben ist, und am 15. Juni 1923 antwortet ihm Carl, dass ganz einfach kein Geld da sei:

»Wie ich deinem Brief entnehme, sehnst du dich danach, hierher zu kommen, und ich hätte dir schon vor langer Zeit das Reisegeld schicken sollen, doch wir kamen erst am 12. März hier an und haben seitdem ohne Unterlass geschuftet, das kannst du mir glauben. Da die Plantage nicht im besten Zustand war, hatte ich den Kopf mit allem Möglichen voll, die Finanzen sind recht knapp. Doch nun, lieber Otto, werde ich einem gewissen Kapitän Huldtgren schreiben und ihn bitten, dass du mit ihm nach Australien reisen kannst. Er ist ein sehr netter Mann, und du brauchst keine Angst zu haben, er wird dafür sorgen, dass du die Reise allright überstehst.«

Carls Idee ist, dass Otto als Matrose anheuert und sich auf diese Weise seine Passage nach Australien verdient, da es dafür an Geld fehlt. Dieser Gedanke zieht sich auch durch die folgenden Briefe. An Otto und Margit werden in dieser Zeit lediglich kleinere Geldbeträge geschickt.

Um die finanzielle Lage der Plantage war es in dieser Zeit wirklich schlecht bestellt. Trotz des großen Vertrauens, dass Carl in seinen Bruder gesetzt hatte, war Gunnar seiner Verantwortung nicht gerecht geworden.

Jessie schreibt am 19. Juni, also nur wenige Tage später als Carl, an Otto:

»Weißt du, Otto, es hätte dir keine Freude bereitet, wenn wir dir schon früher Geld geschickt hätten, denn hier ist die Situation absolut trostlos. Calles Bruder hat ihm eine schöne Bescherung bereitet, es ist einfach unbeschreiblich. Ich könnte dir Genaueres erzählen, aber vielleicht würde dann auch seine Mutter davon erfahren und das würde sie ins Grab bringen. Du sollst nur wissen, dass Carl von Gunnar fast um sein großes Vermögen gebracht worden ist. Aber Carl verdient ja jeden Monat viel Geld an der Kopra. Jetzt muss er dreitausend Pfund Schulden abbezahlen, auf die es sein Bruder hat kommen lassen. Wenn es Carl nicht gelingt, die Plantage zu verkaufen, um sich auf diese Weise von all dem zu befreien, dann wird es wohl eine Weile dauern, bis wir unser altes Schweden wiedersehen. Von den Zinsen könnten wir ein sorgenfreies Leben führen. Carl hat ja noch eine Rücklage, die sich bei einer Bank in Schweden befindet, doch er will sie unter diesen Umständen nicht anrühren.«

Carl hatte drei Boote zum Transport von Kopra besessen, doch durch Gunnars Schludrigkeit und dessen schlechte Geschäftsführung war er aller drei verlustig gegangen. Aber nicht nur das Geld war knapp. Sowohl Carl als auch Jessie erkrankten an Malaria und litten wieder und wieder unter qualvollen Anfällen. In einem Brief vom Juni 1923 schreibt Jessie:

»Wieder lag ich fünf Tage mit Malaria danieder und war dem Tode nahe, aber das sollte dann wohl doch nicht sein! Bin nun recht dünn, Krankheit und Sorgen zehren am Menschen, und ich sehne mich so furchtbar nach euch, meine lieben Kinder, dass meine Seele keine Ruhe findet. Habe eine große pulsierende Wunde [tropisches Geschwür] an einem Bein – und das seit drei Monaten, denn bei der Hitze heilt sie schlecht.« Unter diesen Umständen kann es nicht einfach gewesen sein, den Betrieb und die Geschäfte wieder zum Laufen zu bringen.

Inmitten dieses Chaos wird Jessie klar, dass ihre Kinder und seine eigenen Kinder für Carl nicht dasselbe sind. Sie schreibt an Otto: »Hier gibt es acht Kinder, die alle zuerst an der Reihe sind, verstehst du, und ich und meine Kinder erst danach. Carl liebt diese Kinder mehr als alles andere auf der Welt.«

Zum einen zeugen diese Zeilen zwar davon, dass für Carl seine eigenen Kinder an erster Stelle kamen, doch sie unterstreichen auch den Eindruck von dem guten Vater, der allen damals herrschenden rassistischen Vorurteilen trotzte. Wer vertrat in jener Zeit schon die Meinung, dass schwarzen Kindern oder Kindern aus »Mischehen« ein Erbrecht zustand?

Husmodern veröffentlichte nach Jessies Tod 1935 einen ausführlichen Artikel über »Die Schwedin, die Königin auf einer Südseeinsel war«, aus dem wir bereits mehrfach zitiert haben. Dort wurden die Probleme auf der Plantage anders dargestellt:

»Als die neue Königin in ihrem Reich eintraf, erwartete sie eine grauenhafte Verwüstung. Auf Neger ist kein Verlass, zumal wenn der Hausherr ihnen den Rücken zudreht, und der schwarze Vorsteher hatte sein Amt auf eine Weise ausgeübt, dass es eine Schande war – sowohl für ihn als auch für die ihm Unterstellten. Diese hatten sich wohl darüber hinaus geweigert, einem der ihren zu gehorchen, vielleicht hatten sie sogar gemeutert. Doch nun würde bald wieder Ordnung hergestellt sein.«

Jessie, auf deren Berichten der Artikel weitgehend beruhte, hatte also dafür gesorgt, dass der Ruf von Carls Bruder keinen Schaden nahm, obwohl die Mutter der Brüder bereits ein paar Jahren tot war, als der Artikel erschien. Die in *Husmodern* veröffentlichte Version nährte allerdings rassistische Vorurteile. Zu jener Zeit war ein rassistischer Unterton besonders in der Literatur zum Thema Kolonien oder Forschungsreisen eher die Regel als die Ausnahme. Nicht selten wurden die fremden, dunklen Mächte in den Geschichten herbeizitiert, um dem Abenteuer mehr Spannung zu verleihen und den Glanz des Helden oder der Heldin umso heller erstrahlen zu lassen.

Auch Gunnar war schwer an Malaria erkrankt, und möglicherweise war die Krankheit auch der Grund für seinen Misserfolg auf Maragon. Er starb Anfang der zwanziger Jahre auf seiner Plantage auf Simberi. Als Carl mit Jessie auf die Insel zurückkehrte, war Gunnar jedoch noch am Leben und musste sich für die Verwahrlosung von Maragon verantworten. Sein genaues Todesdatum ist unbekannt. Gunnar war Junggeselle geblieben – Carls Tochter Elsa jedenfalls konnte sich nicht daran erinnern, dass er jemals geheiratet hätte –, und im Gegensatz zu seinem Bruder scheint Gunnar auch keine tiefer gehende Beziehung zur einheimischen Bevölkerung gehabt zu haben. Heute ist von seinem Besitz kaum mehr etwas zu erkennen: Der Dschungel hat die in Strandnähe gelegene Kokosplantage zurückerobert. Die Menschen wissen zwar noch, wo Gunnar bestattet wurde, doch Geschichten über ihn sind ihnen nicht bekannt. Während unseres Aufenthaltes auf Simberi ließen wir uns von den Einwohnern zu seinem Grab führen: Nachdem sie eine Weile gesucht und sich mit ihren großen Messern einen Weg durch den Dschungel gebahnt hatten, standen wir vor dem außergewöhnlichen Baum, der einst neben der letzten Ruhestätte von Gunnar gepflanzt worden war.

Als Carl und Jessie auf Maragon eintrafen, war es für die älteren Kinder – vor allem für Elsa, die älteste Tochter – an der Zeit, mit dem Unterricht an der Internatsschule in Rabaul, dem Hauptort von New Britain, zu beginnen. Wie bereits erwähnt war Carls ältester Sohn Willy in Australien zur Schule gegangen, dort allerdings rassistischen Übergriffen ausgesetzt gewesen. Auch in Neuguinea sah man es nicht gern, wenn Kinder aus »Mischehen« am Schulunterricht teilnahmen. Der einzige Ort, an dem sich für sie die Chance auf eine gute Ausbildung bot, war die katholische Missionsstation in Vunapope (»Platz des Papstes« in der Sprache des nahe Rabaul ansässigen Tolai-Volkes). Die Mission war von einem katholischen Orden ins Leben gerufen worden, der nicht zuletzt nach Deutschland Verbindung hatte:

Die Herz-Jesu-Missionare, beziehungsweise die Missionaries of the Sacred Heart, wie sie auf Englisch heißen, hatten sich im Anschluss an die Expansion der deutschen Kolonialmacht um 1880 in der Südsee etabliert. Vunapope existiert noch heute und ist Hauptsitz der katholischen Kirche in der Region – gleichsam ein »Vatikanstaat« der Südsee.

Elsa wollte unter keinen Umständen zur Schule gehen. Vielleicht spielte dabei zu einem gut Teil auch eine Rolle, dass gerade eine Stiefmutter auf Maragon eingetroffen war. Elsa lief davon und versteckte sich im Wald, wie sie es bereits getan hatte, als man sie nach Australien schicken wollte. Doch dieses Mal half ihr das wenig: Sie kam in die Mission, wo sie zusammen mit anderen Kindern aus »Mischehen« Deutsch lernte. Das Schwedische dagegen dürften die Peterssonschen Kinder nicht allzu gut beherrscht haben, da sie in der Schule Deutsch, in der Kolonie Englisch und auf der Plantage Pidgin-Englisch sprachen. Alle Petterson-Geschwister wurden, sobald sie alt genug waren, nach Vunapope ins Internat geschickt. Um die jüngeren Kinder, die noch zu Hause bleiben mussten, kümmerte sich Jessie.

Jessies Verhältnis zu ihren Stiefkindern scheint kompliziert gewesen zu sein. Doch dem Artikel in *Husmodern* aus dem Jahr 1935 zufolge war alles bestens: »Die Söhne von Prinzessin Sindo hegten ihrer neuen Mutter gegenüber anfangs gewisse Zweifel, doch diese sollten sich schon bald legen«. Auch andere Zeitungsartikel berichten, dass Carls Kinder Jessie von ganzem Herzen liebten. In einem der ersten Briefe, den Jessie an ihre Freundin Jenny Björkvall nach Schweden schickt, schreibt sie selbst: »Zwei der jüngeren Kinder haben wir noch zu Hause, und es ist mir eine Freude, mit ihnen zu nähen und zu basteln, denn hier kommt niemand zu Besuch – und wie wäre die Plantage leer für mich, wenn ich mich um niemanden kümmern könnte.«

Doch selbst wenn die Probleme sich anfangs in Grenzen gehalten haben mögen: Zahlreiche Quellen bezeugen, dass Jessie und ihre Stiefkinder kein gutes Verhältnis hatten.

Laut Elsas Tochter Hedvig war Jessie eine widerwärtige Person, deren Verhalten Carls Kindern gegenüber zudem nicht frei von Rassismus war. Sicher fiel es den Kindern von Carl und Singdo nicht leicht, eine Stiefmutter zu akzeptieren: Sie trauerten noch immer um ihre geliebte Mutter, waren über ein Jahr lang allein gelassen worden und jetzt wurde von ihnen erwartet, dass sie eine Fremde, die zudem nicht einmal Pidginenglisch beherrschte, mit offenen Armen empfingen. Das Konkurrenzverhältnis, das sich zwischen Kindern und Schwiegermutter aufbaute, und die sich daraus ergebenden Konflikte lassen sich erahnen.

Andererseits war es auch für Jessie nicht einfach, sich in einer ihr völlig fremden Kultur zurechtzufinden: Sie kannte weder die Gepflogenheiten der Einheimischen noch war sie der Sprache des Landes mächtig, in dem sie immerhin acht fremde Kinder aufziehen sollte. Die Sehnsucht nach Otto und Margit wird ihr diese Rolle nicht leichter gemacht haben.

Heute erinnern sich die Älteren auf den Tabar-Inseln an Jessie als die »patpela missis« (fat fellow Mrs). Verglichen mit der einheimischen Bevölkerung war sie von stattlicher Statur, zudem muss sie eine resolute Person gewesen sein, was den Umgang mit ihr nicht immer einfach machte. Doch weder war sie ein durch und durch boshafter Mensch noch legte sie den Einheimischen gegenüber besondere Härte an den Tag. Der Verfasser des bekannten Artikels aus einem *Vecko-Journalen* von 1929 sieht das jedoch anders:

»Die neue Königin bringt ihren Untertanen im Namen des Herrn Zucht und Ordnung bei – wenn nötig mit der Reitgerte! Die kleinen Südseeschönheiten, die vor ihrer Ankunft hier frei herumsprangen und dabei mit nichts bekleidet waren als dem schimmernden schwarzen Kleid, mit dem Unser Herr sie von Geburt an bedacht hatte, gehen nun sittsam in Kleider gewandet, welche die Königin höchstselbst für sie auf der von ihr mitgebrachten Husqvarna-Nähmaschine angefertigt hat.«

Der oben erwähnte Artikel aus *Husmodern* schildert Jessies Leben auf Tabar auf folgende Weise:

»Doch die schöne Südseeinsel war nicht nur ein Idyll mit rauschenden Palmen und plätschernden Wellen, in dem Sorglosigkeit herrschte. Der Gatte unternahm viele lange Geschäftsreisen, und während dieser Perioden lagen die Zügel in den Händen seiner Gemahlin Jessie. Das wäre noch angegangen, wenn die Eingeborenen Englisch gesprochen hätten. Nun beherrschten sie allerdings außer ihrer eigenen unbeschreiblichen Mundart lediglich ein klägliches Kauderwelsch, in das sich verfälschte englische Ausdrücke mengten. Doch Jessie Pettersson bewältigte auch das. Sie lernte rasch, sich mit ihrem Volk zu verständigen, wie sie es auch lernte, zu reiten und Auto zu fahren und sich gegen das große und kleine Ungeziefer zur Wehr zu setzen, das auf Tabar ständig Leib und Leben bedroht. Sie, die sich vor Schusswaffen stets gefürchtet hatte, lernte mit einer Pistole umzugehen. Diese Kunst zu beherrschen war notwendig, denn man konnte nie wissen, was einen in der nächsten Stunde erwartete.«

Jessie führte die Plantage mit eiserner Hand, doch sie pflegte auch freundschaftliche Beziehungen zur einheimischen Bevölkerung, besonders zu den Angestellten von Maragon. Der *Husmodern*-Artikel berichtet weiterhin:

»Diese langen Perioden der Einsamkeit wären weitaus schwerer zu ertragen gewesen, wenn sie nicht die kleine Sil-Sil und ihr Pferd Bella gehabt hätte, das mit menschlicher Intelligenz gesegnet zu sein schien. Sil-Sil war zugleich Dienerin und Freundin ihrer weißen Herrin, und ihre Treue war rührend. Einmal, als beide Frauen sich in einem Motorboot allein auf dem offenen Meer befanden, fingen die Ölbehälter Feuer und es galt, sich Hals über Kopf in das nasse Element zu stürzen, wo es von Haien und anderen entzückenden Tieren nur so wimmelte. Sil-Sil wusste nicht, dass ihre Herrin schwamm wie ein Fisch, und um ihr beizustehen, ließ sie ihr eigenes kleines Kind aus den Händen gleiten. Selbstverständlich rettete sie es, als sie sah, dass ihre Herrin allein zurechtkam.«

Dann folgt ein langer Abschnitt, der von grausamen kannibalischen Riten auf dem Menschenfresser-Platz und von Sil-Sils sechstem Sinn berichtet, dank dessen sie in dem Augenblick, in dem Carls Mutter in Schweden stirbt, Glockengeläut hört. Daneben ist die Rede von mystischen Teufelstänzen, mit deren Hilfe Jessie von Singdos Platz vertrieben werden soll, und davon, dass Singdo als Widergängerin herumgespukt sei:

»Alle im Haus sahen sie. Weiß gekleidet und in all ihrem Schmuck schritt sie den Weg zu ihrem alten Heim hinab. Ihrer Nachfolgerin war, als würde ihr das Herz im Leibe stehen bleiben. Auch die Gesichtsfarbe der Diener hatte gewechselt: Wenn die Tabar-Neger Trauer oder Angst verspüren, steigt ihnen ein gelblicher Farbton ins Gesicht. Sindo verschwand unterdessen und die Stiefmutter ihrer Kinder ging hinauf zum Grab und sprach ein Gebet für Sindos Seelenruhe. Danach ward Sindo nie wieder gesehen.«

Vieles von dem, was die schwedischen Leser über König Carl und Königin Jessie erfuhren, stammt aus diesem Zeitungsartikel, der auf Jessies eigenen Angaben beruhte und darüber hinaus noch einmal stark romantisch eingefärbt wurde. Wir vermuten, dass er zu den Artikeln gehörte, die Astrid Lindgren in den dreißiger Jahren höchstwahrscheinlich über Carl Pettersson in die Hände fielen. Der Verfasser des Artikels holt weit aus und erzählt sowohl von Carls Schiffbruch als auch von seiner Ehe mit der »Königstochter« und schließlich von der »Thronbesteigung«. Stark betont wird, wie beliebt Jessie in ihrer neuen Heimat gewesen sei: »Sie wurde ›Die weiße Perle der Südsee‹ genannt und man behandelte sie mit all der Ehrerbietung, die aufzubringen sie [die Einheimischen] imstande waren.«

Jessies Briefe vermitteln jedoch ein anderes Bild: ein von Wehmut und Traurigkeit geprägtes, dass von all der Mühsal zeugte, die sie in ihrem Leben hatte auf sich nehmen müssen. Welche Mutter kann sich schon damit abfinden, von ihren Kindern getrennt zu sein und noch dazu am anderen Ende der Welt zu leben?

»Milde, aber feste Hand regiert die Neger-insel vortrefflich«

Stockholms-Tidningen, Jahr unbekannt

Wie hat man sich eigentlich das Leben auf einer Kopra-Plantage in den zwanziger Jahren vorzustellen? Im Juni 1923, nachdem sie also bereits einige Monate auf Tabar verbracht hat, schreibt Jessie an ihre Freundin Jenny Björkvall in Schweden:

»Das Land ist wunderschön und könnte ein Paradies sein, wenn nicht die Mücken eine solche Plage wären. Habe bereits mit Malaria danieder gelegen und war dem Tode nahe. Unsere Bungalows sind zauberhaft und von lauter Palmen und Obstbäumen umsäumt. Zwischen ihnen liegen zirka 15 Meter mit Rosenrabatten und schönen Rasenstücken. Auf der Rückseite des größeren Bungalows befindet sich der Park, in dem zwei entzückende Büsten von Lindberg aus Schweden stehen, sie sind wirklich wunderhübsch. Auf der anderen Seite des kleineren Bungalows liegen der Nutzgarten mit allen erdenklichen Kräutern und Gewächshäuser mit schwedischen Früchten und Blumen. Weißt du, ich bin so grenzenlos glücklich und Unserem Herrn dankbar für alles, was er mir gegeben hat. Wir haben zwei große Plantagen und 200 Arbeiter, sodass du mir glauben kannst, dass mein Mann viel zu tun hat. 250 Kühe, 90 Schweine und 70 Stück ›mä‹ [Ziegen].«

250 Kühe sind eine stolze Summe, besonders da in den Briefen an den Sohn Otto von einem Betrieb am Rande des Ruins die Rede ist. Wollte Jessie der Freundin imponieren und verschwieg die Wahrheit? Die Berichte, die sie in ihrer ersten Zeit auf Tabar in die Welt schickt, sind widersprüchlich. Einerseits schildert sie in den Briefen an den Sohn die zahlreichen Probleme, andererseits beschreibt sie Carl als einen tüchtigen Unternehmer, der die Geschäfte rasch wieder zum Laufen gebracht hat.

Henry Ford führte in seinen Fabriken das Fließband ein, da Carls Palmen aber dort standen, wo sie standen, musste er stattdessen seinen Angestellten zu größerer Schnelligkeit verhelfen. Er schaffte eine beachtliche Anzahl Fahrräder an, die sich schnell großer Beliebtheit erfreuten. Sie fungierten nicht nur als eine Belohnung für gute Arbeit, sondern seine Arbeitskräfte konnten sich zugleich viel schneller fortbewegen, was wiederum der Plantage nutzte.

Die in dem Brief erwähnten Pflanzen und Büsten hatten Jessie und Carl aus Schweden mitgebracht. Der schwedische Künstler Gusten Lindberg (1852-1932), der die beiden Büsten geschaffen hatte, war damals ein bedeutender Bildhauer. Sein »Nebel« aus dem Jahr 1910 befindet sich beispielsweise im Stockholmer Park Strömparterren.

Carls zweitjüngster Sohn John, den Bibi und Bo Fundell 1989 während ihres Aufenthaltes auf New Ireland interviewten, konnte sich noch gut an die Statuen erinnern. »Oh, es war so schön auf dem Hof«, sagte er und erzählte, dass Carl sogar Rosenbüsche importiert habe, die in Rabatten um das Haus herum angepflanzt wurden. Auf der Plantage gab es Schweine, Kühe und Pferde. Schweine waren auf den Tabar-Inseln nichts Ungewöhnliches, doch Kühe und Pferde hatte damals dort noch kaum jemand zu Gesicht bekommen.

Die Gebäude wurden bei der japanischen Okkupation während des Zweiten Weltkriegs größtenteils zerstört und auch die beiden Büsten verschwanden damals. Im April 2002 kam uns zu Ohren, dass auf Simberi einmal eine »Seejungfrau mit reizenden Brüsten« an Land gespült worden sei, doch die Einheimischen hatten sie in die Fluten zurückgeworfen. Könnte das eine von Lindbergs Statuen gewesen sein?

Was für ein Mensch war Jessie, und wie lebte sie sich in der neuen Umgebung ein? John erklärte den Fundells gegenüber mit einem Augenzwinkern: »Jessie war eine Frau, die den Luxus liebte.« Sie wollte eine feine Dame sein und trug stets hübsche Kleider. Und sie ritt gerne aus oder fuhr mit der Pferdekutsche umher und brachte ihren Mann und seinen Bruder Gunnar dazu, über alle Bäche der Insel Brücken zu bauen, damit sie mit der Kutsche das gesamte Eiland umrunden konnte.

Seinen Vater beschrieb John als einen sehr starken Mann – mindestens so stark wie Efraim Langstrumpf. Die bis zum Rand gefüllten Kopra-Säcke, die um die 125 kg wogen, trug Carl geschultert, als wären sie federleicht. »Wenn es sein musste, konnte er auch mehrere auf einmal tragen«, erzählte John den Fundells und lächelte verschmitzt. »Wenn man von ihm eine Ohrfeige fing, flog man mehrere Meter weit.«

Während seines Aufenthaltes in Schweden 1921/22 hatte Carl versucht, einige seiner Landsleute zu überreden, mit nach Neuguinea zu kommen. Einer von ihnen war Peter Kyllert, genannt Pelle. Kyllert war Teilhaber einer Bonbonfabrik gewesen, die gewinnbringend an die Firma Karnold in Göteborg verkauft worden war. Er besaß also genügend Finanzkraft, um in Neuguinea in eine Plantage zu investieren. Jessie schreibt in einem Brief an ihre Kinder, dass die beiden gemeinsam mit Kyllert nach Neuguinea fahren sollen. Er würde ihnen das Geld leihen und Carl den Betrag dann später zurückzahlen.

Im Sommer 1924 trifft Peter Kyllert auch tatsächlich in der Südsee ein – jedoch ohne Jessies Kinder. Was genau vorgefallen ist, entzieht sich unserer Kenntnis. Kylert ließ sich auf New Britain nieder, wo ein anderer Schwede, Ragnar Lindahl, gerade dabei war, die Plantage Stockholm aufzubauen.

Ragnar Lindahl war der Sohn von Anders Lindahl, dem bekannten Großunternehmer aus der Lebens- und Waschmittelbranche. Er vertrieb unter anderem die bekannten Marken Pommac (Cidre), die Reinigungsmittel Wasch-Bär und Schrubb-Bär und das Wundheilmittel Lazarol, das Ragnar jetzt in der Südsee bekannt machte. Auf eigene Rechnung ließ er sich außerdem Pommac liefern und betrieb einigen Aufwand, um das Produkt zu vermarkten. Ebenso wie Carl war auch Ragnar bereits während der deutschen Kolonialherrschaft in der Region tätig gewesen und nach Beendigung des Ersten Weltkriegs aus geschäftlichen Interessen nach Neuguinea zurückgekehrt. Sein Sohn Patrick hat die umfassende Korrespondenz zwischen Ragnar und dessen Vater, seinem Großvater, aufbewahrt, sodass uns umfassendes Material zu den Widrigkeiten des Plantagenlebens zur Verfügung steht.

Peter Kyllert hatte bereits in Schweden geschäftliche Verbindungen zur Familie Lindahl gepflegt und Anders Lindahl hatte in Kyllerts Namen Verträge geschlossen, denn Kyllert sollte Teilhaber von Ragnar Lindahls Plantage werden. Doch die Männer wurden sich nicht einig. Ragnar Lindahl beklagte sich über Kyllerts Faulheit und dessen mangelhafte Hygiene, doch er selbst war auch nicht der einfachste Mensch. Je länger sich Kyllert auf der Plantage aufhielt, desto mehr hatten die beiden aneinander auszusetzen. In einem Brief an seinen Vater beschwert sich Ragnar: »Im täglichen Umgang ist Pelle nicht zu ertragen. Entweder gibt er alte Geschichten zum Besten oder er redet von seinem Stuhlgang und seiner Gasbildung, und kürzlich, als er Fieber hatte, hielt er sich für so krank, dass er eine meiner Teetassen auf seinem Nachttisch platziert und hineingepinkelt hat – und meine *boys* nehmen es mit dem Abwasch nicht besonders genau. Es ist zum aus der Haut fahren.«

Schließlich hatten die beiden genug voneinander und Kyllert siedelte zu Carl nach Tabar über. 1925 feierten sie auf Maragon gemeinsam Weihnachten. Zu dieser Zeit besaß Carl noch die Plantage Londolovit auf der Inselgruppe Lihir. Carl selbst nannte sie Golden Sands – weit mehr als ein romantischer Name, wie sich später herausstellen sollte. Möglicherweise bot Carl nach ein paar Weihnachtsschnäpsen seinem Landsmann an, die Plantage für eine geringe Summe zu kaufen, oder Kyllert nutzte Carls vorübergehend schwierige finanzielle Situation aus.

Auf jeden Fall kam das Geschäft zustande. Die eine Hälfte des Geldbetrags stammte von Anders Lindahl, die andere steuerte Kyllerts Schwager aus Schweden bei. Wann exakt der Kaufvertrag unterzeichnet wurde, ist nicht bekannt, doch es waren höchstwahrscheinlich die Weihnachtstage des

Jahres 1925, an denen Carl das wohl schlechteste Geschäft seines Lebens abschloss.

Als Kyllert von den Weihnachtsfeierlichkeiten zurückkehrte, söhnte er sich mit Ragnar Lindahl aus, der sicherlich das Schnäppchen, das sein Geschäftspartner mit Londolovit ergattert hatte, zu schätzen wusste. Dennoch wollte Ragnar unter keinen Umständen mit Kyllert unter einem Dach wohnen, wie er in einem Brief an seinen Vater Anders mit drastischen Worten erläutert:

»Pelle kann bis auf weiteres in mein neues Haus einziehen, wenn er von seiner Reise zu Pettersson zurückkehrt, ich lehne es nämlich unter allen Umstanden ab, mit ihm zusammenzuwohnen. Das würde meine Nerven vollständig ruinieren, weil er über eine ungewöhnlich große Anzahl von schlechten Angewohnheiten verfügt, die im täglichen Umgang nicht sehr angenehm sind. Zum Beispiel redet er so viel wie nur wenige und schwatzt dabei allen möglichen Unsinn, er isst mit dem Messer, schlürft und schmatzt geräuschvoll, wenn er Speis und Trank verzehrt, und was Bad und Toilette betrifft, so legt er diesbezüglich eine ganz eigene Façon an den Tag, die ich nicht ertrage.«

Mitte der zwanziger Jahre gab es in Neuguinea also eine kleine schwedische Kolonie. Abgesehen von Carl, Jessie und Gunnar waren Peter Kyllert, Ragnar Lindahl, Erik Gaude und Owe Hertz sowie zwei Schweden mit den Namen Röndahl und Lundin in der Region tätig. 1928 wurde Ragnar Lindahl zum Honorarkonsul von Neuguinea ernannt, da die Anzahl der Schweden in der Kolonie weiter zugenommen hatte.

Sicher saßen sie, so wie die heutigen Steuerflüchtigen im spanischen Marbella, bisweilen auf der Veranda vor dem

Konsulat und beklagten sich über das alte Schweden, während sie um die Wette zechten und über das unzuverlässige Dienstpersonal herzogen. Mit den Schweden der Gegend in Verbindung stand damals ein heute nicht ganz unbekannter Mann. Er war Vorarbeiter auf einer Kopra-Plantage und beteiligte sich einige Jahre am Gold-Rausch, bevor es ihn nach Hollywood zog: Die Rede ist von keinem Geringeren als Errol Flynn.

Zur Bewirtschaftung einer Kopra-Plantage gehört eine ganze Reihe von Aufgabenfeldern. Bis die Pflanzen so weit gediehen waren, dass man die ersten Kokosnüsse ernten konnte, vergingen sieben Jahre, zudem musste zunächst ein großes Stück Dschungel gerodet werden. Es hieß also, viele weite Reisen zu unternehmen, um Arbeiter anzuwerben – und jeder Wechsel der für die Kolonie zuständigen Behörde brachte neue Gesetze und Regeln mit sich.

Ragnar Lindahl schrieb regelmäßig nach Hause an seinen Vater, und ihm zufolge bestand genau in der Beschaffung der Arbeitskräfte die größte Schwierigkeit beim Plantagenbetrieb:

»Es lässt sich schwer sagen, wie es wäre, wenn die Deutschen hier noch das Sagen hätten, doch die meisten meinen, dass es an der neuen Regierung liegt, dass man so schwer an Arbeiter kommt. Die Schwarzen arbeiten nicht aus der Not heraus, sondern müssen angelockt oder mit geeigneten Mitteln gezwungen werden. Die Zuständigen unternehmen zudem alles, was in ihrer Macht steht, damit die Eingeborenen in ihren Heimatorten bleiben.«

Das Gedrängel um die Arbeitskräfte war groß, besonders weil auf der Hauptinsel der Kolonie alles und jeder im Goldfieber war und man zahllose Träger benötigte, um die

Ausrüstung in die Goldminen zu transportieren. In dieser Situation musste Lindahl für seine Plantage Arbeiter anwerben:

»Die Rekrutierung ist, wie ich bereits schilderte, eine merkwürdige Sache, denn man kann wie ein Sklave schuften und nicht einen einzigen [Arbeiter] bekommen, und durch irgendeinen Zufall wiederum bekommt man eine ganze Schiffsladung. Das hängt auch davon ab, wie beliebt man bei seinen *boys* ist – und ihre Sitten und Bräuche zu verstehen ist eine Wissenschaft für sich. Wenn ein *boy* oder Eingeborener – Kanaken, wie sie genannt werden, wenn sie nicht für einen Master arbeiten – mir beispielsweise etwas zu sagen hat, dann lungert er in meiner Nähe herum und wartet, bis ich ihn bemerkt habe und ihn frage, ob er etwas will. Oder wenn einer kommt, der für, sagen wir, sechs Schilling – Mark – Tabak kaufen möchte, dann ist vielleicht die Hälfte davon für ihn selbst. Er kauft also für drei Mark Tabak, drückt sich dann eine Weile herum und wartet, und dann kauft er vielleicht noch mal für eine Mark die Menge ein, die er einem Freund mitbringen soll. Und das Gleiche passiert mit den letzten zwei Mark, denn der restliche Tabak ist für einen dritten – Kanaken! Verzeihung! – bestimmt. Die haben keine Eile und bis man nicht ein ›paper‹ (Vertrag) mit ihnen gemacht hat, muss man sich ihren Gewohnheiten fügen.«

»Make paper«, einen Vertrag aufsetzen, und »finistime«, das Vertragsende, waren wichtige Begriffe bei den geschäftlichen Vereinbarungen mit den Eingeborenen. Sie wurden für einen bestimmten Zeitraum angestellt, meist für drei Jahre, und kehrten im Normalfall anschließend in ihren Heimatort zurück.

In den Briefen an seinen Vater erwähnt Ragnar Lindahl mehrmals eine Rekrutierungsreise, die er gemeinsam mit Carl unternehmen wollte, da beide unter permanentem Arbeitskräftemangel litten. Doch diese Reise scheint nie zustande gekommen zu sein. Möglicherweise war das darauf zurückzuführen, dass sich die Kommunikation zwischen den Plantagen überaus schwierig gestaltete. Lindahl hätte drei Tage gebraucht, um nach Maragon zu gelangen, sodass der Kontakt eher sporadisch war.

Vom Mangel an Arbeitskräften abgesehen gab es Probleme beim Anbau der Pflanzen. Es mussten genügend Kokospflanzen für die bereits gerodeten Waldstücke vorhanden sein, der Boden musste entwässert werden, damit die Pflanzen nicht faulten, und es mussten Wege freigeschlagen werden. Dort, wo der Boden urbar gemacht worden war, pflanzte man zusammen mit den Kokospflanzen eine so genannte Unterbepflanzung an. Das gängigste dafür verwendete Gewächs hieß Parsiflora – eine niedrige Pflanze, die den Boden bedeckte und die übrige Vegetation daran hinderte, zwischen den Palmen aus der Erde zu sprießen. Lindahl versuchte es auch mit der Brennbohne, von der er sich zugleich eine Verbesserung des Bodens versprach. Dennoch kamen die andere Pflanzen rasch nach, und als die Plantage rund 30.000 Palmen zählte, hatten Lindahls Arbeiter alle Hände voll damit zu tun, den vorhandenen Bestand von Unkraut frei zu halten. Der Mangel an Arbeitskräften machte es schwierig, die Nutzfläche weiter auszudehnen.

In der Kolonie liefen sämtliche Transporte über den Wasserweg, doch das Meer war tückisch und barg zahllose Korallenriffe. An guten Seekarten mangelte es ebenso wie an Leuchttürmen, und die Motoren der Boote waren oft genauso unberechenbar wie das Wetter. Und dann waren da natürlich noch die »unzuverlässigen Neger«, wie sie zu jener Zeit nicht selten bezeichnet wurden. Ragnar Lindahl schreibt:

»Ich hatte eine beschwerliche Reise, denn der eine Motor konnte auf der Rückfahrt nur mit drei Zylindern arbeiten, und die dummen Neger hatten das Schmieröl ausgekippt, so dass ich plötzlich mit einem trockenen Motor dastand. Was konnte ich tun? … Hier ist man auf sich allein gestellt, denn Unser aller Vater hat diesen Teil der Welt längst aus seinem Gedächtnis gestrichen. Ich kam auf die Idee, das verschüttete Öl im Kielwasser aufzuschäumen, siebte es durch ein Stück Baumwolle und dann fuhren wir nach Hause.«

Wenn man Lindahls Brief liest, zuckt man bei den rassistischen Formulierungen zusammen und fühlt sich an finstere Gestalten wie den Elfenbeinagenten Kurtz aus Joseph Conrads *Heart of Darkness* erinnert. Nimmt man andererseits die Brief von Carl zur Hand, dann tauchen keinerlei derartige Bezeichnungen auf, obwohl auch er sich mehr als einmal in ähnlich problematischen Situationen befunden haben wird. Carl Pettersson muss ein höchst ungewöhnlicher Plantagenbesitzer gewesen sein. Ein Artikel in der *Stockholms-Tidningen* beschreibt ihn Ende der zwanziger Jahre wie folgt: »Trotz seiner Macht ist Hr. Pettersson kein Tyrann, im Gegenteil. Er hat gezeigt, dass auch eine milde Hand Neger zum Arbeiten bringen kann – zu einem Arbeiten, das auf ihrem eigenen, freien Willen beruht. Schwedisches Organisationstalent und Anpassungsvermögen feiern auch in der Südsee Triumphe.« Jedenfalls muss Carl für seine Zeit ein sehr anständiger Plantagenbesitzer gewesen sein. Wahrscheinlich hing das damit zusammen, dass er sich bemühte, die einheimische Bevölkerung und ihre Kultur zu verstehen. Es ist also nicht verwunderlich, dass man sich auf den Inseln noch heute an ihn erinnert.

Tabar, Lihir und einige weitere Inselgruppen sind die äußersten Vorposten Papua-Neuguineas – dann beginnt der Stille Ozean. Wer in diesem Gebiet segeln will, muss ein ausgezeichneter Seemann sein. Von Carl existiert ein Bericht über eine stürmische Überfahrt im Jahr 1926. Eine Variante dieser Geschichte wurde von Ragnar Fleege in der *Allsvensk Samling* veröffentlicht, doch Carls eigene Worte vermitteln einen weitaus dramatischeren Eindruck:

»Nun will ich von der Reise erzählen, die ich kürzlich unternommen habe, um Arbeiter zu beschaffen. Am 1. Dezember verließen wir Tabar und segelten nach New Ireland, einer zirka vierzig Seemeilen von Simberi entfernten Insel. Die Reise verlief ohne Probleme und noch am selben Abend ankerten wir vor einem kleinen Dorf namens Katendang. Doch jetzt schlugen Wind und Wetter um. Es begann zu stürmen und der Regen war, so schien es mir, schlimmer als die Sturzbäche, unter denen Noah in seine Arche marschiert war. Der Wind kam aus östlicher Richtung, direkt von Tabar. Uns blieb nichts anderes übrig, als zu bleiben, wo wir waren. Wir konnten in einem recht schäbigen Haus unterschlüpfen, in dem wir bisweilen den Regenschirm aufspannen mussten, um nicht völlig durchnässt zu werden. Bei diesem Seegang war es unmöglich, sich wieder aufs Meer hinauszuwagen. Der Hafen, in dem wir vor Anker gegangen waren, war sehr klein und bei jeder Welle, die über das Riff schlug, sah ich meinen kleinen Kutter schon in der Tiefe verschwinden. Drei Tage lang harrten wir aus. Am vierten Tag ließ der Sturm etwas nach, doch der Seegang war immer noch ungewöhnlich hoch. Mit uns unterwegs war auch ein Freund von mir, ein Herr Kyllert aus Stockholm, der gegenwärtig versucht, in der Region hier Land zu kaufen. Ich sagte ihm, dass es das Beste sei, aufs Meer hinauszufahren und zu versuchen, nach Hause zu kreuzen – und wir machten uns auf den Weg. Nachdem wir wohlbehalten aus dem Hafen heraus waren begann das Kreuzen, und bei jeder Welle, die uns in die Seite schlug, dachte ich wahrhaftig, unser kleines Fahrzeug würde kentern. Als wir Katendang verließen, hatte die Uhr gerade Mittag geschlagen. Ungefähr um fünf Uhr e. m. [efter meridian = Schwedisch für post meridian] frischte der Wind wieder auf und um kurz vor Sechs brauste ein wilder Sturm und der Regen prasselte in Strömen. Nun galt es, sich so weit wie möglich vom Land fern zu halten, denn bei diesem Wetter einen Hafen anzusteuern war ausgeschlossen. Wir befanden uns nur wenige Seemeilen vor der Küste, und wir hatten mehr Glück als Verstand, dass wir nicht an Land getrieben wurden. Wenn das passiert wäre, hätte Kalle Pettersson diese Zeilen wohl nie geschrieben, sondern wäre zu Haifutter geworden.«

Carls Bericht geht jedoch weiter:

»Dieses Wetter hielt drei Tage an, und in der dritten Nacht geriet der Sturm außer Rand und Band, sodass wir nur ein Sturmsegel setzten, doch manchmal musste ich selbst das einziehen, weil die See den kleinen Kutter bis zum großen Lukendeckel in die Brandung drückte. Ich sah, wie die Wangen meines Freundes ihre Farbe änderten und Gott allein weiß, wo sein Herz saß. Wir waren nun nur noch ein paar Seemeilen von Tabar entfernt, und meine einzige Hoffnung bestand darin, irgendeinen Hafen anzuvisieren, damit wir uns etwas ausruhen konnten, denn die drei schlaflosen Nächte hatten an unseren Kräften gezehrt. Wir waren völlig durchnässt und klapperten mit unseren Zähnen um die Wette. Der Sturm flaute ein wenig ab, sodass Kyllert und ich in die so genannte Kajüte hinuntergehen konnten, um uns eine Tasse Tee zu kochen, zum Glück hatten wir einen Petroleumkocher dabei. Es war zirka zwei Uhr morgens. Wir waren noch nicht lange unten, da rief einer der Matrosen, dass der Wind auffrische. Wir sprangen augenblicklich wieder an Deck und wenn ich nicht sofort das Segel eingeholt hätte, wäre der Kutter gekentert. Mit knapper Not richtete er sich wieder auf. Auch meine schwarze Besatzung hatte wohl gedacht, dass dies unsere letzte Reise gewesen sei, doch es klappte einwandfrei! Als die Sturmbö vorüber war wurde das Wetter bedeutend besser, und der alte Mond sah auf uns arme Tröpfe nieder. Zu meinem Glück waren wir nur noch um die fünf Seemeilen von einem guten Hafen entfernt, auf den wir Kurs nahmen. Gegen sechs Uhr morgens gingen wir in dem schönen Hafen Tugu-Tugu auf Tabar Island vor Anker. Kyllert schlief an Ort und Stelle ein, und ich selbst fiel am Ruder in Schlaf, wo ich fast ununterbrochen gesessen hatte, seitdem wir Katendang verlassen hatten. Als ich aufwachte, war es 10 Uhr f. m. [före meridian = Schwedisch für ante meridian]. Herr Kyllert schlief noch immer und schnarchte, als wolle er den Mast durchsägen. Wir bereiteten Essen zu und kochten Kaffee und genehmigten uns ein üppiges Mahl, das Körper und Seele stärkte. Das Wetter war strahlend, und wir beschlossen, nach Hause zu segeln. Um zwölf Uhr mittags wurden die Anker gelichtet und die Segel gehisst. Wir hatten nur noch fünfzehn Seemeilen zu bewältigen, doch weil die Strömung nach dem Sturm sehr stark war und wir Gegenwind hatten, dauerte es achtundzwanzig Stunden, bis wir im Hafen von Maragon vor Anker gehen konnten, und dann währte es nicht mehr lange, bis ich oben in meinem Bungalow war und das »Mütterchen« in die Arme schloss und mir das Salzwasser vom Leib waschen konnte. Danach schlief ich vierundzwanzig Stunden lang. Als ich später auf Kyllert traf, sagte er vollkommen ruhig: ›Hör mal, Kalle, eine solche Reise machen wir nicht so schnell wieder!‹ Ich antwortete nicht viel, dachte aber, wie wundersam alles in der Welt zugeht. Denn nun bin ich zu Hause und bin genauso froh, wie ich es war, als wir zur Reise aufbrachen.«

In den zwanziger Jahren, einige Jahre nach der Übernahme von Deutsch-Neuguinea durch die Australier, wurden die meisten deutschen Plantagenbesitzer enteignet. Einigen wenigen gelang es, ihren Besitz zu retten. Ein Deutscher beispielsweise, der aus jenen Gebieten Norddeutschlands stammte, die im siebzehnten Jahrhundert (!) zu Schweden gehört hatten, behauptete, dass er Schwede sei; andere hatten Engländerinnen oder Frauen aus Australien oder Neuseeland geheiratet. Manche verdingten sich auch als Vorarbeiter. Lindahl zum Beispiel beschäftigte auf diese Weise wiederholt Deutsche, die nach und nach zu seinen Partnern aufstiegen, bis sein Name nur mehr auf dem Papier stand, und der jeweilige Deutsche praktisch eigenständig die Plantage betrieb.

Die australische Administration schien nicht so effektiv zu arbeiten wie die deutsche und war unter den älteren Plantagenbesitzern nicht besonders beliebt. Carl allerdings war von den Veränderungen nur am Rande betroffen, denn da er Schwede war, wurde seine Plantage nicht behelligt. Darüber hinaus war es sicher nicht von Nachteil, dass er eine englischstämmige Frau hatte und Verbindungen nach Australien besaß, wo ihm außerhalb von Sydney ein größeres Stück Land gehörte und wo seine Schwester wohnte.

Dennoch war das Leben der Petterssons gegen Ende der zwanziger Jahre nicht einfach. Sowohl gesundheitlich als auch, was die finanzielle Lage betraf, zeigte sich das Glück von Carl und Jessie sehr wechselwendig. Im April 1925 fuhren die beiden in die Stadt Rabaul, den wichtigsten Handelsort der Region, denn Carl wollte versuchen, die verfahrenen Geschäfte wieder in Schwung zu bringen. In einem Brief an Otto klagt Jessie über die Preise und erneut auch über Geldmangel, was bedeutet, dass sich die Plantage finanziell noch nicht wieder erholt hatte. Zugleich finden sich in dem Brief jedoch auch Bemerkungen über das schöne Boot, das sie und Carl gemietet hätten, oder darüber, dass ihre Unterkünfte gehobenen Standards gewesen seien. Der Tochter Margit hatten Jessie und Carl zudem Geld für eine schwere Operation zukommen lassen. Doch das Geld für die Schiffspassagen bleibt weiterhin aus. Erneut wird Otto gedrängt, doch bei einer Reederei anzuheuern – wie beispielsweise der *Transatlantic* –, und das ist nicht die einzige Ermahnung, die er sich von seiner Mutter anzuhören hat:

»Erhielt Brief von Margit und zeitgleich von dir, und was ich erfahre, klingt nicht gut. Ich will nichts davon hören, dass ihr zwei Geschwister nicht zusammenhalten könnt. Das bräche mir das Herz, warum nur bleibt mir diese Sorge nicht erspart ... Habe auch erfahren, dass du dich recht oft bei deinem Vater aufhältst. Dazu nur eine Sache: Wenn du ihn in irgendeiner Weise mit diesem Geld unterstützt, dann ist Schluss damit, dass wir dir die paar Kröten schicken. Ich habe wegen deines Vaters zu viel gelitten, als dass ich nun, wo ich solch einen guten Mann habe, einem derartigen Schurken auch noch helfen sollte. Nein und tausendmal nein. Das verhüte Gott, der zugleich dich, meinen geliebten Jungen, vor allem schlechten Umgang bewahren möge. Ich will mein Bestes tun, um dir zu helfen, doch wenn ich später das Geld schicke, geht es an die Tante, damit es sicher für dich verwahrt ist und niemand eine Öre leihen kann, denn dieses Geld ist für dich bestimmt und für niemanden anderen.«

Ottos und Margits Vater war nicht sehr beliebt, was auch nicht Wunder nimmt. Jessie hat im Lauf der Jahre vieles ertragen müssen:

»Dieser Mann, der mein Leben zerstört hat, und dem ich nach seiner Rückkehr aus Amerika unzählige Male geholfen habe, obwohl wir geschieden waren. Ich habe es für euch getan, er aber hat sich nicht um euch gekümmert und würde im Gefängnis sitzen, wenn ich ihn nicht gerettet hätte – ebenfalls euretwegen, denn ich wollte nicht, dass ihr einen Vater habt, der im Gefängnis gewesen ist. Gott vergebe mir, aber ich verabscheue ihn wie die Pest und will nie wieder etwas von ihm hören. Lass ihn nicht eine Öre ergaunern, weder von dir noch von Margit.«

Trotz ihrer finanziellen Schwierigkeiten versuchten Carl und Jessie, das Beste aus der Situation zu machen und verschafften sich bisweilen Abstand vom Alltag. Im September 1925 schreibt Jessie erneut an ihre Freundin Jenny Björkvall. Der Brief klingt positiv:

»Mein Mann ist viel auf Reisen unterwegs, währenddessen kümmere ich mich um die ganze Plantage und die Zeit vergeht unglaublich schnell … Vor einigen Wochen waren wir in Rabaul und haben uns drei Wochen lang herrlich amüsiert. Es ist wirklich eine schöne kleine Stadt, aber sie liegt weit von unserer Insel entfernt. Mit unserem Motorboot dauert die Reise drei Tage … Ich reite viel … Mein Pferd Fanny ist zweieinhalb Jahre alt, ein bezauberndes Tier. Die Insel auf dem Pferd zu umrunden dauert fünf Stunden, da braucht man schon etwas Proviant für unterwegs … Zu Weihnachten, das weiß ich schon, bekomme ich ein Auto.«

Jessie bekam von Carl tatsächlich ein Auto geschenkt, aber das war erst Ende der zwanziger Jahre. »Mein kleines Auto«, schreibt Jessie an Otto im Zusammenhang mit der Auflistung ihres Nachlasses. Uns ist nicht bekannt, um welche Automarke es sich gehandelt hat, doch die Wahrscheinlichkeit ist groß, dass es ein Ford T war – wie über die Hälfte aller Autos, die es damals gab. Vermutlich sollte es Jessie über die Tristesse – denn als solche muss sie es im Lauf der Jahre empfunden haben – auf Tabar hinwegtrösten. Es war sicherlich nicht einfach, ein Auto auf die kleine Koralleninsel zu transportieren, und die Einwohner Tabars müssen über ihre Herrin, die majestätisch und mit durchgedrücktem Rücken auf der kleinen Insel ohne Straßen herumfuhr, große Augen gemacht haben.

Nur selten erfahren wir aus Jessies Briefen Genaueres über die Bewirtschaftung der Plantage. Aus dem, was sie über Carl schreibt, geht jedoch hervor, dass sich sein Verhalten gegenüber der Bevölkerung, mit der er lebte, von dem anderer Plantagenbesitzer unterschied. Diejenigen der älteren Einwohner von Tabar, die sich noch an ihn erinnern, wissen ausschließlich Positives von ihm zu berichten. Bis heute erzählt man sich von den Festen, die er zu Weihnachten und an anderen Feiertagen für seine Arbeiter ausrichtete. Er ließ Kühe und Schweine schlachten und auf traditionelle Art zubereiten. Alle Plantagenbewohner und auch die Menschen aus den umliegenden Dörfern nahmen an den Feiern teil – Weiße ebenso wie Schwarze. Man aß, trank und unterhielt sich und die Einheimischen führten neue Versionen ihrer traditionellen Tänze vor. Ende der zwanziger Jahre schaffte sich Carl eine Kamera an und machte von den Festen Fotos. Es muss sehr ausgelassen zugegangen sein.

»Seine Majestät Pettersson I. verkauft sein Königreich.
Der Seemann, der es durch die Heirat mit einer Prinzessin zu einem Thron brachte, will abdanken und auf Lidingö sesshaft werden.«

Vecko Journalen, 1929

Jessie wird mit den Jahren immer mutloser. Als sie von Margits Verlobung erfährt, muss sie einsehen, dass ihre Tochter nie nach Neuguinea kommen wird. Sie scheint das zu akzeptieren, doch ihren Sohn Otto fordert sie wieder und wieder nachdrücklich auf, sich schnellstmöglich auf die Reise zu begeben. Auch Otto selbst scheint noch immer an seine Auswanderung zu glauben. Er nimmt Privatunterricht in Englisch, fragt sich jedoch, weshalb kein Reisegeld eintrifft. Aus Monaten des Wartens werden Jahre. Auch von Kapitän Huldtgren von der *Transatlantic* scheint keine Hilfe gekommen zu sein. Otto bleibt in Schweden und leistet seinen Wehrdienst ab.

Allmählich ändert sich der Ton, den Jessie in den Briefen an ihre Kinder anschlägt. Sie versucht sie nicht länger zu überreden, nach Neuguinea überzusiedeln, sondern scheint bei Carl darauf hinzuarbeiten, dass er und sie bald nach Schweden zurückkehren. Ihr scheint klar geworden zu sein, dass sich auch Otto nicht auf Tabar niederlassen wird – was möglicherweise ohnehin die bessere Lösung ist.

Im Oktober 1925 trifft ein Brief von Otto ein, der Jessie offensichtlich wenig Freude bereitet hat:

»Hoffe, dass es nichts Ernstes ist mit dem Mädchen, dessen Foto du mir gesandt hast, denn ihr Äußeres sagt mir nicht zu. So oder so hast du noch genug Kummer vor dir. Also höre auf meinen Rat. Und wenn du vorhast, hierher zu kommen, dann ist das keine gute Idee, mein Lieber. Warte ab und sei verständig. Du darfst nicht traurig sein, wenn deine eigene Mutter dir offen sagt, was sie in ihrem Herzen fühlt! Du hast an meinem Beispiel genug davon mitbekommen, was es heißen kann, verheiratet zu sein, und das sollte dich für das nächste davon abhalten. Ich habe ein zweites Mal geheiratet, um euch, meinen Kindern, unter die Arme greifen zu können. Lange wird mir das nun allerdings nicht mehr möglich sein, denn die Sorgen haben mich körperlich und seelisch gebrochen.«

Die Beziehung zwischen Mutter und Sohn scheint sich nach diesem Briefwechsel deutlich abgekühlt zu haben. Die Abstände zwischen Ottos Briefen werden immer größer, doch vielleicht sind auch einige von Jessies Antwortbriefen abhanden gekommen, denn der nächste, den wir haben auftreiben können, stammt aus dem Jahr 1930. Jessie hatte sich gerade in Australien einer medizinischen Behandlung unterzogen – vermutlich wegen einer tropischen Krankheit. Das Leben in der Südsee hatte endgültig seine romantische Färbung verloren. Die Dinge hatten eine Entwicklung genommen, die alles andere als in Jessies Interesse war. Sie hatte seit acht Jahren ihre Kinder nicht gesehen, und auch der

Wohlstand, den Carl ihr versprochen hatte, ließ nach wie vor auf sich warten:

»Wie ich bereits in anderen Briefen erwähnt habe, bin ich wieder zu Hause in Maragon, aber immer noch nicht wieder recht bei Kräften. Wir hatten geplant, nach Schweden zu fahren, doch wegen meiner Krankheit wurde nichts daraus. Nun ist unklar, wann wir diese Reise werden antreten können – es sei denn, wir gewinnen im Lotto. Ich habe vielleicht bereits geschrieben, dass Carl in Folge der Bankeinbrüche in Stockholm einen Großteil seines Vermögens verloren hat. Das, was übrig ist, steckt in der Plantage, und in diesen schlechten Zeiten ist es schier unmöglich, sie zu verkaufen. Es sieht allerdings so aus, als plane Carl, Maragon für einen Freundschaftspreis Lindahl in Stockholm zu überlassen und sich hier draußen irgendwo zur Ruhe zu setzen, doch wenn er das tut, will ich nicht länger auf M. bleiben. Dann will ich heim nach Schweden und meine Kinder wiedersehen, bevor ich sterbe.«

Jessies Sehnsucht nach ihren Kindern scheint groß gewesen zu sein:

»Carl ist so nett zu mir, und ich bekomme alles, was ich mir wünsche, doch es ist nicht alles Gold, was glänzt, mein Sohn. Meine einzige Hoffnung ist, dass wir uns noch einmal wiedersehen, das wäre der glücklichste Moment meines Lebens.«

Die Wirtschaftskrise, die Ende der zwanziger, Anfang der dreißiger Jahre die ganze Welt erfasste, ließ auch Carl nicht ungeschoren. Die Kopra-Preise waren stark gesunken, und da mittlerweile für die Herstellung von Margarine auch andere Rohstoffe verwendet wurden, blieben sie auch dann niedrig, als sich die Weltwirtschaft zu erholen begann. Was Carl in Aktien investiert hatte – nicht zuletzt den schwedischen Teil seines Kapitals – war fast vollständig verloren: Mit Ivar Kreuger und dem Streichholzimperium[14] hatte er auf das falsche Pferd gesetzt. Dazu kam Jessies Krankenhausaufenthalt, der einiges kostete, denn eine Behandlung ihrer Krankheit war offensichtlich nur in Australien möglich.

Schon im Jahr 1929 kursierten Meldungen, die von Carls und Jessies Wunsch berichteten, Maragon zu verkaufen und sich einen Platz zu suchen, an dem sich ein ruhigeres Leben führen ließ. Der bekannte Artikel aus dem *Vecko-Journalen* erwähnt 1929 explizit Carls Pläne, sein Königreich zu veräußern:

»Der Club der abgedankten Könige hat die besten Aussichten, in Kürze ein neues Mitglied zu verzeichnen. Seine Majestät Kalle I. Pettersson von Tabár – oder Fisher Island, um es auf Englisch zu sagen, der offiziellen Sprache des Reiches – ist der Krone und der Macht müde und beabsichtigt beides zu verkaufen. König Pettersson – der im Übrigen, anspruchslos wie er ist, den bürgerlichen Titel Plantagenbesitzer vorzieht – ist nicht mehr ganz derselbe, der er war, als Birger Mörner ihn besuchte und mit *Aráfis tropiska år* den Grundstein für seine Berühmtheit legte. Er ist ein gutes Stück älter geworden und auch wenn ›the strong Charlie‹ noch immer als der stärkste Kerl von ganz Neu-

[14] Ivar Kreuger (1880-1932) besaß Anfang des zwanzigsten Jahrhunderts das Monopol in der schwedischen Streichholzproduktion und kaufte darüber hinaus ausländische Streichholzfabriken auf. Doch den schwedischen Börsencrash 1930 überlebten auch seine Streichholzfabriken nicht. Kreuger schoss sich 1932 in seiner Pariser Wohnung mit seiner Pistole ins Herz.

guinea gilt, lässt seine Gesundheit doch zu wünschen übrig. Auch die politischen Verhältnisse haben sich anders entwickelt als erwartet, und Kalle regiert sein Imperium nicht mehr mit der absoluten Souveränität, wie sie ihm vor dem Weltkrieg zur Verfügung stand. Zudem fühlt sich seine schwedische Gemahlin, Königin Jessie, unter den ehemaligen Menschenfressern weit weniger heimisch als Kalles erste Frau, die verstorbene Königstochter Singdo Misses, die obendrein das Reich in die Ehe einbrachte. Kurz und knapp: Der König sehnt sich nach Schweden und dem Ruhestand und will den Palast-Bungalow gegen einen idyllischen Strandfleck auf Lidingö und eine schwedische Villa zwischen Kiefern und Birken eintauschen.«

Die Anspielung auf Lidingö basiert sicher darauf, dass dort in Brevik Carls Schwester Anna, verheiratete Kinnander, lebte. Lidingö zählte bereits damals zu den bevorzugten Wohngegenden: Seit 1910 ließen sich hier gut betuchte Bürger prachtvolle Villen erbauen.

Wie aber standen die Verhältnisse auf den Tabar-Inseln?

»Tabar ist zu einer einzigen großen Kokosplantage geworden. Die Palmen wachsen in geraden Reihen und werden systematisch abgeerntet. Die Kopra wird getrocknet, professionell verarbeitet und gemeinsam mit der Ware, die von den Eingeborenen auf den umliegenden Inseln zusammengetragen wurde, durch Abgesandte nach Kärieng gebracht und dort verkauft. Die inseleigene Bevölkerung reicht für den Betrieb der Plantage nicht mehr aus, so dass König Pettersson, ebenso wie andere Plantagenbesitzer in der Südsee, von den schwarzen Majestäten auf den umliegenden Inseln zusätzliche Arbeiter ›rekrutieren‹ muss. In seinem Herrschaftsbereich geht es gegenwärtig ruhig und zivilisiert zu, doch die Rekrutierungsfahrten nehmen teilweise abenteuerlichen Charakter an – und Pettersson ist dieser beschwerlichen Reisen müde. Das Abholen und Zurückbringen der schwarzen Arbeiter, die von ihren Herrschern für jeweils drei Jahre Plantagenarbeit quasi vermietet werden, kann unter Umständen in ›Kriege‹ zwischen den Häuptlingen ausarten, die teilweise nicht weniger unerbittlich geführt werden als in alten Zeiten. Und daraus wiederum resultieren Auseinandersetzungen mit den Behörden von Neuguinea, die mittlerweile auch den entlegensten Inseln ein wenig Aufmerksamkeit schenken.

Ebenso wie auf den anderen Inseln, die unter der deutschen Kolonialmacht relativ selbstständig hatten agieren können, wächst auch auf Tabár seit dem Ersten Weltkrieg der Einfluss der Engländer. Das Pidginenglisch, dass in der Gegend schon lange Handelssprache war, wird allmählich auch zum Esperanto der Einheimischen. Gleichzeitig erlässt die Kolonialmacht neue Gewerbeordnungen, schränkt die alten Privilegien ein und verstärkt ihre Kontrollen.«

Wie bereits beschrieben hatte sich Carl nach seiner Ankunft in der Südsee sein Geld zunächst durch Rekrutierungsreisen für die deutsche »Neuguinea-Kompagnie« verdient. Als Plantagenbesitzer war es ihm später jedoch gelungen, ein System zu schaffen, das ihm zu Arbeitskräften aus den Dörfern der Insel verhalf. Nun jedoch reichten die auf der eigenen Insel vorhandenen Arbeiter nicht mehr aus und die verhassten und gefährlichen Rekrutierungsfahrten wurden wieder notwendig.

Weiter heißt es in der Reportage des *Vecko-Journalen*:

»König Petterssons Abkömmlinge, die nebenbei gesagt von fast ebenso heller Hautfarbe sind wie ihr Vater, werden europäisch erzogen … Untereinander sprechen sie normalerweise Englisch, doch sie verstehen auch recht gut Schwedisch und beharren eisern auf ihrer schwedischen Abstammung. Allerdings ist es wenig wahrscheinlich, dass Schweden in Zukunft auf einen Ableger in der Südsee wird verweisen können: König Pettersson beabsichtigt, bei einer Heimkehr auch all seine Kinder nach Schweden mitzunehmen. Ein Erbreich einzurichten liegt also außerhalb seiner Pläne.«

Die letzten Angaben muss man relativieren: Wie bereits geschildert schien Carl trotz seines Heimwehs darauf aus gewesen zu sein, in der Südsee zu bleiben. Vor allem hatte er nicht vor, seine Kinder nach Schweden mitzunehmen, vermutlich weil ihm klar war, dass sie es dort nicht einfach haben würden. Über die Probleme, die es für die Kinder aus so genannten »Mischehen« in Neuguinea gab, haben wir bereits berichtet. Mit welchen Vorurteilen wären sie dann wohl erst im Schweden der dreißiger Jahre konfrontiert worden?

Um 1930 lernte Carls Tochter Elsa einen Mann namens Karl kennen, der ebenfalls einer solchen »Mischehe« entstammte: Sein Vater war ein Deutscher mit dem Nachnamen Hörler, seine Mutter, Nakei, kam aus dem Korallenatoll Ontong Java. Karl und Elsa heirateten ungefähr ein Jahr später. Elsas Sohn Harry zufolge hielt Carl sich zu dieser Zeit in Schweden auf, versprach jedoch, zur Hochzeit seiner Tochter zu kommen. Der Hochzeitstag rückte näher und näher, aber von Carl keine Spur. Doch genau in dem Augenblick, in dem die Trauung beginnen sollte, legte Carl, der Reichste im ganzen Land, mit einer schneidigen Jacht auf Tabar an und lud kistenweise Champagner aus.

War Carl Ende der zwanziger, Anfang der dreißiger Jahre in Schweden? In keiner der uns bekannten Quellen findet sich ein Hinweis darauf, aber sowohl Familie Eleby als auch Kyllerts Nichte erzählen, dass Carl damals nach Schweden kam und sein Boot an der Skeppsbron in Stockholm festmachte. Laut Familie Eleby wurde das Fahrzeug damals porträtiert und das Gemälde in den späten Achtzigern in *Dagens Nyheter* angeboten. Das Schiff verkaufte Carl allerdings schon damals in Schweden. Er erwarb stattdessen eine Luxusjacht, mit der er die Heimreise nach Neuguinea antrat.

Laut Elsas ältester Tochter Hedvig lief das Ganze jedoch ein wenig anders ab: Das Boot, mit dem Carl zur Hochzeit kam, die S/S Bremerhaven, war nur gemietet. Sicher aber sei dort, so Hedvig, wo Großvater Pettersson sich aufhielt, stets gefeiert worden und Champagner sei bei diesen Festen keine Seltenheit gewesen. Hat Pettersson also möglicherweise über seine Verhältnisse gelebt und seine Mittel überschätzt?

Wie auch immer: Aus Elsas Erzählungen und auch aus anderen Quellen geht hervor, dass Pettersson kaum zu den Abstinenzlern gezählt haben dürfte. Elsa erinnert sich noch daran, dass er jedes Mal »skål« (»Prost«) sagte, ehe er trank.

In dieser Zeit wird Otto Vater und damit zerschlägt sich Jessies Traum, ihren Sohn in der Südsee bei sich zu haben, endgültig. Die Krankheiten und die vielfältigen Probleme haben sie merklich erschöpft und sie wünscht sich nichts sehnlicher, als nach Schweden zurückzukehren. Das Vermögen der Petterssons allerdings ist nahezu verbraucht. Carl und Jessie bleibt nur noch eine einzige Hoffnung: In einem Brief vom August 1931 schreibt Jessie: »Carl wird nach Gold graben, ob er Glück hat dabei, wird sich zeigen. Wenn ja, kommen wir nach Hause.«

Und tatsächlich! Carl legte in einen Bach in der Nähe der Farm einen der Länge nach halbierten Bambusstamm, den er so platzierte, dass er vom Wasser durchströmt wurde – und am Boden der Rinne sammelten sich Goldpartikel an. Was dadurch zusammenkam, wird in den letzten Jahren auf Maragon über das Gröbste hinweggeholfen haben.

Carls Sohn John weiß den Eheleuten Fundell über die Goldvorkommen auf Tabar Folgendes zu berichten: »In den Schluchten gab es zahlreiche Bäche, an denen man sich, als ich klein war, ein paar *kina* [damalige Währung] extra verdienen konnte. Ein gespaltener Bambusstamm, der eine Rinne bildete, wurde auf eine bestimmte Weise in das Bachbett gelegt und verblieb dort mehrere Tage. Wenn man ihn anschließend heraushob, hatte ihn die Strömung mit Schlamm gefüllt. Man kratzte vorsichtig die oberste Schicht aus Lehm und Sand ab – und siehe da: Am Boden der Rinne schimmerte eine dünne Goldschicht! Meist waren es nicht mehr als ein paar Gramm, die ein Chinese auf der Insel gerne aufkaufte.«

Im Sommer 1935 tritt Carl unter allen möglichen Vorsichtsmaßnahmen mit einem Bergbauingenieur aus Melbourne in Kontakt und beauftragt ihn, mit der nötigen Ausrüstung an einen Ort zu reisen, der in einem beigefügten versiegelten Kuvert bezeichnet ist. Es ist anzunehmen, dass es sich dabei um die zur Tabar-Gruppe gehörige Insel Tatau handelte. Kurz zuvor war ein in Seenot geratener Schoner dort eingelaufen und in dem Lehm, der beim Einholen des Ankers an diesem haften geblieben war, hatten sich Goldpartikel befunden. Der Schiffer war ein alter Freund von Carl und hatte ihm von seiner Entdeckung erzählt, und Carl begann an der bezeichneten Stelle den Boden abzutragen. Bald war er sich sicher, dass er auf Goldsand gestoßen war.

Er gründete zusammen mit ein paar Kompagnons eine kleine Firma und ließ in deren Namen schließlich auch den Bergbauingenieur kommen, der befand, dass es sich nicht um Goldsand handele, sondern um »eine kommerzielle Goldader«. Heute existiert auf der Inselgruppe Lihir an der Stelle, wo sich einst Carls Plantage Londolovit befand, eine Goldmine. Die Goldvorkommen auf den Tabar-Inseln zählen zu den größten der Welt. Als Carl später Maragon abstoßen wollte, stellte der Goldfund sicherlich ein wichtiges Verkaufsargument dar.

Unweigerlich muss man daran denken, wie nah Astrid Lindgren der Wahrheit gekommen ist: Efraim Langstrumpfs Vorbild besaß nicht nur Säcke mit Goldmünzen, sondern stieß zudem auf eines der größten Goldlager der Welt.

In Jessies Briefen spielte Geld eine außergewöhnlich große Rolle. Vielleicht war für sie, die lange in ärmlichen Verhältnissen gelebt hatte, finanzieller Wohlstand von besonderer Bedeutung. Im März 1931 schreibt sie an Otto:

»Dass die Tante so krank war, dass sie sogar operiert werden musste! Hast du sie im Krankenhaus besucht, Otto? Weißt du, ich denke, die Tante würde sich sehr freuen, wenn sie Post von dir bekäme, denn du bist immer ihr Augenstern gewesen. Die beiden haben keine Erben, und man kann nie wissen – vielleicht vermachen sie alles dir. Eric ist ziemlich vermögend. Das, was sich in meinem Besitz befindet, vererbe ich dir und Margit. Es ist nicht viel, aber immerhin etwas. Carl wird alles mir überschreiben und ich wiederum vermache alles euch. Ich habe Schmuck im Wert von £ 630. Mein Auto macht £ 400. Außerdem liegt ein bisschen was auf der Bank.«

Otto und Margit haben jedoch nie etwas davon gesehen. Was aus Jessies Nachlass geworden ist, bleibt ein Rätsel.

Carl überlegte damals, in Kavieng ein Hotel zu eröffnen, um Geld zu verdienen, aber jemand anders hatte die gleiche Idee und kam ihm zuvor. Carl erwarb jedoch ein Haus in der Stadt, vermutlich weil er sich öfter aus geschäftlichen Gründen dort aufhielt. Das *Vecko-Journalen* berichtete 1929 auch von den Veränderungen im Leben des König Kalle: »Früher hatte der Herrscher einige Tage auf See vor sich, wenn er seinen nächsten weißen Nachbarn besuchen wollte. Mittlerweile hat er sich eine moderne Flotte zugelegt. Mit seinem überdachten Motorboot ist er innerhalb von acht Stunden in der Stadt Kavieng, wo er Zugang zu Post und Telegrafenamt hat und über eine eigene Residenz verfügt.«

Dennoch scheinen Carl und Jessie mehr und mehr unter der Isolierung auf Maragon gelitten zu haben. Der Wunsch, ihren Lebensabend an einem ruhigen Ort zu verbringen, der mehr Bequemlichkeit bot, wurde immer stärker.

»Königin Pettersson ist tot«

Stockholms-Tidningen, 1935

Trotz der Goldfunde war es nicht so einfach, Maragon zu verkaufen. In der Schriftenreihe des Sollentunaer Heimatvereins berichtet Elvira Dahlberg 1954 über die Probleme im Zusammenhang mit dem Verkauf der Insel: »… Der Plan geht aus ungeklärter Ursache in die Brüche. Laut Pressemitteilungen beteiligt sich nun auch England an der Sache. Es wird nur dann einen neuen Herrscher auf der Insel Tabár akzeptieren, wenn dieser die englische Staatsbürgerschaft besitzt. Für den Schweden war es relativ einfach gewesen, in seinem Miniaturreich König zu werden, jetzt aber erwies es sich als sehr schwierig, diese Regentschaft zu beenden.«

Dass die Engländer in die Angelegenheit involviert waren, ist allerdings nicht sicher. Wahrscheinlicher ist, dass sich kaum Kaufinteressenten fanden, denn der Kopra-Markt hatte sich nicht wieder erholt. Und Carl wollte seine Plantage natürlich nicht unter Wert losschlagen, zumal es galt, mit dem Erlös den Ruhestand von ihm und Jessie zu sichern. Allerdings ist sehr zu bezweifeln, dass die beiden planten, mit den Kindern nach Lidingö zu ziehen. Vielmehr schien Carl zu hoffen, sich ein neues Heim in Merrylands circa 20

Kilometer außerhalb von Sydney aufbauen zu können, wo er ein größeres Stück Land erworben hatte und wo seine Schwester mit ihrer Familie wohnte. Damals war dieses Gebiet Ackerland. Heute ist die Fläche, die von der Größe her etwa mit dem Zentrum Stockholms vergleichbar ist, mit Wohnvierteln und den Einkaufszentren verschiedener Vororte bebaut und ein Vermögen wert.

Da die Kopra-Preise im Keller bleiben, setzt Carl all seine Hoffnung auf die Goldvorkommen der Insel. Unermüdlich sucht er in den Bachbetten von Simberi nach Gold und baut parallel, wie bereits erwähnt, gemeinsam mit einigen Kompagnons auf Tatau eine Goldmine auf. Gleichzeitig galt es für die beteiligten Landbesitzer zu vermeiden, dass nun eine Art Goldrausch einsetzte und Fremde auf die Inseln strömten. Doch trotz der Geheimniskrämerei, die sie betrieben, wurde der Goldfund allgemein bekannt. Immerhin stieg damit auch der Wert von Maragon. Jessie schreibt:

»Ich sagte dir bereits, dass wir unser gesamtes Vermögen mit der Streichholzfabrik und einer Bank in Stockholm verloren haben und dass Carl auf seine alten Tage wie ein Sklave für unseren Lebensunterhalt schuftet. Zudem schürft er in allen Flüssen der Gegend – mit recht ansehnlichem Resultat.«

Jessies sehnt sich nach Hause, zumal sie erneut erkrankt ist. Das Südseeklima ist ihr noch nie bekommen und sie hat wieder und wieder unter Malariaattacken gelitten. Doch 1934 verschlechtert sich ihre Gesundheit zusehends: Sie erfährt, dass sie Brustkrebs hat. Einige Zeit später wird sie in Brisbane operiert.

In einem Brief vom März 1934 mahnt Jessie ihren Sohn

Otto, seiner Schwester nichts von alledem zu erzählen, »denn ich bin beunruhigt, dass sie darob auch noch krank werden könnte und sie darf also von nichts erfahren.«

Liest man zwischen den Zeilen, dann ist offensichtlich, dass Jessie darüber hinaus von Otto Nachrichten erhalten haben muss, über die sie alles andere als erfreut war. Offenbar ist Otto von seiner Mutter enttäuscht und der Ansicht, dass seine Schwester von ihr ungleich höhere finanzielle Zuwendungen erhalten hat. Entmutigt antwortet Jessie: »Es verletzt mich zu hören, dass du meinst, weder Vater noch Mutter gehabt zu haben. Wenn du auch einen schlechten Vater hattest, so weißt du doch ebenso gut wie ich, dass es eine Mutter gab, die sich um dich gekümmert hat, als du klein warst. Dann trieb mich das Schicksal in die Welt hinaus, wo ich meinen Lebensunterhalt als Hausdame verdienen musste, und da ich arm war, vermochte ich nicht viel dagegen zu tun … Ich war mittellos und hatte zwei kleine Kinder – und wurde von eurem Vater verlassen. Doch du brauchtest niemals zu hungern oder zu frieren, wenn du bei mir warst und ich mich um dich kümmern konnte.«

Doch es scheint, dass Otto seiner Mutter vor allem ihre Heirat mit Carl vorwirft. Jessie fühlt sich veranlasst, sich für ihr Handeln zu rechtfertigen:

»Bevor ich zum zweiten Mal geheiratet habe habe ich dich und Margit gefragt, ob ihr damit einverstanden wäret, und ihr habt beide Ja gesagt. Ansonsten hätte ich diesen Schritt niemals getan, denn meine erste Ehe hat mir gereicht. Wenn du damals gesagt hättest, dass du nicht willst, dass ich wieder heirate, dann wäre ich so wahr mir Gott helfe bei euch geblieben und hätte mit all den mir verbliebenen Kräften bis zu meinem letzten Tropfen Blut für euch gearbeitet.«

Jessie zeigt sich Otto gegenüber versöhnlicher und gibt nun sogar ihrer Freude über seine junge Familie Ausdruck:

»Herzlichen Dank für die kleinen Fotos, die du geschickt hast, sie sind mir unendlich lieb, und deine kleine Frau mag ich sehr. Obwohl das Foto sehr klein ist, kann ich sehen, dass sie eine gute kleine Frau ist. Richte ihr meinen herzlichen Dank dafür aus, dass sie dich während deiner schweren Krankheit gepflegt hat … Aus dem bisschen Gold aus dem Fluss neben unserem Haus kann vielleicht ein kleiner Ring für deine Frau werden. Wenn die Sendung unbeschadet bei euch ankommt, kann ich später etwas mehr schicken.«

Jessies körperliche Kräfte verfielen immer schneller. Vielleicht war der Krebs dafür verantwortlich, vielleicht auch die tropische Krankheit, an der sie litt und bei der es sich laut mehrerer Quellen um *black water fever* handelte. Andere Zeitungsartikel behaupten, dass sich die Malaria verschlimmerte: »Denn die Malaria kehrt zurück, sie ist wie die Schlange im Paradies und lauert den Weißen im Lustgarten auf. Wenn sie nicht rechtzeitig fliehen, dann ist ihr Schicksal besiegelt. Frau Jessie erkrankt erneut und begreift, dass es aufzubrechen gilt, wenn sie lebend heim nach Schweden kommen will. Der Ehemann kann später folgen, denn er muss zunächst seine Insel in andere Hände legen und Englands Einverständnis dafür einholen«, schreibt beispielsweise Elvira Dahlberg in der Schriftenreihe des Sollentunaer Heimatvereins 1954.

Der *Husmodern*-Artikel von 1935 schildert die letzten Monate der schwedischen Südseekönigin: »Doch gegen Ende des Winters sagten die Ärzte in Sydney zu Frau Pettersson: ›Sie haben nur noch wenige Monate zu leben. Wenn

Sie in Schweden sterben wollen, müssen Sie sofort aufbrechen.‹«

Und nichts will Jessie jetzt lieber als heim zu ihren Kindern und Enkelkindern. Sie reist nach Schweden, um sich dort weiterbehandeln zu lassen. Vermutlich sollte Carl so schnell wie möglich nachkommen.

Im März 1935 trifft Jessie mit dem Schiff *Suecia* in Göteborg ein. Die herbeigeeilten Journalisten können die Königin jedoch nicht interviewen, weil sie die Reise sehr geschwächt hat. Am 23. März erreicht sie Stockholm und wird in eine private Klinik eingeliefert, wo ihre Kinder und andere Verwandte sie besuchen. Der *Husmodern*-Artikel fährt fort:

»Einige Wochen durfte sie mit ihnen verbringen, und während dieser Zeit erzählte sie ihnen von all den wilden Abenteuern, die sie während der letzten dreizehn Jahre auf Tabár erlebt hatte.«

Jessie stirbt am 19. Mai 1935 im Alter von dreiundfünfzig Jahren. Ob der Krebs, die Malaria oder, wie zu vermuten, beides zusammen für ihren frühen Tod verantwortlich war, lässt sich nicht mit Sicherheit sagen.

Im Mai 1935 findet in Stockholm die Hochzeit zwischen der schwedischen Prinzessin Ingrid und dem dänischen Kronprinzen Frederik statt, dem späteren König Frederik dem IX. von Dänemark, so dass der Tod von Königin Jessie zunächst lediglich in Zeitungsanzeigen erwähnt wird. Am 16. Juni jedoch erscheint dann der bekannte, umfangreiche Artikel in *Husmodern*. Er endet wie folgt: »An jenem schönen Tag im Mai, an dem der Klang der Hochzeitsglocken und das Donnern der Salutkanonen in ganz Stockholm widerhallten, wurde die Königin von Tabár in aller Stille im

Beisein ihrer engsten Angehörigen beigesetzt. Ihr Mann befindet sich auf dem Weg nach Schweden, die Reise von Tabár nach Stockholm dauert jedoch acht Wochen. Noch weiß er nichts von seinem Verlust. Vermutlich wird er seine Insel, auf der kürzlich große Goldressourcen entdeckt worden sind, verkaufen und sich in seinem alten Heimatland niederlassen. Aber wird er sich dann nicht nach seiner Südseeinsel sehnen?«

Jessie blieb am Ende nicht viel Zeit mit ihren Kindern. Zwei Monate nach ihrer Rückkehr nach Schweden wurde sie auf dem Skogskyrkogården in Stockholm beerdigt. Ihr Grab ist heute nicht mehr aufzufinden.

Hier endet die Geschichte von der geschiedenen Mutter, die Königin auf einer Südseeinsel wurde. Und hätten wir uns nicht aufgemacht in Astrid Lindgrens »Taka-Tuka-Land«, dann wäre Jessie vielleicht für immer in Vergessenheit geraten.

»Der König von Tabar ist tot«

Unbekannte Quelle, 1937

Bevor Carl nach Schweden reisen konnte, musste er Maragon verkaufen oder jemanden finden, der die Bewirtschaftung der Plantage übernahm. Im *Pacific Islands Monthly* ist im Februar 1936 zu lesen:

»Pettersson schickte seine Ehefrau Jessie heim und beschloss, einen Erben zu bestimmen, seine Geschäfte im Inselreich abzuwickeln und ihr so schnell wie möglich nachzureisen. Die Erbfolge stellte kein größeres Problem dar: Den »Thron« würde nun Petterssons ältester Sohn besteigen. Die Geschäfte in Ordnung zu bringen war ungleich komplizierter, denn schließlich existierte unter anderem auch eine Goldmine, dies es zu veräußern galt. Und noch ehe sich ›König Charles‹ als Carl Pettersson, ein Mann aus dem Volk, auf die Reise machen konnte, erreichte ihn die Nachricht, dass seine ›Königin‹ gestorben sei. Hier endet das fantastische Abenteuer.«

Carl konnte Jessie nicht mehr rechtzeitig nach Schweden folgen. Auch er ist körperlich geschwächt. Die Malaria hat seine Gesundheit ruiniert, zugleich quält ihn die Unsicherheit um die Zukunft der Plantage. 1937 erkrankt Carl so schwer, dass er ins Krankenhaus eingeliefert wird. Zunächst lässt er sich in Rabaul behandeln, doch schnell wird ihm klar, dass er das ungesunde Klima der Gegend verlassen muss.

Seine Enkelin Hedvig erinnert sich an die Besuche, die sie ihm im Krankenhaus abstattete. Bevor Carl nach Australien aufgebrochen sei, habe er zu ihr gesagt: »Ich komme zurück.« Im Februar 1937 trifft Carl in Sydney ein. Langsam bessert sich sein Zustand und er plant, nach Tabar zurückzukehren, um endlich die Plantage zu verkaufen.

Seine Tochter Elsa berichtete Hélena 1993, dass ihr Vater von den Ärzten die strenge Anweisung erhalten hatte, keinen Tropfen Alkohol zu trinken und jede Bar links liegen zu lassen. Doch König Carl scherte sich nicht darum. Am 12. Mai 1937 erleidet er eine Herzattacke und stirbt. Er ist zweiundsechzig Jahre alt.

Seine Schwester Maria schreibt in gebrochenem Schwedisch einen ergreifenden Brief an ihren gemeinsamen Bruder John und seine Frau Helga in Schweden:

»Nun, lieber John & liebe Helga, ich habe traurige Neuigkeiten für euch. Bruder Carl hat sein irdisches Leben beendet. Er starb am Mittwoch, den 12. Mai, um sechs Uhr morgens in einer privaten Klinik in Parramatta. Am 2. März kam er schwer krank nach Australien, wurde von Bord in ein Krankenhaus in Woronga gebracht. Es ging ihm sehr schlecht, war in Kavieng im Krankenhaus gewesen, from ther nach Rabaul. He sollte dann nach Syndey kommen. Er musste in Nouernea Hebrede ins Krankenhaus, von dort nach Cottedonia und dann nach Sydney. Sieben Wochen lang war er im Sanatorium. Er war oder sah sehr gesund aus, als er am 24. April zu mir kam. Am 27. ging er nach

Sydney hinunter, wohnte im Grand Central Hotel. Um die New Guinea Boote zu sehen, die bis Freitagabend in Sydney liegen. Er bekam eine very bad cold und Asthma very bad, sein Herz war sehr schwach. Ich schickte nach dem Doktor, der ihm sagte, er solle ins Krankenhaus gehen, sodass wir ihn in das Inchurch Parramatta privat Hospital brachten. Er war nur vier Tage dort. Ich war jeden Tag bei ihm, am letzten Tag war er sehr unruhig, rief die ganze Zeit nach Mama, bat mich, ihn nach Hause zu bringen, beeil dich Maria, bring mich heim. Aber der arme Carl kam erst nach Hause, als er das irdische Leben hinter sich gelassen hatte. Es war wohl Gottes Wille, dass er hier sterben würde, als die Zeit dafür gekommen war.«

Nach dieser dramatischen Darstellung fährt Maria fort: »Er wurde am Freitag den 14. beerdigt. Ein guter Freund aus Neuguinea war dort, der einen sehr hübschen Kranz niederlegte. Auch Lundins zwei Söhne Willy und Ernest waren da, sie hatten einen sehr schönen Kranz. Ich legte einen für dich und Helga und Anna Kinnander hin. Carl wurde neben Lindblad und Vera at Smithfield beerdigt. Von uns und von meinen Freunden hatte er rund zwanzig Kränze. Wir haben Fotos vom Grab gemacht, wenn sie gut werden, schicke ich dir eins. Das Testament ist zu Gunsten der Kinder. Carl hatte Maragon verkauft kurz bevor er nach Sydney kam. Ich glaube kaum, dass das richtig f… [unlesbar] war. Er hatte auf seinem Land Gold gefunden, sowohl loviet and reef. Willy arbeitet in der Goldbranche. Hoffe, er hört jetzt nicht damit auf. Zwei von Carls Kindern sind verheiratet, Elsa und Charlie.«

Carl Pettersson wurde auf dem Friedhof der anglikanischen Kirche in Smithfield, Merrylands, beigesetzt, in der Nähe des Wohnsitzes seiner Schwester. Man hat den Friedhof danach verkleinert, doch die letzte Ruhestätte des Königs von Tabar ist erhalten geblieben. So also endete das ungewöhnliche Leben des Jungen aus Sollentuna, der in der Südsee König wurde.

Die Zeitungen schrieben zu seinem Tod:

»KÖNIG VON TABAR TOT. 18. JULI 1937«

»Der ›König von Tabar‹, der Seemannsjunge Carl Pettersson aus Uppland, der die Tochter eines Kannibalenhäuptlings heiratete, ist im Alter von zweiundsechzig Jahren in Sydney gestorben. Carl Petterssons romantische Lebensgeschichte begann in Sollentuna. In jungen Jahren kam er zur Flotte und war einige Jahre lang Matrose. Dann heuerte er auf Handelsschiffen an. Als er als Schiffbrüchiger auf der Südseeinsel strandete, die später sein Königreich werden sollte, hatte er bereits mehrfach die Erde umrundet. Im Jahre 1904, als er sich im Dienst der deutschen Neuguinea-Kompagnie befand, kenterte während einer seiner Expeditionen im Archipel bei stürmischer See sein Schiff. Er konnte sich auf die Insel Tabár retten. Anfänglich schien es, als sei er vom Regen in die Traufe gekommen, denn auf der Insel gab es ausschließlich Wilde mit ausgeprägten kannibalischen Neigungen. Calle Pettersson indessen war ein ganzer Kerl, dem es rasch gelang, sich bei den Eingeborenen Respekt zu verschaffen. Doch damit nicht genug: Obendrein gewann er das Herz der Häuptlingstochter und nach einer Weile willigte auch der Vater seiner Auserwählten in die Hochzeit ein. Nach dem Tod seines Schwiegervaters gingen dessen Befugnisse automatisch auf Pettersson über. Er brachte sein Reich in Schwung und trieb die Bewirtschaftung seiner Plantage voran. Seine schwarze Gemahlin, Königin Singdo, starb 1920, nachdem sie neun Kindern das Leben geschenkt hatte. Einige Jahre später heiratete Carl Pettersson ein zweites Mal. Seine Frau, Jessie Simpson, war englischer Herkunft. Er hatte sie bei einem Besuch in Schweden kennen gelernt. Jessie starb vor zwei Jahren in Stockholm, wo sie sich wegen der Behandlung einer tropischen Krankheit aufhielt. Pettersson hatte mit dem gleichen Leiden zu kämpfen und entschloss sich, seine Insel zu verkaufen und sich in gesundheitlich weniger strapaziösen Breitengraden anzusiedeln. Er ließ sich in Sydney nieder, und dort ist nun sein ungewöhnliches Leben zu Ende gegangen.«

Die Zeit danach

ERZÄHLT VON JOAKIM

Aus einem Zeitungsartikel aus *Redcliffe and Bayside Herald,* Mittwoch, 12. Mai 1993:

»AND BABY MAKES 94«

König Gustav von Schweden wäre stolz zu wissen, dass er mindestens 94 Angehörige aus fünf Generationen vorweisen kann, die zu der Langlebigkeit seiner Famile beitragen.

Bei Redcliffe trafen sich letzten Freitag König Gustavs Cousine 2. Grades, die 82-jährige Elsa Maria Hoerler, und ihre Tochter sowie weitere drei Generationen.

Mrs. Hoerler ist stolze Patriarchin von zehn Kindern, 40 Enkelkindern, 43 Urenkeln und sogar einem Ur-Ur-Enkel, der just am 19. April geboren wurde.

Letzte Woche feierte Mrs. Hoerler diese Geburt zusammen mit ihrer 61-jährigen Tochter Hedwig Faircluogh aus Sydney, Mrs. Faircloughs ältester Tochter, Ella Helina Parson, und wiederum deren ältester Tochter Yvette Helina Self und dem neugeborenen Baby.

Die Erinnerung an Carl Pettersson lebt weiter – nicht nur durch die zahlreichen Zeitungsartikel, sondern auch durch seine große, weit verzweigte Familie. Und wie der Zeitungsausschnitt oben beweist, glauben einige seiner Verwandten selbst heute noch, dass Carl Pettersson in irgendeiner Form mit dem schwedischen Königshaus verwandt war.

Carl und Singdo hatten neun Kinder, über die wir nun in chronologischer Reihenfolge berichten wollen. Am meisten konnten wir über Elsa, die älteste Tochter der beiden, in Erfahrung bringen. Hélena besuchte sie 1993 in Australien, und während unserer Reise 2001 haben wir mehrere ihrer Kinder und Kindeskinder interviewt. Ihnen allen verdanken wir wichtige Informationen über ihr Leben, ihre Verwandten und ihren berühmten Vorfahren.

Die Kinder von Carl und Singdo schlugen in ihrem Leben gänzlich unterschiedliche Richtungen ein. Der älteste Sohn der beiden, **Knut Wilhelm**, genannt Willy (geboren 1910), besuchte in Australien die Schule, wurde Zimmermann und ließ sich später in Rabaul nieder. Man erzählte uns, dass er dort gern mit dem Fahrrad herumkurvte, wenn er sich nicht gerade mit Bauprojekten und mit Beton befasste. Willy war der Lieblingsonkel von Elsas Tochter Hedvig. »Ich werde dich in meine Tasche stecken und mit nach Hause nehmen«, pflegte er zu Mädchen zu sagen, die er mochte. Carl hatte ihm das Boxen beigebracht, und Willy gab diesen Sport auch später in seinem Leben nicht auf. Er war ein Einzelgänger, der als ein wenig seltsam galt. Seit seinem Schulbesuch in Australien hatte er im Englischen eine Diktion, wie sie für Kinder aus »Mischehen« in der Kolonie völlig untypisch war. Dass Willy nie Pidginenglisch lernte, erschwerte die Kommunikation mit den Einheimischen. Er blieb unverheiratet und starb Ende der sechziger Jahre, ohne Kinder zu hinterlassen. Sein Grab befindet sich auf dem Friedhof von

Rabaul, der 1994 bei dem Vulkanausbruch verschüttet wurde.

Elsa, Jahrgang 1911, war Carls und Singdos älteste Tochter. Sie heiratete einen Mann namens Karl, der einen deutschen Vater und eine polynesische Mutter hatte: Der Nachname des Vaters war Hörler; die Mutter, Nakei, kam aus dem Korallenatoll Ontong Java. Sie war die Tochter eines der Oberhäupter der Insel und stammte vom »Königsgeschlecht« ab.

Karl Hörler verdingte sich zunächst als Vorarbeiter auf einer der Plantagen der katholischen Mission. Er und Elsa hatten elf Kinder: Hedvig, Hildegard, Edith, Maria, Carl, Eric Joseph, Harry, die Zwillinge Joseph und Margareta, Esther und die Adoptivtochter Ella. Als 1942 die Japaner einmarschierten, wurde das Haus der Familie bombardiert und die Hörlers selbst zusammen mit den Missionaren aus Vunapope im Ramala Camp interniert. Die Insassen des Lagers wurden schlecht behandelt, nicht selten sogar geschlagen, und litten an Unterernährung. Die Japaner stahlen alles, was nicht niet- und nagelfest war. Elsa hatte versucht, Schmuck, Goldklümpchen und andere Dinge, die sie von Carl bekommen hatte, zu vergraben, aber der Familienschatz wurde entdeckt und verschwand für immer – zusammen mit allen alten Fotos und Briefen, unter denen sich auch die von Elsas Großmutter Johanna aus Schweden befunden hatten.

Elsa erzählt, dass Johanna sie in einem ihrer Briefe um einen Gefallen gebeten habe: Wenn Elsa jemals eine Tochter zur Welt bringen würde, dann solle sie auf den Namen Maria getauft werden. Elsa erfüllte ihr den Wunsch, wenn es auch nicht ihre erstgeborene Tochter war, die den Namen Maria bekam.

Nach Kriegsende wurden Elsa und ihr Mann Landbesitzer auf den Duke of York Islands. Es heißt, dass Elsa die Ländereien ihrem Schwiegersohn Michael Chan, dem Mann ihrer Tochter Maria, später mit den Worten überließ: »Mach was du willst damit, gib sie den Einheimischen zurück!« Was Michael Chan dann tatsächlich damit anstellte, entzieht sich unserer Kenntnis. Heute jedenfalls zählt er zu den wohlhabendsten Geschäftsleuten von Papua-Neuguinea.

Elsa war Zeugin all der Umbrüche, die das zwanzigste Jahrhundert für Neuguinea mit sich brachte. Im Krieg hatte sie mehrere Male fliehen müssen und gelernt, wie man im Dschungel überlebt. Ende der siebziger Jahre tauchte der alte Lagerkommandant vom Ramala Camp, Okomoto Hiroshiono, bei Familie Hörler auf. Er traf unter anderem auf Maria, die uns von seinem Besuch berichtete. Zu jener Zeit wohnten die Hörlers schon im australischen Brisbane, und Hiroshiono hatte eine weite Reise auf sich genommen, um die Familie zu treffen. Den genauen Grund dafür haben wir nicht ermitteln können. Weshalb wollte der Henker seine Opfer wiedersehen?

Elsas Kinder wollten mehr über ihre Herkunft erfahren, sodass Elsa einen Brief an den schwedischen König schrieb. Sie war fest davon überzeugt, mit ihm verwandt zu sein. Und tatsächlich erhielt sie Antwort: Königshof und Außenministerium beschieden ihr, dass man jede verwandtschaftliche Beziehung zu den Hörlers ausschließen könne. Wir haben diesen Brief nicht gesehen, doch die Argumentation der schwedischen Behörden scheint nicht sehr überzeugend gewesen zu sein. Vermutlich hatte Carl Verschiedenes erzählt, darunter auch eine nicht ganz wahrheitsgetreue Geschichte über seine adlige Abstammung – und seinen Berichten wurde größerer Glaube geschenkt. Mehrere der Nachfahren sind noch heute felsenfest davon überzeugt, dass sie mit dem schwedischen König verwandt sind: »Er heißt doch auch Carl!«, lautet ihre Standardbegründung und an den abwegigsten Orten tauchen Bilder von König Carl Gustav und Königin Silvia auf.

Elsa war ihren Lebtag lang stolz auf ihre Abstammung und versuchte alles, was sie an Schwedisch gelernt hatte, an ihre Kinder weiterzugeben. Sie starb 1998 in Brisbane, wo sich auch ihr Grab befindet.

Ein Jahr nach Elsa wurde **Anna** geboren, doch sie starb bereits im Säuglingsalter. 1913 kam **Carl Axel** zur Welt, dem zwei Jahre später **Hans Otto** folgte. Beide besuchten das Internat in Vunapope und kehrten danach auf die Tabar-Inseln zurück. Carl Axel soll das ansprechende Äußere seines Vaters geerbt haben. Er verdingte sich als Vorarbeiter auf einer Plantage.

Während des Kriegs waren die Australier, die sich in Papua-Neuguinea aufhielten, in so genannten Z-specials zu einer Art Heimwehr organisiert. Eines ihrer Mitglieder verdächtigte Hans Otto, mit den Japanern zusammenzuarbeiten, erschoss ihn und warf seinen Körper ins Meer. Wenig später richteten die Japaner Carl Axel hin, weil er nicht wusste, wo sich sein Bruder Hans Otto befand. Carl Axel soll eine Frau gehabt haben, doch über ihr weiteres Leben oder über eventuelle Nachkommen der beiden wissen wir nichts. Vielleicht wurde sie gemeinsam mit ihrem Mann getötet. Auch Hans soll mit einer Frau zusammengelebt haben, von Kindern ist uns jedoch auch in diesem Fall nichts bekannt.

Singdo Victoria kam 1916 zur Welt. Sie starb im Internat in Vunapope. Soweit wir wissen, wurde sie nur siebzehn Jahre alt.

Erik Augustus wurde 1918 geboren. Er siedelte später nach Australien über und heiratete eine Frau, die Aborigines in ihrer Familie hatte: Auch sie war Kind einer »Mischehe«. Das Paar ließ sich in Darwin in Nordaustralien nieder. Im Zweiten Weltkrieg leistete Erik Dienst auf einem australischen U-Boot. Er starb 1984 oder 1985 und hatte mehrere Kinder – höchstwahrscheinlich vier –, die über das ganze Land verstreut lebten. Trotz intensiver Nachforschungen gelang es uns nicht, Eriks Nachfahren aufzuspüren. Das Einzige, was wir in Erfahrung bringen konnten, war, das eine von Eriks Töchtern einen Mann aus Schottland geheiratet haben soll.

John Julius, geboren 1920, überlebte den Krieg: Er blieb in Neuguinea und versuchte, sich so neutral wie möglich zu verhalten. Anschließend arbeitete er auf einer Plantage auf New Ireland. Er lebte mit einer Frau zusammen, deren Sohn Oscar sich bis zuletzt um ihn kümmerte. John starb höchstwahrscheinlich im Jahr 1999. Wir besuchten Oscar in Johns Haus in dem Dorf Munawai, das in der Nähe von Kavieng an New Irelands Ostküste liegt, er konnte sich allerdings kaum noch an etwas erinnern. Johns Grab liegt unweit seines Hauses.

Max, der jüngste Sohn von Carl und Singdo, wurde 1921 geboren. Er lebte bis zu dem Vulkanausbruch von 1994 in Rabaul und siedelte sich danach auf New Ireland an, wo er im Jahr 2000 starb. Sein Grab befindet sich in Kanabu an der Ostküste von New Ireland, einem Dorf, in dem Verwandte von Singdo wohnen. Von der Grabstätte aus kann man die Tabar-Inseln sehen. Max hat einen Sohn namens Gustav, der in Port Moresby wohnt, seinen Nachnamen jedoch in Patterson abgewandelt hat.

Das ist alles, was wir bislang über die Kinder von Carl und Singdo haben herausfinden können. Was ihre Enkel betrifft, so kennen wir auch hier die Geschichte von Elsas Familie am besten.

Elsas älteste Tochter **Hedvig** wurde 1931 geboren. Sie war es, die uns zu Carls Grab führte. Hedvig ist das einzige der Enkelkinder, das sich an eine Begegnung mit Carl erinnern kann. Als sie zwölf Jahre alt war wurde ihre Familie in einem japanischen Konzentrationslager interniert. Hedvig bekam sehr jung ein Kind von einem Halbjapaner; das kleine Mädchen wurde von ihrer Mutter Elsa adoptiert. Kurze Zeit später lernte Hedvig den Australier Dick Fairclough kennen, der mit der Armee nach Neuguinea gekommen war. Dick und Hedvig lebten zunächst in der Nähe von Rabaul. 1960 zogen sie nach Australien. Damals statteten sie Merrylands, dem vor Sydney gelegenem Landbesitz von Carl, einen Besuch ab. Die Nachkommen von Carls Schwester, die McFaddens, zeigten ihnen den Besitz. Hedvig erzählte uns, dass die McFaddens zu jener Zeit sehr arm waren; der Mann trank und die Kinder trugen zerlumpte Kleider.

Hildegard heiratete in Rabaul einen gewissen Ernie Edwards aus Brisbane. Elsa befürwortete es, dass ihre Töchter sich für weiße Männer entschieden – nicht, weil sie in rassistischen Kategorien dachte, sondern vielmehr aufgrund der Erfahrungen, die sie selbst als Kind einer »Mischehe« in der australischen Gesellschaft gemacht hatte. Sie wollte nicht, dass ihre Kinder ein Leben in Armut fristen mussten. Ernie Edwards wurde Vorarbeiter auf der Plantage Stockholm, wo das Ehepaar in den sechziger Jahren lebte. Heute wohnen die Edwards' und ihre zwei Töchter in Brisbane.

Edith, Jahrgang 1936, lebt mit ihrer vielköpfigen Familie in Kipparing, einem Vorort von Brisbane. Als die übrigen Geschwister Mutter Elsa in ein Pflegeheim geben wollten protestierte Edith und versorgte ihre Mutter nach melanesischer Sitte bis zu deren Tod bei sich zu Hause.

Maria heiratete Michael Chan, in dessen Adern sowohl melanesisches als auch chinesisches Blut fließt. Michael Chan ist ein erfolgreicher Geschäftsmann und der Bruder von Sir Julius Chan, der Anfang der achtziger und in der zweiten Hälfte der neunziger Jahre Premierminister von Papua-Neuguinea war. Die Brüder zählen zu den reichsten Männern des Landes. Michael und Maria haben die Gedenktafel für Carls und Singdos Ruhestätte auf Simberi gestiftet und über Jahre hinweg Marias Onkel Max und John und die Verwandten von Singdo auf Tabar finanziell unterstützt.

Carl, geboren 1945, wohnt gegenwärtig in Sydney. Früher lebte er auf der Insel Bougainville und hatte sich dort, als in den achtziger Jahren der Bürgerkrieg begann, in der Politik engagiert. Carl war verheiratet, lebt aber mittlerweile wieder allein.

Über **Eric Joseph** wissen wir nicht sehr viel. Er starb als Kleinkind in dem japanischen Konzentrationslager, in das man seine Familie deportiert hatte.

Harry wurde 1947 geboren und ist von den Brüdern und Schwestern der Einzige, der derzeit in Papua-Neuguinea lebt. Zunächst verdingte er sich als Seemann, heute ist er Unternehmer und Politiker. Äußerlich sieht er Carl sehr ähnlich, ist jedoch von dunklerer Hautfarbe. Wir trafen Harry auf dem Flughafen von Port Moresby. Neben der Abbildung von König Carl Gustav und Königin Silvia, von der bereits die Rede war, zeigte er uns auch Broschüren über die Goldmine auf Lihir, die seinen Informationen nach seinem Großvater gehört hatte. Verständlich, dass er sich noch immer fragte, wo der Erlös aus dem Verkauf der Mine abgeblieben war.

Margareta, Jahrgang 1951, wird T.ta genannt. Sie beschreibt sich als Abenteurerin, die in ihrem Drang nach der weiten Welt und dem Exotischen ihrem Großvater ähnlich sei: »Das ist das Petterssonsche Blut in mir.« In den siebziger Jahren jobbte sie unter anderem als Go-go-Tänzerin, was ihre Mutter Elsa nur schwer akzeptierte. Heute arbeitet Margareta in einem Restaurant und engagiert sich darüber hinaus für Jugendliche, die auf die schiefe Bahn geraten sind. T.ta interessiert sich sehr für die Geschichte ihrer Familie und war uns bei unseren Recherchen eine große Hilfe. Zurzeit schreibt sie an einem Buch über ihren Großvater, in dem sie Carls Leben aus familiengeschichtlicher Sicht beleuchtet.

Joseph ist T.tas Zwillingsbruder. Über ihn wissen wir lediglich, dass er in Brisbane lebt und zwei Töchter und einen Sohn hat.

Esther ist die Jüngste in Elsas Kinderschar. Sie soll schlank und sehr dunkel sein und ihrer großen Schwester Hedvig zufolge die Schönheit der Familie. Sie ist mit einem Mann namens Greg Murphy verheiratet. Das Paar hat einen Sohn und eine Tochter.

Aber auch in Schweden leben Verwandte der Petterssons. Jessies Tochter Margit blieb kinderlos, Otto aber war vierfacher Vater. Seinem Sohn Nils Otto, der in Bålsta lebt, verdanken wir wichtige Informationen.

Carls Bruder Johan, auch John genannt, re-immigrierte nach langem Aufenthalt in Australien nach Schweden. Sein Sohn John wiederum hatte vier Kinder: Inga, Olof und Sven aus seiner ersten Ehe, und John-Erik aus der zweiten. Sven und John-Erik Eleby haben uns für diesen Band zahlreiche Fotos und Briefe zur Verfügung gestellt.

In Sollentuna, wo Carl Pettersson einst geboren wurde, wohnen Bo und Bibi Fundell, die ebenfalls mit Carl verwandt sind. Die Mutter von Ida, Bibis Großmutter väterlicherseits, und Carls Mutter Johanna waren Schwestern. Das war also der Grund dafür, warum sich Bo und Bibi in Recherchen über Carl Pettersson gestürzt hatten! Sie haben eine ganze Menge herausgefunden – doch bis Tabar sind sie nicht vorgedrungen. Auch sie waren uns eine unentbehrliche Hilfe, besonders am Beginn unserer Suche – und der Anfang ist bekanntlich immer am schwersten.

Ein Artikel aus *Dagens Nyheter*, der sowohl in Schweden als auch im Ausland mit großem Interesse aufgenommen wurde:

»DAS IST JA PIPPIS VATER!«

Carl E. Pettersson war Seemann, genau wie Pippis Vater Efraim Langstrumpf. Es verschlug ihn auf eine Insel in der Südsee, wo er Gold entdeckte. Er heiratete die Tochter eines Kannibalenhäuptlings, war hoch gewachsen und galt als unglaublich stark. Doch es gibt noch ganz andere Dinge, die er und Efraim Langstrumpf gemeinsam haben. In der heutigen Ausgabe berichten wir über sein Leben, morgen dann über das reale Taka-Tuka-Land, jeweils in der Rubrik »Reisen«.

Nachdem nun bekannt ist, wie es Carls Kindern, seinen Enkeln und den anderen Verwandten ergangen ist, muss ich von all den wunderbaren Dingen berichten, die sich nach unserer Rückkehr von den Tabar-Inseln ereigneten.

Zwei Wochen nach unserer Ankunft aus dem Taka-Tuka-Land erscheinen die ersten Zeitungsartikel über unsere Reise. Allein am letzten Aprilwochenende werden unsere Rechercheergebnisse auf insgesamt acht Seiten in den drei größten Tageszeitungen des Landes diskutiert, parallel strahlen Radio und Fernsehen die Nachricht aus, dass Pippis Vater gefunden sei. Einige Tage später ist die Geschichte von Carl Pettersson in ganz Europa zu lesen. Die Mutter eines Freundes berichtet, sie sei sogar in New York auf einen Artikel zum Thema gestoßen: »Pippi Longstocking`s father found« lautet sein Überschrift.

Hélena und ich werden von ausländischen Radiosendern interviewt. Vor allem in Deutschland wurde starkes Interesse gezeigt: Pippi zählt dort zu den bekanntesten Kinderbuchfiguren und Millionen Deutsche haben Astrid Lindgrens Bücher gelesen. Dass Efraim Langstrumpfs Vorbild eine kleine Insel in einer ehemaligen deutschen Kolonie regiert haben soll ist natürlich eine hochinteressante Neuigkeit. Aus Russland meldet sich die Zeitung *Prawda*. Sie bestellen Bilder und bitten darum, Rolf Brobergs Artikel aus *Dagens Nyheter* nachdrucken zu dürfen.

Dann ruft mich die Astrid-Lindgren-Expertin Ulla Lundqvist an. Das Frühstücksprogramm eines Fernsehsenders will uns auf seinem Sofa haben. Ulla, die das Originalmanuskript des ersten Pippi-Buches redigiert hat – das 1941 vom Albert Bonniers Verlag abgelehnt wurde -, stützt meine Theorie. Sie erzählt, dass den Verlagsleuten die erste Pippi-Figur nicht in die Zeit zu passen schien: Sie war aufrührerisch und gerechtigkeitsverliebt, was vermutlich in der Kriegszeit als problematisch empfunden wurde. Zudem hatte Pippi in jenem ersten Entwurf keine Eltern, und man glaubte, dass die kleinen Leser von Kindern, die weder Vater noch Mutter hatten, nichts wissen wollten. Nach Kriegsende schickte Astrid Lindgren ein neues, überarbeitetes Manuskript an den Verlag Rabén & Sjögren. Sie hatte die Geschichte mit Vater Efraim Langstrumpf, dem Schiff Hoppetossa und den Goldmünzen angereichert. Der Rest ist, wie man auf der ganzen Welt weiß, schwedische Literaturgeschichte.

Per Radio und Fernsehen, aber auch in der Presse bitte ich alle, die etwas über Carl Petterssons Lebensgeschichte und über seine Familie wissen, sich zu melden.

Bereits nach wenigen Tagen habe ich Erfolg. Meine Mutter erhält einen Telefonanruf von einem gewissen Nils Otto Lindström. Er erzählt, dass seine Großmutter väterlicherseits Jessie Simpson war – und sein Vater also der 1972 verstorbene Otto. Otto hat ihm einen Koffer hinterlassen, den Jessie 1935 mit nach Schweden gebracht hat.

Hélena und ich fahren nach Bålsta, um uns den Inhalt anzusehen. Zur Feier des Tages hat Nils Otto eine Malangan-Statue im Flur platziert. Er erzählt, dass sowohl sein Vater als auch seine Tante Margit eine Statue von Jessie geschenkt bekamen. In dem Koffer liegen, abgesehen von der Briefsammlung, aus der wir bereits zitiert haben, Korallenschmuck und Muschelgeld aus Tabar.

Nils Otto öffnet ein Kuvert, in dem sich Schwarz-Weiß-Fotografien aus den zwanziger Jahren befinden. »Ich glaube nicht, dass Großmutter die Bilder gemacht hat«, fügt er leicht beschämt hinzu und reicht mir die Aufnahmen.

Es sind Fotos von leicht bekleideten Südseeschönheiten, und mir wird klar, dass ich Carls stark abgegriffene »Pin-up-Sammlung« in den Händen halte. Hat Jessie sie vor ihrer Abreise heimlich in ihren Koffer gepackt?

Am selben Abend erhalte ich einen Anruf von einem Mann, der sich als Rune Nolahn präsentiert. Er erzählt, dass seine Mutter früher an einem Marktstand ausgeholfen habe, den Carls Mutter Johanna vor der Stadtbibliothek im Odengatsbacken betrieb. Die beiden seien Nachbarinnen gewesen. Eines Abends sei der Südseekönig bei Familie Nolahn aufgetaucht und habe gemeinsam mit Runes Mutter und einigen Nachbarsfrauen Kaffee getrunken. Wenig später hielt Carl, wie bereits erwähnt, um die Hand von Runes Mutter an, die dankend ablehnte, da sie bereits verheiratet war. Dieses Detail muss Carl in seinem Eifer entgangen sein … Während er berichtet wird Rune klar, dass er um ein Haar Prinz von Tabar geworden wäre.

Als Nächstes meldet sich eine ältere Dame, die behauptet, dass Peter Kyllert der Bruder ihrer Mutter sei. Sie wohnt in

Södertälje und heißt Birgit Nyman. Zwei Tage später sitzen wir in ihrer Küche. Ein paar alte Fotos und ein Zeitungsartikel von 1945 sind alles, was ihr als Erinnerung an »Onkel Pelle« geblieben ist.

»Das ist Pelle!«, sagt Birgit und zeigt auf einen älteren Mann mit Spazierstock auf einem der Fotos. Die Jahre im Konzentrationslager haben an Pelle gezehrt. Neben ihm steht eine weitaus fidelere Tante Kyllert, die eine Zigarre raucht. Während unserer Reise haben wir einige Geschichten über diese exzentrische und findige Frau gehört, so unter anderem, dass sie blitzschnell eine Fotoaufnahme von Adolf Hitler und eine Swastika hochhielt, als sich die Japaner 1942 der Plantage Stockholm bemächtigen wollten. Auch Carls Enkel Harry, mit dem wir uns auf dem Flughafen in Port Moresby getroffen haben, war sie noch ein Begriff. Er hatte sie aus den Nachkriegsjahren als eine originelle Dame mit üppigen Formen in Erinnerung, die gern das eine oder andere Bier trank und mit den Kindern Deutsch sprach.

Neben den Kyllerts steht eine verhärmte, aber lächelnde Familie. Auf die Rückseite des Originalfotos hat Peter Kyllert geschrieben: »Aufgenommen nach der Befreiung von den Japanern. Meine Frau und ich zur Linken. Rechts Familie ›Hoerlers‹, die nächsten Nachbarn der Plantage Stockholm.«

Hélena und ich holen unsere Lupe hervor und untersuchen das Bild genauer. Die Frau ist ziemlich stämmig und wir zweifeln daran, dass wir Elsa vor uns haben. Später stellt sich heraus, dass es sich um Elsas Schwägerin und deren Familie handelt.

Birgit erzählt, dass sie »König Kalle« in den zwanziger Jahren sogar in ihrem in Bromma gelegenen Elternhaus angetroffen habe. In ihrer Erinnerung ist er ein großer, kräftiger und sonnengebräunter Mann. Die Begegnung könnte stattgefunden haben, als Carl 1921/1922 in Schweden auf Brautschau war. Da Peter Kyllerts Familie ursprünglich aus Gävle stammt, stand sie möglicherweise in Verbindung zur Familie von Jessie.

Kyllert starb 1946, doch das Nachlassverzeichnis wurde erst 1957 erstellt. Dann erbten die Geschwister, fünf an der Zahl, jeweils 17.000 schwedische Kronen, für damalige Verhältnisse eine gediegene Summe.

Nach unserem Zwischenstop in Södertälje fahren Hélena und ich weiter gen Süden, nach Jönköping. Dort wollen wir Greta Witzansky treffen, die letzte Person, die Königin Jessie lebend gesehen hat. Greta, die Tochter von Jessies Bruder Otto Simpson, hat ihre Tante 1935 im Krankenhaus von Sabbatsberg besucht.

Sie erzählt: »Meine Tante war schwer krank und nach Hause zurückgekehrt, um zu sterben. Sie war noch immer eine sehr schöne Frau. Bis heute sehe ich vor mir, wie ihre ringgeschmückten Finger immer wieder die Bettdecke glatt strichen. Sie liebte Schmuck über alles und starb förmlich mit der Krone auf dem Haupt.« Gretas Enkelin Petronella lauscht Greta schmunzelnd. Sie hat die Geschichte sicher schon tausendmal gehört.

Als ich wieder in Stockholm eintreffe erwartet mich zu Hause ein Brief von einem Verlag: Man fragt an, ob ich mit meinen Plänen, ein Buch über die Lebensgeschichte und die Abenteuer von Carl Pettersson zu schreiben, Ernst machen will. Sicher will ich das, aber ich brauche Hélenas Unterstützung. Wieder einmal klingelt bei Regius' spätabends das Telefon: »Hallo, Jocke hier. Wollen wir ein Buch schreiben?«

Doch es bleibt nicht bei dem einem Buch, denn ich kann den Verlag überzeugen, über Kalle gleichzeitig auch ein Kinderbuch herauszubringen. Es wird den Titel *Kapitän Kalle auf den sieben Meeren* tragen.

Hélena erzählt, dass auch sie Post bekommen hat: Zwei Briefe, die 1939 in Tureberg abgeschickt worden sind. Sie waren ursprünglich an Carls Schwester Maria Lindblad in Sydney adressiert, sind nun allerdings viel später und über tausend Umwege bei Hélena gelandet. Marias Enkel haben sie ihr zugeschickt. Wie sich herausstellt, war Carls Bruder John der Absender, der mit seiner Schwester, wie sich zwischen den Zeilen lesen lässt, nicht immer einer Meinung war. Einer der beiden Briefe stammt von ihm, der zweite ist eine Art Begleitschreiben, auf das wir noch zu sprechen kommen werden. Nach einigen Floskeln darüber, wie Leid es ihm tue, dass sie so lange nichts voneinander gehört hätten, kommt John zur Sache:

»Ich habe vor, ein Buch über Karls Leben zu schreiben und möchte, dass du dir alles, was nach seiner Abreise aus Schweden passiert ist, und auch all die Abenteuer, von denen er dir erzählt oder über die er dir schriftlich berichtet hat, ins Gedächtnis rufst. Gehörte ihm die gesamte Insel Tabar? Ist Maragon eine Insel und war sie Teil von Karls Besitz? War seine schwarze Ehefrau die Tochter eines Kannibalenhäuptlings, und kam er durch sie an Tabar oder einen Teil davon? War er der erste Weiße, der in der Region Kokospalmen anbaute oder gab es auf Neuguinea bereits vor seiner Ankunft Plantagen?«

John beabsichtigte nicht nur, ein Buch zu schreiben – sondern parallel dazu sollte auch ein Drehbuch entstehen. Sein Auftraggeber war kein Geringerer als Adolf Jahr, damals einer der berühmtesten Filmregisseure und Schauspieler: Der zweite Brief stammt von einem Sven G. Eriksson, der für Adolf Jahr arbeitete. Auch dieser Brief ist an Maria Lindblad gerichtet:

»Der Unterzeichnete schreibt Ihnen im Namen des Filmschauspielers und Direktors Adolf Jahr, der bereits vor einigen Jahren die Idee hatte, in einem Film – in dem er selbst die Hauptrolle spielen würde – von König Pettersson zu erzählen.« Einige Zeilen weiter heißt es: »Für die Qualität des Filmes übernimmt der international bekannte Adolf Jahr die Verantwortung, der eine eigene Filmgesellschaft besitzt. Er beabsichtigt, zu gegebener Zeit über Sydney nach Tabar zu reisen, um an Ort und Stelle die geeigneten Bilder und akustischen Aufnahmen vom Alltag der Eingeborenen zu produzieren.«

Weder das Film- noch das Buchprojekt allerdings wurde je realisiert: Der Krieg kam dazwischen. Dabei kann man sich Adolf Jahr sehr gut als Carl Pettersson vorstellen – und an seiner Seite beispielsweise Dagmar Ebbesen als Jessie. Jahr betritt von links die Veranda des Bungalows, auf der Jessie sitzt. Sie ist in eine Hausarbeit vertieft. Mit übertrieben deutlicher Diktion – um den lausigen Mikrofonen jener Zeit Herr zu werden – sagt Jahr: »Jetzt warrr ich den ganzen Morrrgen drrraußen auf der Plantage mit unseren fleißigen Boys. Aber die schwedische Hartnäckigkeit hat sich ausgezahlt. Außerdem habe ich mit dem Gold, das ich im Bach gefunden habe, gerade einen tollen Handel abgeschlossen. Zieh deine Sonntagsgarderobe an, Mutter, und lass uns nach Rabaul fahren. Wir wollen feiern, denn das haben wir uns redlich verdient!«

In gewisser Weise bestätigen diese Briefe die »Pippi-Theorie«. Circa fünf Jahre, nachdem Adolf Jahrs Brief an Maria Lindblad abgeschickt worden ist, erscheint *Pippi Langstrumpf in Taka-Tuka-Land*. Es ist also alles andere als unwahrscheinlich, dass sich damals auch Astrid Lindgren vom starken König in der Südsee hat inspirieren lassen.

Anfang des einundzwanzigsten Jahrhunderts nun ist Colin Nutley daran interessiert, einen Film zu drehen. Er hat allerdings im Gegensatz zu Adolf Jahr nicht vor, darin auch die Hauptrolle zu spielen, sondern fragt Rolf Lassgård[15], ob er die Rolle des Carl Pettersson übernehmen würde. Rolf sagt zu. (Die Filmpläne liegen bis auf weiteres auf Eis.)

Auch ich sage zu, als ein Reisebüro anruft und mich bittet, als Reiseleiter eine Gruppe ins Taka-Tuka-Land zu führen. Die erste touristische Reise also auf den Spuren von König Carl – oder besser gesagt von Efraim Lindgren …

Und wieder ist ein Anruf bei Regius` fällig: »Hallo, Jocke hier …«

Spätabends, ich liege schon im Bett, kommen mir Bedenken. Das geht alles ein bisschen schnell. Wozu habe ich mich da eigentlich bereit erklärt? Will ich wirklich zur Ausbeutung eines der letzten Paradiese der Erde beitragen? Vor meinem inneren Auge sehe ich riesige deutsche und russische Reisegruppen mit gezückten Kameras um Singdos Grab herumtänzeln. Direkt daneben haben die Einheimischen einen Souvenirshop eröffnet und verkaufen T-Shirts mit

---

[15] Der schwedische Schauspieler Rolf Lassgård ist dem deutschen Fernsehpublikum spätestens ein Begriff, seit er die Rolle des Knut Wallander in den Verfilmungen der Mankell-Krimis übernahm.

Efraim Langstrumpfs Porträt und der Aufschrift »Ich bin ein Berliner«.

Ich schildere dem Reisebüro meine Bedenken und finde Gehör. Zusammen mit Noah Lurang und Tabo stellen wir ein Programm zusammen, das die besonderen Gegebenheiten des Reisegebietes berücksichtigt.

Was geschah eigentlich mit dem Sack voller Gold? Oder anders gefragt: Sicher hatte Carl Schulden, aber ein paar Cent müssen doch von seinem Vermögen übrig geblieben sein?

Das Geld, das Carl in Schweden investiert hatte, ging beim Kreuger-Crash verloren. Wie viel er beim Verkauf von Maragon für die Plantage herausschlug, entzieht sich unserer Kenntnis. Vermutlich kaufte Peter Kyllert sie auf – was durch Angaben von Patrick Lindahl, dem Sohn von Kyllerts Kollege Ragnar Lindahl, bestätigt wird. Auch in den Unterlagen über den Nachlass von Kyllert, die in den fünfziger Jahren im Zusammenhang mit der Vollstreckung seines Testaments erstellt wurden, sind die Plantagen Maragon und Stockholm erwähnt. Stockholm muss Kyllert spätestens 1934 übernommen haben – möglicherweise im Auftrag von Ragnar Lindahl, der nach dem Tod seines Vaters im Jahr 1932 nach Europa zurückkehrte. Wahrscheinlich betrieb Kyllert Londolovit, Maragon und Stockholm, bis die Japaner 1942 das Land besetzten.

Wo das Geld aus dem Verkauf von Maragon abgeblieben ist, ließ sich nicht herausfinden. Peterssons Kinder erbten sehr wenig oder teilweise gar nichts. Wie bereits erwähnt wurden Elsa die Sachen, die sie bekommen hatte, während der japanischen Besatzung gestohlen. Dass für Peterssons Kinder nichts von seinem einst so großen Vermögen abfiel kann damit zusammenhängen, dass sich im Lauf der Jahre gigantische Schulden angehäuft hatten. Möglich ist aber auch, dass es die Nachkommen aus »Mischehen« in Australien schwer hatten, ihre Rechte geltend zu machen. In dem zitierten Brief an ihren Bruder John und dessen Frau Helga erwähnt Maria Lindblad, dass ein Testament existierte, aber Carls Kinder lebten damals größtenteils in Neuguinea und konnten sich sicher schwerlich einen Überblick darüber verschaffen, was in Sydney geschah. Elsas erzählte, dass sie eine Kopie von dem Testament ihres Vaters erhalten habe, aber der Text sei auf Schwedisch verfasst gewesen und in ihrer Familie habe niemand die Sprache so gut beherrscht, dass sie ihn hätten verstehen können. Sie legte das Dokument der schwedischen Botschaft vor, aber dort behauptete man, das wichtige Seiten fehlten.

Darüber hinaus kann einen die Frage umtreiben, was aus dem Gold geworden ist, das Carl gefunden hatte. Wohin Carls Vermögen verschwunden ist, bleibt ein Rätsel…

Inzwischen schreiben wir den April 2002. Bald brechen wir mit der ersten Gruppe von Touristen in die Südsee auf. Anderthalb Jahre sind seit jener Dezembernacht vergangen, in der ich keinen Schlaf finden konnte und im Nachlass meines Vater herumwühlte, und in dieser Zeit hat sich mein Leben – ebenso wie das von Hélena – sehr verändert. Wir reisen landauf und landab und erzählen vor den unterschiedlichsten Menschen von unseren Erlebnissen. Und alle saugen unsere Schilderungen begierig ein – so als hätten sie nur auf eine Sonnenscheingeschichte, die ihren Alltag verschönert, gewartet.

Bei meinen Lesungen zeige ich meist das Foto einer alten

Frau, die fest davon überzeugt ist, mit dem schwedischen Königshaus verwandt zu sein und uns auf unserer Reise stolz eine Fotografie von König Carl Gustaf und Königin Silvia präsentierte. Diese Begegnung werde ich nie vergessen. Wenn wir uns nun erneut in die Südsee aufmachen, nehme ich ein Exemplar der Ausgabe von *Dagens Nyheter* mit, auf deren Mittelseite jenes Porträt prangt – möglichst mit einer persönlichen Widmung des Königspaares. Dieses Bild beinhaltet in gewisser Weise alles, was diese Geschichte zu etwas Besonderem macht: Es zeigt das Bedürfnis der Menschen nach Mythen. Ist es denn nicht fantastisch, dass auf Grund von Carl Petterssons abenteuerlichem Leben eine Frau auf der anderen Seite des Erdballs glaubt, in Schweden königliche Verwandte zu haben?

Schließlich postum ein großer Dank an die Person, deren Bücher seit langem rund um die Erde Jung und Alt erfreuen und ihnen Kraft schenken: Ohne dich, Astrid Lindgren, hätte es dieses Buch nie gegeben. Wir werden den Verlag bitten, ein Exemplar nach Nangijala zu schicken.

Nachwort

Lieber Leser!

An dieser Stelle ist das Buch eigentlich zu Ende. In den vier Jahren seit seinem erstmaligen Erscheinen in Schweden habe ich jedoch weitere Informationen gesammelt und neue Entdeckungen gemacht. Zwei dieser Entdeckungen sind so ungewöhnlich, dass ich in dieser neuen Ausgabe unbedingt darüber berichten muss:

Wiederentdeckung 1

Die Gebrüder Hoerler

Im Frühjahr 2001 traf ich auf der Rückreise von Papua Neuguinea auf dem Flugplatz von Port Moresby den Enkel von Carl Petterson, Harry Hoerler.

Eigentlich hatte ich es sehr eilig, weil ich meinen Flug nach Sydney erwischen musste. Harry hatte eine Menge Dokumente und Zeitungsausschnitte dabei und versuchte, mein Interesse für einige Briefe zu wecken, die mit Schreib-

maschine getippt waren. Es waren Kopien von schlechter Qualität und außerdem auf Deutsch, das ich leider nur mit Mühe lesen und verstehen kann. Zwar nahm ich diese Dokumente an mich, verstaute sie aber erst mal in meiner Reisetasche. Zu meinem Erstaunen versuchte Harry dann, mit mir darüber zu diskutieren, inwieweit er mit dem schwedischen König Carl Gustaf verwandt sei. Ich kann mich noch sehr genau daran erinnern, wie durcheinander er mich brachte, weil er plötzlich auch noch behauptete, er sei väterlicherseits mit Theodor Heuss, dem ersten Bundespräsidenten Deutschlands verwandt. In dem Augenblick glaubte ich, der Stammbaum dieses Mannes nehme unglaubliche Ausmaße an: Sowohl mit dem schwedischen König als auch mit dem ersten Präsidenten der BRD verwandt zu sein … Und ich hatte gedacht, er wäre stolz darauf, wenn ich ihm erzähle, dass er mit dem Vorbild für den König vom Taka-Tuka-Land verwandt sei. Zwar hatte Harry keine Ahnung, wer Astrid Lindgren war, oder Efraim und dessen Tochter Pippi, aber er hörte mir geduldig zu. Nun, wie sich herausstellte, hatte der gute Harry natürlich recht. Er ist tatsächlich verwandt mit Theodor Heuss.
Aber fangen wir am Anfang an.

Ende des 19. Jahrhunderts kamen in Hassmersheim am Neckar die Gebrüder Hoerler zur Welt. Vom Vater, Heinrich Gottlob Hoerler, und der Mutter, die fast unbekannt ist, erzähle ich später mehr. Jedenfalls wurde Karl-Otto am 27. November 1874 geboren, sein Bruder Heinrich am 28. Januar 1879. Es gab noch einen Bruder, der Gottlob hieß, aber diese Geschichte handelt von den beiden Erstgenannten.

1896 packte der 17-jährige Heinrich Hoerler seine Koffer und ging auf große Reise. Er kam bis zur damaligen deutschen Kolonie Bismarck-Archipel in der Südsee. In einem Brief an seinen Bruder Gottlob beschrieb er malerisch seine fantastischen Abenteuer, die dem kleinen Bruder aber in keiner Weise verlockend erschienen. Den älteren Karl-Otto hingegen packte das Fernweh, und einige Jahre später reiste auch er in die deutsche Kolonie. Wir wissen nicht genau, wann er dort ankam, aber aus einem Brief an den Vater erfahren wir, dass er sich dort im Jahre 1907 schon längere Zeit aufhielt. Und Karl tat das gleiche wie Carl Pettersson: Er trotzte allem Rassismus und heiratete eine Frau von der Insel Takuu (Mortlock Island). Diese Insel liegt noch abgelegener als Tabar, ungefähr einhundert Kilometer nördlich der Insel Bougainville, und ist insbesondere dafür bekannt, dass Queen Emma (Emma Forsythe) dort geboren wurde.

Karl Hoerler ließ sich hier nieder und verliebte sich in eine Frau mit dem Namen Nakei, auch sie ist von königlichem Blut. Karl hielt um ihre Hand an, sie heirateten und bekamen drei Kinder: Harry Arnold, geboren 1907, Karl Gustav, geboren 1911 und schließlich Willie, geboren irgendwann zwischen 1913 und 1917. Karl Hoerler lebte, genau wie sein Namensvetter Carl Pettersson, unter den Eingeborenen, und es ist sehr wahrscheinlich, dass sich die beiden begegnet sind. Beide hießen Karl/Carl, beide waren nach Bismarck-Archipel ausgewandert, beide wohnten auf einer isolierten Insel und heirateten jeder eine Frau königlicher Herkunft – und das alles im gleichen Jahr: 1907. Schließlich gaben sie ihren Kindern auch noch die gleichen Namen …

Mehr als zehn Jahre lebte Karl Hoerler mit seiner Familie ein einigermaßen unbekümmertes Leben, bis die Angehörigen am 7. Juli 1918 ein großes Unglück ereilte. Karl war zum Fischen hinausgefahren. Zu dieser Zeit fing man Fische für gewöhnlich mit Dynamit. Bei einer Sprengstoffexplosion wurde Karl schwer verletzt und starb wenig später. Damals war der älteste Sohn Karl-Gustav gerade mal elf Jahre alt.

Was das nun alles mit Theodor Heuss zu tun hat? Die Dokumente, die ich vor vier Jahren auf dem Flugplatz von Port Moresby von Harry bekommen hatte und nur schnell in meine Reisetasche stopfte, fielen mir vor einem Jahr wieder in die Hände. Ich war gerade beim Aufräumen, und plötzlich landeten diese drei Kopien auf meinem Kopfkissen (ich benutze mein Bett häufig als Schreibtisch), und ich begann, sie zu lesen:

»Bürgermeisteramt Hassmersheim 09-12-1981

Sehr geehrte Damen und Herren.

Bitte übermitteln Sie Herrn Harry Hoerler die Beilage zu diesem Schreiben als Gruß aus der Heimat seiner Vorfahren.

Aus den beiliegenden Geburtsurkunden geht hervor, dass die Mutter des Heinrich Gottlob Hoerler eine geborene Heuss ist. Somit ist Herr Hoerler mit der Familie des ersten Präsidenten der Bundesrepublik Deutschland, Professor Dr. Theodor Heuss verwandt.«

Es standen noch ein paar andere Dinge in diesen Dokumenten, aber damit will ich jetzt nicht langweilen. Jedenfalls beweisen diese Zeilen, dass Harry Recht hatte. Verzeih mir Harry, du bist zwar nicht mit der schwedischen Königsfamilie verwandt, aber dein Stammbaum und Theodor

Heuss gehören auf alle Fälle zusammen. Dazu kommen Queen Emma und der König vom Taka-Tuka-Land. Herzlichen Glückwunsch!

Die nächste kleine Entdeckung machte ich vor etwa einem halben Jahr, und sie ist fast zu schön, um wahr zu sein:

Wiederentdeckung 2

Sonja Langstrumpf

Im Oktober 2004 erzählte mir meine Frau von einer Bekannten, die behauptete, die »echte« Pippi Langstrumpf wäre in den 60er Jahren ihre Nachbarin gewesen. Damals habe die Familie dieser Bekannten gerade ein neues Haus gekauft und durch die früheren Hauseigentümer davon erfahren. Diese Behauptung klang vollkommen unglaublich für mich. Hatte ich doch fast alles, was je über Astrid Lindgren geschrieben worden war, gelesen. Niemals aber hatte ich davon gehört, dass es ein Vorbild für Pippi Langstrumpf gegeben haben sollte.

Freunde und Bekannte zogen mich allerdings seit langem damit auf, wann ich denn endlich nach Pippi suchen würde oder gar nach ihrer Mutter, warum nicht auch nach den Vorbildern von Tommy und Annika? Deshalb glaubte ich zunächst, jemand wolle mir eins auswischen, als ich von dieser Geschichte Wind bekam. Losgelassen hat sie mich jedenfalls nicht. Mit der Ausrede, ich müsse etwas einkaufen, machte ich mich auf den Weg.

Das Haus lag in Kummelnäs, einem Dörfchen mit Sommerhäusern in den Stockholmer Schären, nicht weit von meinem Zuhause entfernt. Bis nach Neuguinea musste ich fahren, um das Vorbild für Efraim Langstrumpf zu finden, und dann sollte die »echte« Pippi nur ein paar Häuser weiter wohnen? Naja, zumindest würden die Reisekosten für diese Expedition etwas billiger werden, dachte ich und hielt vor dem Haus. Es war wirklich eine Art Villa Kunterbunt, zumindest sah es ganz anders aus als die anderen Häuser ringsherum. Im Nachbargarten beschnitt ein älteres Paar gerade Obstbäume. Die wussten von nichts und schickten mich die Straße weiter hinunter zu einer Familie, die schon seit fünfzig Jahren dort wohnte. An diesem Sonntagmorgen um 10:00 Uhr klingelte ich bei ihnen. Bevor die Tür aufging, dachte ich noch: Jetzt mache ich mich in der ganzen Gegend hier zum Narren … »Hallo, entschuldigen Sie, dass ich störe. Ich wollte mich erkundigen, ob Pippi Langstrumpf hier gegenüber gewohnt hat?«

Im Jahre 1934 wurde in Stockholm ein Mädchen namens Sonja Sandin geboren. Ihr Vater hieß Niels und ihre Mutter Margit. Sonja wuchs in der Gästrikegatan auf und besuchte ab 1940 die Gustav-Vasa-Volksschule. Eine ihrer Klassenkameradinnen, mit der sie auch nach dem Unterricht spielte, hieß Karin Lindgren. Als Karin sieben Jahre alt wurde, lud sie die ganze Klasse zum Feiern zu sich nach Hause ein. Astrid war die Mutter von Karin – und am 8. November 1987 erzählte sie der Abendzeitung »Expressen«: »Ich kann mich sehr gut an Sonja erinnern. Beim Geburtstagsfest verhielten sich alle ruhig und die Mädchen spielten brav miteinander. Nur Sonja nicht. Sie begab sich auf Entdeckungsreise durch unsere Wohnung und war sehr lebendig. Als ich sie so sah, dachte ich: ›Hier habe ich meine Pippi, und prächtig rote Haare hat sie auch.‹ Das war 1941, damals hatte ich Karin die Geschichten von Pippi Langstumpf nur erzählt, aber noch nicht aufgeschrieben.«

Auch Sonja kann sich an das Geburtstagsfest bei Lindgrens erinnern: »Die hatten ein Badezimmer mit Toilette und warmem Wasser! Und an den Wänden hingen sehr schöne Gemälde. Ich kam aus sehr einfachen Verhältnissen und besuchte zum ersten Mal eine so feine Wohnung.« In dieser Zeit waren Karin und Sonja Schulfreundinnen und hatten sogar eine Art Geheimbund.

Acht Jahre später sahen sich Sonja und Astrid an einem sonnigen Sommertag im Vasapark wieder. Sonja erzählt: »Astrid hat dort gestanden und sich mit ein paar Erwachsenen unterhalten. Dann hat sie mich gesehen und mich zu sich gewunken. Sie umarmte mich und sagte: ›Du weißt doch, dass du die Pippi bist?‹«

Als ich Sonja, die »echte« Pippi traf, fragte ich sie, was diese Worte von Astrid Lindgren damals für sie bedeuteten. Sie zögerte kurz und sagte dann: »Ich habe das eigentlich nicht richtig ernst genommen. Eigentlich habe ich immer gedacht, Astrid selbst ist die Pippi. Aber natürlich hat mir dieser Satz Kraft gegeben. Ich habe mich eigentlich immer in meinem Leben stark gefühlt. Nicht so stark, dass ich Pferde hochheben könnte, aber stark genug, um mein Leben zu meistern.«

Sonja wohnt heute in einem Einfamilienhaus in Huddinge, einem Vorort von Stockholm. Von außen ist das Haus eher grau und unscheinbar, innen aber herrscht eine Villa Kunterbunt-Atmosphäre. An den Wänden hängen farbenfrohe Bilder, die Sonja selbst gemalt hat. Ein ganzes Zimmer wird von Schmusetieren, Puppen und Spielsachen bewohnt. Ob es noch andere Ähnlichkeiten zwischen Sonja und Pippi gab? Trug sie geflochtene Zöpfe? »Nein, aber ich hatte ziemlich oft verschiedenfarbige Strümpfe an.« Oft half sie ihren Eltern schon am frühen Morgen vor der Schule auf dem Markt. Beim Anziehen in der Morgendämmerung war die Farbe der einzelnen Strümpfe nicht immer zu erkennen. Dann trug sie manchmal einen roten und einen grünen Strumpf. »Ich hatte auch große Probleme in der Schule. Die Lehrerin fand, auch ein schlechtes Zeugnis war zu gut für mich. Einmal habe ich ihr mit einer Gummischleuder in den Nacken geschossen. Da bekam ich einen Brief mit nach Hause«, erinnert sich Sonja. Nach vier gemeinsamen Schuljahren wechselte Karin Lindgren dann die Schule.

Astrid und Sonja hielten aber all die Jahre über Kontakt zueinander. Als 1969 die Mutter von Sonja starb, sagte Astrid Lindgren ihr, sie könne doch die Ersatzmutter für Sonja sein. Damals war Sonja 35 Jahre alt und noch heute erinnert sie sich daran, wie gut ihr dieser Satz damals getan hat. »Ich war ja schon erwachsen, aber es war lieb gemeint und schön zu hören.«

In den 70er Jahren eröffneten Sonja und ihr Mann Folke einen Obst- und Gemüsestand in der Markthalle am Heumarkt mitten in Stockholm. Zwanzig Jahre lang kaufte Astrid Lindgren bei ihnen Obst und Gemüse ein. Sonja sagte immer : »Hier kommt die Mami«, wenn Astrid erschien, aber darüber, dass Sonja das Vorbild für Pippi war, sprachen die Frauen nicht oft.

Eines Tages im Oktober 1987 kam Astrid dann mit ein paar Leuten in die Heumarkthalle. Aus Anlass des 80.

Geburtstages von Astrid Lindgren wollte die Abendzeitung »Expressen« eine Sonderbeilage herausgeben. Die Journalisten wollten auch Sonja interviewen und fotografieren. Beim Interview ging es drunter und drüber am Gemüsestand. Neugierige blieben stehen und Sonja fühlte sich überrumpelt, verunsichert und bedrängt. Auch war sie diese Aufmerksamkeit nicht gewohnt. Blitzschnell erkannte Astrid das Problem, ging dazwischen und erzählte über die »Verwandtschaft« zwischen Sonja und Pippi. Das war das einzige Mal, dass Astrid Lindgren in der Öffentlichkeit vom Pippi-Vorbild sprach.

Ein paar Tage lang ging es am Gemüsestand von Sonja wild zu. Alle wollten sie interviewen oder einfach nur mit ihr reden. Dann legte sich der Sturm und die Sonja-Pippi geriet schnell in Vergessenheit. Trotzdem kamen während der folgenden Jahre immer wieder Menschen, die Sonja baten, Briefe und Geschenke bei Astrid Lindgren abzugeben. Sonja wurde zu einer Art Postbote: »Ich habe diese Sachen einfach abgeliefert, wenn ich Obst und Gemüse zu ihr nach Hause gebracht habe. Astrid aß am liebsten Weintrauben. Und ihren Tür-Code kann ich immer noch: 1632, die Schlacht bei Lützen. Dieses Geheimnis kann ich ja nun lüften«, sagt Sonja und lächelt.

P.S.: Bald mache ich mich auf den Weg nach Papua Neuguinea, um die Spuren der Familie Hoerler weiterzuverfolgen. Sollte jemand, der diese Zeilen liest, etwas über die Geschichte dieser Familie wissen, schreiben Sie mir doch eine E-Mail: Joakimlanger@telia.com.

Joakim Langer, im April 2005

Anhang

Lebensdaten des Carl Pettersson

1875
Carl, Sohn von Carl Wilhelm und Johanna Petterson, wird im Oktober in Sollentuna außerhalb von Stockholm geboren.

1884
Deutschland annektiert Nordost-Neuguinea einschließlich der Inseln des Bismarck-Archipels und macht daraus die Kolonie Deutsch-Neuguinea.

1892
Laut einigen Quellen beginnt Carl im Alter von 17 Jahren zur See zu fahren.

1899
Nach Carls eigenen Angaben kommt er im Februar auf Deutsch-Neuguinea an. Er arbeitet als Anwerber für Plantagenarbeiter in der deutschen Kolonie. Er rekrutiert Arbeiter im Gebiet rund um die Tabar-Inseln.

1904

Eine von Carl geschriebene Postkarte aus Deutsch-Neuguinea erreicht die Familie in Stockholm.

1904 – 06

Carl erleidet kurz vor Tabar Schiffbruch und wird gerettet. Danach lässt er sich dort nieder.

1907

Angeblich hat Carl um Singdos Hand angehalten, muss aber ein Jahr warten, bis ihr Vater Lamys seine Zustimmung gibt. Carl reist heim nach Schweden und nimmt seine zwei Brüder, Gunnar und John, nach Australien mit, wo bereits ihre Schwester Maria lebt.

1909

Carl arbeitet für eine deutsche Handelsgesellschaft als Vorsteher auf der Plantage Teripax auf Big Tabar. Die erste gemeinsame Fotografie von Carl und Singdo wird aufgenommen.

1910

Carl und Singdos erstes Kind, ihr Sohn Knut Wilhelm, kommt am 5. Januar zur Welt.

1911

Carl und Singdos zweites Kind, ihre Tochter Elsa Maria, kommt am 30. März zur Welt.

1912

Carl reist heim nach Schweden und bleibt einen Monat dort. Er und die Verlobte seines Bruders John, Helga, fah-

ren gemeinsam zurück nach Australien und nehmen ihre schwedischen Trachten mit.
Carls und Singdos drittes Kind, ihre Tochter Anna, wird geboren, stirbt jedoch früh.

1913
Carls und Singdos viertes Kind, ihr Sohn Carl Axel, kommt am 11. Oktober zur Welt.

1913 – 14
Greve Birger Mörner bereist Deutsch-Neuguinea und besucht Carl auf der Teripax-Plantage auf Tabar.

1914
Birger Mörner veröffentlicht das Buch *Aráfis Tropiska år* und macht Carl zum ersten Mal in der schwedischen Öffentlichkeit bekannt.
Der erste Weltkrieg bricht aus. Australien besetzt Rabaul, den Hauptort von Deutsch-Neuguinea auf der Insel New Britain.

1915
Carls und Singdos fünftes Kind, der Sohn Hans Otto, kommt am 20. Februar zur Welt.
»Pettersons Malanganer« treffen im Riksmuseum in Stockholm ein und werden dort ausgestellt.

1916
Carl und Singdos sechstes Kind, ihre Tochter Singdo Victoria, kommt am 29. Oktober zur Welt.

1918

Carl und Singdos siebtes Kind, ihr Sohn Erik Augustus, wird am 2. Juli geboren, während gerade der Naturforscher Edgar Waite aus Adelaide auf der Plantage zu Besuch ist. Waite nimmt das hübsche Familienfoto von Carl und Singdo und ihren Kindern auf.

1920

Carls und Singdos achtes Kind, ihr Sohn John Julius, kommt am 12. Juli zur Welt. Carl plant einen Besuch in Schweden.

1921

Carls und Singdos neuntes und letztes Kind, ihr Sohn Max Emil, kommt am 25. September zur Welt. Kurz darauf stirbt Singdo unter tragische Umständen. Carl fährt voller Trauer nach Schweden zurück.

Neuguinea wird Territorium unter australischem Mandat, die so genannte Mandatperiode beginnt. Alle deutschen Bewohner mit Ausnahme der Missionare werden enteignet und nach Deutschland zurückgeschickt.

1922

Carl begegnet in Stockholm Jessie Simpson und hält um ihre Hand an. Das Paar verlässt Schweden im Oktober und bricht nach Australien auf.

1923

Carl und Jessie werden am 18. Januar nach ihrer Ankunft in Sydney getraut. Im März kommen sie nach ihrer fünfmonatigen Reise auf den Tabar-Inseln an.

1924
Peter Kyllert kommt nach Neuguinea.

1925
Carl verkauft seine Plantage auf der Lihir-Insel an Kyllert.

1925 – 30
Carl kämpft mit wirtschaftlichen Schwierigkeiten und verliert große Teile seines Vermögens im so genannten Krüger-Crash. Er überlegt ernsthaft, ob er alles verkaufen und aus Neuguinea fortziehen soll.

1931
Carls Tochter Elsa heiratet Harry Hörler in Rabaul. Während der nächsten Jahre beginnt Carl, auf den Tabar-Inseln nach Gold zu schürfen, und wird fündig. Jessie erkrankt schwer und muss in Australien operiert werden.

1931 – 35
Jessie verlässt Tabar und die Südsee, um ihre Kinder in Schweden ein letztes Mal zu treffen. Sie verstirbt am 19. Mai in Stockholm. Carl erfährt auf Grund der großen Entfernung lange nicht von ihrem Tod.

1937
Zu Jahresbeginn verlässt Carl Tabar für immer, um sich in Rabaul in ärztliche Behandlung zu begeben. Danach verlässt er Neuguinea und reist nach Sydney. Er stirbt am 12. Mai in einem Privatkrankenhaus in Parramatta außerhalb von Sydney. Er wird auf dem Friedhof der anglikanischen Kirche von Smithfields in Merrylands begraben.

Quellen

Zeitungsartikel

Aftonbladet (Göteborger Redaktion)
– »›Königin Pettersson‹ von Tabar zu Besuch daheim«, 1935.
Allsvensk Samling (Herausgegeben vom Reichsverband für die Bewahrung des Schwedentums im Ausland)
– »Schwedische Lebensgeschichten und Abenteuer in fremden Ländern« von Birger Mörner, Nr. 10, 15/5 1924.
– »Ein Gruß aus der Südsee. König Carl I. Pettersson von Tabar schreibt an die Allsvensk Samling«, Nr. 24, 15/12 1925.
– »Ein Brief von C. E. Pettersson, Häuptling von Tabar im Bismarck-Archipel«, Nr. 18, 1926.
Dagens Nyheter
– »Ein Stockholmer Bub auf den Inseln der Südsee« von Birger Mörner, 11/11 1914.
– »Vom Matrosen zum Negerprinzen und Plantagenkönig. Die Lebensgeschichte und Abenteuer des schwedischen Seemanns Carl Pettersson im Guinea-Archipel«, 17/9 1922.
– »Prinz Pettersson von Fisher Island. Die Hochzeit des

jungen schwedischen Seemanns mit der schönen Tochter des Kannibalenhäuptlings Lamys«, 24/9 1922.

– »König Charley von Sollentuna« von Åke Eriksson, Dagens Nyheter Nord, 11/9 1975.

Expressen

– »Verschollener Seemann Südseekönig« von Lennart Eriksson 6/2 1963.

Gefle Dagblad

– »Einwohnerin von Gefle wird Prinzessin«, 25/10 1922.

Göteborgs-Posten

– »Die Wahrheit über König Kalle von der Kannibaleninsel!« von Marianne Borgström, 26/3 1982.

– »Der Herrscher der Insel starb auf dem Heimweg nach Schweden« von Marianne Borgström, 27/4 1982.

Husmodern

– »Die Schwedin, die Königin von einer Südseeinsel war« von Thyra Ekegårdh, 16/6 1935.

The Pacific Islands Monthly

– »›Queen Pettersson‹. Romantic Story of New Guinea Life«, 21/2 1936.

– »›Charlie Pettersson‹ – Sudden Death in Sydney«, 26/5 1937.

Stockholms-Tidningen

– »Die Schenkungen König Petterssons werden in Göteborg katalogisiert«, 21/3 1933.

– »Königin Pettersson tot«, 23/5 1935.

– »Milde, aber strenge Hand regiert die Negerinsel vortrefflich«, Jahr unbekannt.

Strengnäs Tidning

– »Erinnert ihr euch an König Kalle P.? Seemann wurde Herrscher auf eigener Insel« von Larry Sährendahl, 1958.

Svenska Dagbladet
– »›Der stärkste Mann der Südsee‹, der schwedische Seemann Karl Pettersson aus Sollentuna.«, 1938, Nummer unbekannt.
– »Schweden bekommt Südseeinsel«, 14/5 1938.
Tidningen Folket
– »Die Romanze zwischen König Kalle und Jessie endete mit einem Finale in Moll, trotz eines Auftakts in Dur«, 2/2 1963.
– »Die Schwester des ›Kleinstadt-Bürgermeisters‹ heiratete Südseekönig«, 2/2 1963.
Vecko-Journalen
– »Wie Birger Mörner für ein Schwein einen Tempel bekam« von Birger Mörner, 13/5 1917.
– »Von der Südsee bis zu den Polareskimos«, 14/3 1926.
– »Seine Majestät Pettersson I. verkauft sein Königreich. Der Seemann, der es durch die Heirat mit einer Prinzessin zu einem Thron brachte, will abdanken und auf Lidingö sesshaft werden« von Drake, Nr. 34, 1929.
Året Runt
– »Er ist der unbekannteste unter den Königen – aber der Stärkste von allen: Carl I. Pettersson – Herrscher über Tabar«, Jultidning 1973.
Quelle unbekannt
– »›Der König von Tabar‹ ist tot«, 18/7 1937.
– »Mr. Carl Pettersson«
– »Pacific Isle of Sweden«

Bücher und Sonderdrucke

Dahlberg, Elvira: *Carl Pettersson, Sollentunapojke – Kung av Tabar.* Stockholm: Sollentuna Hembygds Förenings Skrifter, 1954, Nr. 1-5, S. 20-33.

Hertz, Owe; Svender, Gösta: *Kapten Jack. 22 år på Nya Guinea.* Stockholm: Folket i Bild, 1960.

Lindorm, Erik: *Ny svenska historia. Gustaf V. och hans tid 1928–1938.* Stockholm: Wahlström & Widstrand, 1979.

Mörner, Birger: *Aráfis tropiska år.* Stockholm: Norstedts, 1914.

Bildnachweis

© Museum für Völkerkunde, Berlin/Foto Schilling: S. 7 unten

© South Australian Museum, Adelaide/Foto Edgar Waite: S. 1 unten

© Världskulturmuseet, Göteborg/Foto Carl Pettersson: S. 6 oben, S. 7 oben

© Världskulturmuseet, Göteborg/Foto unbekannt: S. 11 oben

Privatsammlung Familie Eleby: S. 2 oben u. unten

Privatsammlung Familie Lindström: S. 4 oben, S. 8 oben re u. li
Hélena Regius: S. 6 unten, S. 12 unten, S. 13 oben re u. unten re, S. 14 oben u. unten, S. 15 oben
Privatsammlung Karin Hoerler: S. 15 unten
© picture-alliance/dpa/Foto Pressensbild: S. 16
Alle anderen Quellen gelten als unbekannt.

Der Verlag hat sich bemüht, sämtliche Rechteinhaber ausfindig zu machen. Leider ist dies nicht in allen Fällen gelungen. Für Hinweise jeder Art sind wir dankbar.

Dank

Marianne Borgström
den Familien Eleby
Familie Fundell
Marianne Greenwood
Karl Erik Larsson
Patrick Lindahl
Familie Lindström
Magnus Mörner
Greta Witzansky
Birgit Nyman
Rune Nolahn

T.ta Pixner
Michael und Maria Chan und Familie
Harry Hoerler und Familie
Hedvig und Dick Fairclough und Familie
Noah Lurang
Tabo Meli
sowie allen Freunden auf den Tabar-Inseln
Rolf Broberg
Barry Craig
Ivar Forstadius
Eva Lindström
Ulla Lundqvist
Olle Nässle
Jim Ridges

Benns Reisen
Dagens Nyheter
Museum für Ethnografie, Stockholm
Kühlhaus (Anders Carlberg)
Saltkråkan AG
Sveriges Radio P1
Weltkulturmuseum, Göteborg

Ein ganz besonderer Dank an Ingemar Lundh für seine Hilfe bei der Recherche.